異世界コスメ工房
OTHERWORLDLY COSMETICS WORKSHOP
著 南コウ
絵 meeco

コスメ工房に
ようこそ！
セラ
アリアの専属騎士。
主のことを第一に考え
忠誠を誓っている。
アリア
王国の第三王女。
肌の悩みを抱え、
お忍びでコスメ工房にやってきた。
佐《さ》倉《くら》陽《ひ》葵《まり》
入社2年目の新人化粧品開発者。
理想と現実の違いに打ちのめされて
傷心していたところ、異世界に転移。
この世界でもコスメ作りを始める。

ティナとヒマリの
リリー
植物に詳しいエルフの少女。
コスメ工房の植物博士兼
売り子として働く。
ロミ
リス族の天才発明家。
コスメ作りに役立つ装置の
開発をしてくれる機械屋さん。
ティナ
森で魔法薬店を営む魔女。
森で倒れていた陽葵を拾ったことから、
コスメ作りを魔法でサポートすることに。

「いかがでしょう?」
「凄い。いつもより
ずっと華やかになっています」
聖女様の
ブライダルメイク

異世界コスメ工房

OTHERWORLDLY COSMETICS

著　南コウ
絵　meeco

第一章　憧れていた世界は全然キラキラしていませんでした

ルピナスコスメ株式会社　研究開発部　佐倉陽葵《さくらひまり》。
新卒二年目にして、もう会社を辞めたいです。

終電に揺られながら、陽葵は深々と溜息《ためいき》をつく。顔を上げると、窓ガラスに映ったくたびれた自分と目が合った。

紺色のジャケットの背中を丸めながら座る陽葵は、どこからどう見ても疲れ切った大人だ。モカブラウンに染めた前下がりボブが乱れていることに気付き、慌てて手櫛《てぐし》で整えた。

この様子だと、コーラルピンクの口紅もすっかり色褪《いろあ》せているに違いない。今の陽葵はまったくもってキラキラしていない。

電車は速度を落としながら、最寄り駅へと到着する。停車すると陽葵は立ち上がった。

電車から降りると、ふわっと夜風が頬を撫《な》でる。空気の籠った車内と比べると、少しだけ息がしやすくなった。

夜空を見上げると、見事な満月が浮かんでいることに気付く。雲に遮られず明るく夜の町を照らす月を眺めていると、かぐや姫のお迎えがやって来そうな気がした。

大学時代の陽葵だったら、いそいそとスマホを取り出して写真を撮っていたに違いない。だけど疲れ切った今は、月を撮影する余裕なんてなかった。

それでも月を見て綺麗《きれい》だと思える情緒が残っていたことには、ホッとした。

くたびれたスーツのおじさんに続いて、改札を通り抜ける。駅を出れば賑《にぎ》やかな商店街が広がっているはずだが、深夜零時を過ぎると、どの店もシャッターが閉まっていた。すっかり眠りに就いた町を見て、陽葵は再び溜息をつく。

終電帰りは、今週に入って二回目。忙しいのは分かっているけど、何度も続くとさすがに堪《こた》える。

今日こそは早く帰って、のんびりバスタブに浸《つ》かりたかったけど、それも叶《かな》いそうにない。せめてメイクを落として、シャワーを浴びるのだけは死守しよう。

嫌いな仕事をしているわけではない。むしろ憧れていた仕事に就いているのだから恵まれている方だろう。それでも満たされない何かがあった。

陽葵は厳しい就活戦線を潜《くぐ》り抜《ぬ》け、高倍率の化粧品会社から内定を貰《もら》った。大手とはほど遠い、ベンチャー企業だったけど、念願の化粧品業界で働けることに心を躍らせていた。

化粧品業界を選んだ理由は至ってシンプル。化粧品作りが好きだったからだ。

化粧水も、クリームも、石鹸《せっけん》も、材料さえ揃《そろ》えれば自分で作れる。そのことを知ったのは、高校時代に図書館で手作り化粧品の本を見つけたのがきっかけだった。

興味本位で本を借り、ネット通販で材料を取り寄せて作ってみた。

最初に作ったのは化粧水だ。材料は精製水、グリセリン、無水エタノールなど聞きなれないものばかり。それらをキッチンのテーブルに並べ、匙《さじ》で計りながらガラスのコップに加えた。

作業自体は、とても単純だ。それでも陽葵の心はときめいていた。

材料をくるくる混ぜ合わせていると、まるで魔女が魔法薬を調合しているような高揚感に包まれる。世の中にはこんなにもワクワクすることがあるのかと驚かされた。

完成した化粧水は、市販のものと比べるとクオリティは落ちる。だけどそれ以上に、イチから化粧品を作り出すことに魅了されていた。

それ以来、本やネットのレシピを頼りに化粧品作りに没頭した。化粧品を作っている間は、家のキッチンが魔女のアトリエに変身した。

化粧品作りの魅力に取り憑《つ》かれた陽葵は、化粧品開発職に就きたいと決意する。大学は応用化学科を選択し、就職活動では化粧品会社に片っ端からエントリーした。

そしてやっとのことで、今の会社から内定を貰った。

ようやく夢が叶う。これからは大好きな化粧品に囲まれて、キラキラした社会人生活を送れるんだ。そう信じて疑わなかった。

入社一年目は、研修として製造部や営業部などを転々とした。そして入社二年目の四月から研究開発部に配属された。

ワクワクしながら白衣に袖を通し、研究室に足を踏み入れたが、現実は思っていたほどキラキラしていなかった。

配属されたばかりの頃は、ビーカーやフラスコの洗浄といった雑用ばかり。その点に関しては、新人なんだから仕方がないと割り切っていた。

そして配属から三カ月が経過した頃、陽葵は現実に直面した。ＯＪＴ担当の村橋《むらはし》先輩の指導の下、化粧水作りをさせてもらえることになった。

ようやく化粧水作りができる高揚感から、陽葵はこれまで得た化粧品の知識をもとに「こんな成分を入れてみたらどうでしょう」「こんな香りにしたら素敵ですよ」なんてあれこれ提案した。

しかし村橋先輩は、黒縁眼鏡の奥で困ったように目を細めるばかり。

「……んとね、僕達は企画部から上がってきた仕様通りに処方を組まないといけないんだ。佐倉さんの好きなようには作れないの」

遠慮がちに現実を突きつけられた。決められた仕様通りに処方を組むことが、研究開発部の仕事だと説明された。オリジナリティなんて端《はな》から求められていなかった。

配属から十カ月が経過した今、仕様通りに作ることの難しさを思い知らされた。求められているものがなかなか作れずに、今日もたっぷり残業する羽目になった。仕事のことはもう考えたくなかったはずなのに、ついあの無茶ぶりを思い返してしまう。

「佐倉さん、試作品の化粧水なんだけど、ぜんっぜんダメ。仕様と違い過ぎてモニターにすら出せ

ない」

カツカツとヒールを鳴らしながら、研究室にやって来た女性。その顔を見た瞬間、陽葵の心臓は縮こまった。

彼女は企画部の木島《きじま》さん。研究開発部では、怖いお姉様ともっぱらの噂《うわさ》だ。年齢は三十代半ばで、主任の役職に就いている。

後ろでひっつめた髪と跳ね上げたアイラインが、威圧的なオーラを放っている。美人であるのは間違いないのだが、陽葵の目にはヴィランズの一味にしか見えなかった。

陽葵はお姉様の機嫌を損ねないように、貼り付いた笑顔を浮かべる。

「えーっと、具体的にどのあたりがダメなのでしょう？」

陽葵の言葉を皮切りに、お姉様は不満を爆発させたように一気に捲《まく》し立《た》てた。

「まずはテクスチャーがダメ。仕様書では、とろみを出してって伝えたのに全然出てない。もはや水じゃん。それにしっとり感がイマイチ。もっと保湿剤入れられないの？　ベンチマークの商品は使った？　比べてみて、まったく別物だって分からない？　ちゃんと自分で使ってみて、いいと思ってから企画部に回して」

「は、はい。そうですよね……」

貼り付いた笑顔で頷《うなず》いてみせるが、そんな小手先の共感ではお姉様の怒りは鎮まらない。

陽葵だってお姉様の言い分は理解できる。ベンチマークとして渡された商品と、陽葵の提出した試作品とでは似ても似つかないことは分かっていた。だけどこちらにも事情がある。

「仰《おっしゃ》ってることは分かるんですけど、コストを考えるとこれ以上セラミドを入れるのは厳しくて。そ、それにベンチマークの商品って、二万円越えのデパコスですよね？　それを定価二千円で売るうちが同じように作るのは、ちょっと無理があるんじゃないかなーっといいますか……」

おずおずと事情を説明すると、バンッと机を叩《たた》かれた。陽葵の肩もビクンと跳ねる。

「それをなんとかするのが、そっちの仕事でしょ!?」

「で、ですよねー……」

どうにか調子を合わせて宥《なだ》めようとする。このままでは埒《らち》が明かないと気付いたのか、お姉様は研究室をぐるっと見渡した。

「村橋は？　佐倉さんのＯＪＴ担当だよね？」

「先輩は……えっーと、さっきまでデスクにいたんですが……」

村橋先輩は企画部のお姉様が来る前までは、デスクでパソコンを弄《いじ》っていた。しかし今はもぬけの殻だ。

これはアレだな。逃げたな。

(せんぱーい！　逃げるなんて卑怯《ひきょう》ですよ！　いくら企画部のお姉様が怖いからって、後輩を置いて逃げるなんて酷すぎる！)

頼れる相手が不在と知り、陽葵は心の中でジタバタと暴れ回る。お姉様からギロッと睨《にら》まれながらも、陽葵は何とか言葉を続けた。

「先輩は、またお煙草《たばこ》かと……」

狭い社内で行く所なんて限られている。行先《いきさき》の候補を伝えると、お姉様はチッと舌打ちをした。

「クソが……」

お美しいお顔に似合わず、お下品なお言葉が飛び出す。陽葵は乾いた笑いを浮かべながら、打開策を提案した。

「とりあえず、村橋先輩と相談して試作品を作り直します。いつまでに提出すればよろしいですか？」

イライラマックスのお姉様にさっさとお引き取りいただくためにも、話をまとめようとする。提出期限を尋ねると、衝撃的な言葉を告げられた。

「明日の朝までだね。もともと今日からモニターを始める予定だったんだから。これ以上後ろ倒しにはできない」

「明日の朝って、それは急すぎじゃ……。せめて昼まで待っていただけると……」

今の時刻は十七時。定時まであと一時間。流石《さすが》にこの忙しいタイミングで定時ダッシュを決め込もうという度胸はないが、ここから試作品を作り直すとしたらどう考えても終電コースだ。

少しでも猶予を与えてもらおうと交渉してみたが、至極真っ当な理由で却下される。

「明日の昼までに提出して、今日みたいなクオリティだったらどうするの？　そこから十五時までにリカバリーできる？」

「そ、それはちょっと厳しいかもですね。はい……」

「だったら今日中に提出して。確か佐倉さんって、会社から三駅先のアパートに住んでたよね？

終電は零時過ぎまであったはず」

自宅の最寄り駅を特定されて、終電の時刻まで調べ上げられている。ここまで追い詰められたら言うべきことは一つしかない。

「頑張ります……」

陽葵は終電コースを甘んじて受け入れた。

交渉が成立すると、お姉様はヒールをカツカツ鳴らしながら去っていく。ホッとしたのも束《つか》の間《ま》、扉を開ける直前にチラッと振り返って声をかけられた。

「試作品ができたら内線して。私も終電までいるから」

どうやらお姉様も終電コースらしい。そんな感じはしていた。

ファンデーションを塗った頬はカサカサと乾燥していて、お疲れ顔になっていたから。忙しいのはうちの部署だけではないらしい。

「了解でっしゅ！」

噛《か》みながらも空元気で返事をする。明るく振る舞っているが、もう一度お姉様と顔を合わせなければならないと思うと、気が重くなった。

それから先の行動は早かった。

喫煙室で呑気《のんき》に煙草を吸っている村橋先輩を引っ張り出して、研究室に連れ戻した。

後輩を置いて逃げたことを咎《とが》めると、村橋先輩は「だってあの人怖いんだもん〜」なんて情けない発言をしたものだから、軽くお尻を蹴り上げてやった。それくらい手荒な真似《まね》をしても許される関係性は築けている。

その後、問題点を洗い出し、部長にも相談しながら、なんとか試作品を完成させた。

二十三時過ぎにお姉様に提出すると、「まあ、これなら合格かな」と涼し気な顔で言われ、解放された。


そして今に至る。

大好きだった化粧品作りも、今となれば楽しいのかよく分からない。コストやスケジュールに縛られて、仕様通りに作るので精一杯だった。

何より自分が誰かの役に立っているとは思えない。企画部のお姉様すら満足させられないような自分が、誰かに喜んでもらえるような化粧品を作れるとは思えなかった。

（本当はたくさんの女の子を笑顔にできる化粧品を作りたいのになぁ……）

理想と現実があまりにかけ離れていて、希望が見えない。いっそのこと仕事を辞めてしまえば楽になれるのかもしれない。化粧品作りはただの趣味にしてしまえば、こんなに苦しむことはないように思える。

月明かりに照らされながら、陽葵はアパートまでの道のりをトボトボと歩く。帰り道は分かっているけど、心はすっかり迷子だった。

住宅街を進み、小さな公園の前を通り過ぎようとしたところで、ふと足を止めた。

（そういえば、この公園を突っ切ればショートカットできるんだよね）

夜の公園というのは、何かと物騒だ。酔っ払いや不審者が潜んでいる可能性があるから、普段は避けていた。だけど今日は、早く家に帰りたい欲が勝《まさ》って、ショートカットすることにした。

真っ暗な公園を早足で歩く。念のため、防犯ブザーはすぐに鳴らせるように準備している。

警戒していた陽葵だったが、ふと別のことに気を取られた。

視界の端で、月明かりや街灯とは異なる光がチラついていた。驚いて視線を向けると、砂場の中央に金色の光の球が埋まっていることに気付く。それは夜空に浮かぶ満月よりも明るくて、目を細めてしまうほどの眩《まぶ》しさを感じた。

バレーボールほどのサイズだった光の球は、少しずつ大きくなる。気付けば、砂場全体を覆うほどに巨大化していた。

（なにアレ？　超常現象？）

非現実的な光景を前にして、心臓が激しく暴れ回る。光の正体が知りたくて、陽葵は砂場に近付いた。

初めは遠くから覗《のぞ》くだけのつもりだった。だけど近付いた瞬間、まるで掃除機を向けられたように一気に吸い込まれていった。

「ちょっと待って！　ええ――――！」

成す術《すべ》なく、陽葵は光の中に落ちていった。

第二章　コスメの概念がない異世界に転移しました

「おーい、大丈夫かー？　生きてるかー？」

目を覚ますと、とんがり帽子を被《かぶ》った少女に見下ろされていた。小柄で華奢《きゃしゃ》な身体《からだ》には、クラシカルな黒いワンピースを纏《まと》っている。陽葵は仰向けになりながら、目の前の少女をまじまじと観察した。

腰まであるストレートの黒髪に、雪のような白い肌。紫色の瞳はアメジストのような神秘的な輝きを宿していた。やや幼さの残る顔立ちから、年齢は十代半ばと想像できる。

とっても可愛《かわい》らしいのだけど、どこかミステリアスなオーラがある。それはまるで……。

「魔女さん？」

目の前に佇《たたず》む少女は、ファンタジー世界に登場する魔女のようだった。

「ああ、私は魔女だ」

咄嗟《とっさ》に飛び出した陽葵の感想は、あっさりと受け入れられる。自ら魔女だと認めるなんて、よっぽどユニークな子なのかもしれない。

「それってコスプレなの？」

私服にしては個性的なファッションから、コスプレイヤーの可能性が浮上する。もしそうだとしたら、かなりクオリティが高い。

「なんだそれは？　私は魔女のティナだ。城の北西にあるキコリの森で、魔法薬の店を開いている」

「城？　キコリ？　魔法薬？」

ファンタジー要素満載の言葉が飛び出して、陽葵は大きな瞳をぱちぱちさせる。

嘘《うそ》をついているにしては随分スムーズに説明をする。もしや彼女は、中二病と呼ばれる類《たぐい》の子なのか？

状況を整理するため、陽葵は地面に手をついて身体を起こす。辺りを見渡してから、ようやく事の重大さに気付いた。

目の前に広がっている光景は、公園でもアパートでも会社でもない。四方を大木に囲まれた森の中だった。

木々の隙間から、陽《ひ》の光が差し込む。遠くからは小鳥のさえずりが聞こえてきた。大きく息を吸い込むと、湿った土の匂いを感じる。

こんな場所に来た覚えはない。陽葵は慌てて少女に縋《すが》りつく。

「ここどこ？　東京じゃないの？」

「とうきょう？　なんだそれは？　ここはソワール王国だ」

「ソワール王国？」

聞き覚えのない地名が告げられる。日本から簡単に行き来できる場所にそんな国は存在しないはずだ。状況を把握するため記憶を辿《たど》っていくと、公園で見た超常現象を思い出した。

光の中に吸い込まれた途端、知らない国にいるとなれば、考えられる可能性は一つしかない。

「これって異世界転移？」

アニメや小説ではお馴染《なじ》みのアレだ。剣と魔法の世界にやって来て、冒険をするのがお決まりのパターンだ。

まさか自分が異世界転移をするなんて、想像もしていなかった。だけど目の前の状況から察するにそうとしか思えない。

異世界転生という可能性も否定できないが、死んだ記憶はないから転生ではないと信じたい。現に陽葵の身体も、もとの世界のままだ。

丸みを帯びたモカブラウンの前下がりボブに、紺色のジャケット。それらは間違いなく佐倉陽葵のものだった。

転生だとすれば、この世界に馴染んだ身なりをしているだろう。もしくは赤ちゃんからやり直すパターンもある。そうではないということは、異世界転移なのだろう。

無理やり納得させていると、目の前の魔女さんは冷静に陽葵の言葉を受け止めていた。

「なるほど、異世界転移者か。だからそんなおかしな格好をしているんだな」

納得するように頷く。その反応に、陽葵の方が驚いてしまった。

「異世界から来たって信じてくれるの？」

「ああ、そんな奴が稀《まれ》にいると噂で聞いたことがあるからな。私は初めて見たが」

どうやらこの世界では、異世界転移に理解があるらしい。それなら話は早い。

「私、これからどうすればいいのかな？」

何かしらの使命が下されると思いきや、魔女さんは驚くほど素っ気ない反応をした。

「知らん」

「ん？」

予想外の返事に、陽葵はきょとんとする。想像していた展開とは、だいぶ違う。

「こういう場合ってさ、王様のところに行ってスキル鑑定をしてもらうんじゃないの？　ステータスオープンって叫ぶやつ。その後は、勇者パーティーに入って、魔王を討伐するんじゃ……」

アニメや小説のテンプレ展開を思い出しながら語ると、魔女さんは淡々とした口調で告げた。

「安心しろ。魔王は四百年前に滅びた。今は種族間の争いもなく、みんな平和に暮らしている」

「種族間？」

「ああ、人間も魔女もエルフも獣人もドワーフも、みんな仲良く暮らしている」

「モンスターはいるの？」

「いるけど、下手に手出しをしなければ害はない。野生動物と同じと考えればいい」

「要するに、危ない世界じゃないってこと？」

「まあ、そうだな」

その言葉を聞いて、陽葵はホッとした。

「良かったぁ。勇者になって魔王討伐しろって言われたらどうしようかと思ったぁ」

ひとまず闘いに駆り出される心配はなさそうだ。安堵《あんど》する陽葵に、魔女さんは至極まっとうな言葉を突きつけた。

「まあ、森の中で寝ていたら、身の安全は保障できないけどな」

「ひえっ！」

モンスターや野生動物の餌食になるのはごめんだ。争いのない世界とはいえ、最低限の安全は確保しないといけないらしい。

陽葵が状況を理解し始めたところで、魔女さんはくるっと踵《きびす》を返《かえ》す。

「じゃあな。せいぜい頑張れよ。異世界転移者」

魔女さんは無慈悲にも陽葵を置いて立ち去ろうとする。陽葵は慌てて魔女さんの袖を掴《つか》んだ。

「待って、待って！　置いてかないで！　こんなところで野放しにされても困るよ！」

なんとか魔女さんを引き留めようとする。この世界で安全に生きるためには、誰かに頼る他ない。この世界の常識を知らない陽葵が、たった一人でこの窮地を切り抜けられるとは思えなかった。もとの世界に帰る方法も、すぐに見つかるとは限らない。となれば目の前の魔女さんを頼るしかなかった。

自分より年下に見える女の子に縋るのは情けない話だけど、背に腹は代えられない。陽葵は魔女さんを引き留めて、必死にお願いした。

「お願い！　もとの世界に帰るまでの間、私を保護してください！」

「えぇー……」

「そんな嫌そうな顔しないで！」

お願いをするも、魔女さんは渋い顔を浮かべるばかり。

「ただでさえ生活が苦しいのに、もう一人養うなんて……」

「そこをなんとか！　異世界転移者は保護しなければならないって法律はないの？」

「ない」

「ないんだ」

陽葵はガックリ項垂《うなだ》れる。だけど、ここで諦めるわけにはいかない。

目の前の魔女さんに見捨てられたら、途方に暮れてしまう。陽葵は説得を続けた。

「保護してもらうからには、ちゃんと働きます！　一人暮らし歴が長いから大抵の家事はできるし、学生時代はドラッグストアでバイトをしていたから物売りだってできるよ！」

「物売り？」

陽葵の言葉にぴくっと反応する。

「店を手伝ってもらうこともできるのか？」

「もちろん！」

「無給で？」

「う……うん！　宿を提供してもらえるならタダ働きだって構わないよ！　店番だって呼び込みだってなんでもします」

「なるほど……」

魔女さんは、両腕を組んで考え込む。陽葵を保護することが、損か得か考えているようだ。

陽葵は、畳みかけるように頭を下げる。

「お願いします！　なんでもするので私を保護してください！」

異世界転移した初日から危険に晒《さら》されるなんてごめんだ。身の安全を確保するためにも、必死で頼み込んだ。

魔女さんはしばらく悩んだ末、決心したように陽葵と視線を合わせる。

「店を手伝ってくれるなら、うちに置いてやらないこともない」

居候を許可してもらえて、陽葵の表情はパアアと明るくなる。

「ありがとう、魔女さん！　いや、ティナちゃん！」

陽葵はティナの両手を掴む。喜びを露《あら》わにするように、ぶんぶんと上下に振った。

「おい、やめろ」

指摘されたところで、陽葵はパッと手を離した。

「ごめんね、痛かったよね？」

「痛くはないが、鬱陶しかった」

「辛辣《しんらつ》だっ！」

ティナは可愛らしい顔をしているが、存外クールな性格らしい。魔女らしいといえば、らしいのだけれど……。

陽葵から解放されたティナは、軽く手を払いながら尋ねる。

「そういえば、お前の名前を聞いてなかったな」

そこで自分が名乗っていなかったことに気がついた。陽葵は姿勢を正しながら笑顔を浮かべる。

「私は陽葵。佐倉陽葵だよ」

「ヒマリか。覚えておこう」

「うん！　よろしくね、ティナちゃん」

握手を求めるように手を差し伸べるも、無視されてしまう。虚《むな》しさを感じながらも、陽葵は差し出した手を引っ込めた。

挨拶を済ませたところで、ティナは両手を前にかざす。

「アピュアブルーム」

そう唱えた直後、ポンッとシャンパンの蓋を開けたような音が響く。同時にティナの手元に箒《ほうき》が現れた。現実離れした光景を見て、陽葵は目を見開く。

「何、今の!?」

「何って、魔法だけど」

「魔法!?」

驚きのあまりティナの言葉を繰り返す。ティナは当たり前のことのように言っているが、陽葵にとっては信じられない光景だ。改めて自分がとんでもないファンタジー世界にやって来たことを思い知らされた。

魔女に箒とくれば、やることはひとつしかない。

「箒で空を飛ぶの？」

「ああ、そうだ」

鬱陶しそうに答えるティナとは対照的に、陽葵は目を輝かせた。

「魔女さんって、本当に箒で飛ぶんだ！」

盛り上がる陽葵を横目に、ティナは箒に跨《また》がる。

「おい、さっさと乗れ」

ティナは箒の後ろを指さしながら指示する。

「乗っていいの？」

「ああ」

ご厚意に甘えて、陽葵は箒の後ろに跨った。

「しっかり掴まってろよ」

背中に両手を回してしがみつくと、ティナから冷たい視線を向けられる。

「箒に掴まってろって言ったんだ」

「ああ、そっちか」

陽葵は慌てて手を離し、箒を掴んだ。陽葵がしっかり掴まっていることを確認すると、ティナは地面を蹴った。

ふわっとした浮遊感に包まれる。箒はゆっくり浮上して、あっという間に木の高さまで到達した。

「うわぁ！　本当に飛んでる！」

非現実的な現象を目《ま》の当たりにして、陽葵は目を輝かせた。

「じゃあ、行くぞ」

「はーい」

二人を乗せた箒は、ぐんぐん前方に加速する。心地よい風が頬を撫でた。まるで自転車に二人乗りしているような感覚だ。

遠くに視線を向けると、丘の頂上に西洋風の白いお城が見える。その周りには、褐色屋根の建物が立ち並んでいた。

「もしかして、あれがお城？」

「そうだ。城の傍《そば》には町が広がっている」

「へぇー！　行ってみたいなぁ」

異世界の町とはどんなものなのか？　想像を膨らませながらウキウキしていると、呆《あき》れたような溜息が聞こえた。

「随分お気楽なんだな。異世界に飛ばされたとなれば、もっと戸惑うものなんじゃないか？」

「はっ……確かに……」

考えてみれば、今の陽葵は心の底からファンタジー世界を楽しんでいる。そこに不安や戸惑いはほとんどない。

こんなにもお気楽でいられる自分に少し驚いた。だけど、その理由に心当たりがある。

「なんかさ、明日は会社行かなくていいって思ったら、気が楽になって」

陽葵はへらっと笑いながら答える。社会人としてはどうかと思う発言だが、働き詰めで疲弊していた心は、無意識にリフレッシュを求めていたようだ。

そして今、仕事から解放されて現実離れしたファンタジー世界に浸っている。こんな面白い展開は願ってもないことだ。陽葵の心は、夏休み前の子供のようにウキウキしていた。

「よく分からないが、あんまり褒められた理由ではないような……」

「細かいことは気にしない！　こーんな面白い出来事に巻き込まれたんだから、楽しまなきゃ損でしょ！」

陽葵は持ち前の明るさで、今の状況をポジティブに捉えていた。

しばらく森の上空を浮遊した後、小さな家の前で降り立った。箒をしまうと、ティナは目の前の家を指さす。

「ここが私の家だ」

褐色の屋根に、蔦《つた》の絡まった白い壁。西洋の田舎町を彷彿《ほうふつ》させるような家を見て、陽葵は両手を合わせながら目を輝かせる。

「絵本に出てきそうな可愛いお家《うち》だね」

家の周りには庭が広がっている。薔薇《ばら》のトンネルに、ハーブが植えられた鉢植えがずらり。魔法薬の店というだけあって、色々な植物を栽培しているようだ。植物自体は、もとの世界で生息しているものとあまり違いがないように見える。

視線を上げると、入り口に看板が掲げられていることに気付く。看板にはもとの世界にはない文字が書かれており、解読できなかった。

「看板にはなんて書いてあるの？」

「ティナの魔法薬店って書いてある」

「なるほど」

そのまんまだった。

陽葵が建物や庭を興味深そうに眺めていると、ティナは家の造りを説明した。

「一階が店になっていて、二階が住居になっている。広い家ではないが、二人で住むならなんとかなるだろう」

「六畳のアパートと比べたら大豪邸だよ！」

「……何と比較しているのかは分からないが、気に入ってもらえて良かった」

ティナはドアノブに手をかける。チリンチリンという鈴の音と共に扉が開いた。

薄暗い店内に入ると、ハーブのような独特な香りに包まれた。左右を見渡すと、瓶詰めにされた葉っぱや液体が木製の棚に並んでいる。

「これって魔法薬？」

「瓶に入った植物は魔法薬の原料だ。小瓶に入っている液体は、私が調合した魔法薬だ」

「調合!?　凄《すご》い！　どんな効果があるの？」

陽葵がキラキラした瞳で尋ねると、ティナは面倒くさそうに眉を顰《ひそ》めながら説明を始めた。

「手前にあるピンク色の魔法薬は、赤ん坊を泣《な》き止《や》ませる効果がある」

「凄い！　子育てママには必須アイテムだね」

「ああ、売れると思ったんだが、苦すぎて赤ん坊が飲まないらしい。残念ながらまったく売れなかった」

「ありゃま」

どんなに良《い》い薬でも、飲めなければ意味がない。売れなかったというのも頷ける。

「こっちの緑色の魔法薬は？」

「猫と会話できる薬だ」

「ペットとお喋《しゃべ》りできるってこと!?　それは売れそうだね！」

「ああ、これも売れると思ったんだが全然ダメだった。飼い猫の本音を知ったら、可愛いと思えなくなったそうだ」

「知らない方が良かった真実を知ってしまったのかな？」

「そのようだな。購入した客は、飼い猫と喧嘩《けんか》別《わか》れになったそうだ」

残念な話を聞かされて、陽葵は目を細める。魔法薬の効果は凄いけど、どうにもピントがズレている。他にもいつくか魔法薬の効果を聞いてみたが、どこか欠点のあるものばかり。正直、欲しいとは思えなかった。

陽葵が店の中をうろうろしていると、ティナから注意が飛んできた。

「売り物だから下手に触るなよ」

「はーい」

店内をぐるりと回った後、陽葵は棚に並んだ瓶に興味を示した。木製の棚には、液体の入った大きな瓶が三つ。その隣には、褐色の小瓶がずらりと並んでいた。

「ティナちゃん、あれは何？」

「植物のエキスを抽出したアロマウォーターと精油だ」

「アロマウォーターに精油!?　この世界にもあるんだ！」

アロマウォーターと精油は、陽葵にも馴染みがある。化粧品の原料として使われるからだ。

「どっちも魔法薬を調合する時に使うからな。別に珍しいものでもないだろう？」

「珍しいものじゃないから、驚いてるんだよ！」

しみじみと答える陽葵を見て、ティナは「変な奴」と呟《つぶや》いた。

「じゃあさっそくだけど、店番を頼んでもいいか？」

「うん、任せて！」

「ヒマリが店番をしている間、私は夕食の支度をしている。客が来たら呼んでくれ」

「オッケー！」

元気よく返事をすると、ティナは店の奥にある階段を上がっていった。

ティナがいなくなると、途端に店の中が静かになる。陽葵はレジスターの前に置かれた木製の椅子に腰かけて、入り口の鈴が鳴るのを待った。

店番を任されたものの、一向にお客さんが来る気配がない。

（お客さん、一人も来ないな……）

店の中には時計がないため、どれくらい時間が経過したのかは分からなかった。だけど感覚的には二時間以上は経過しているような気がする。

小窓から差し込む光がオレンジ色になった頃、ティナが二階から下りてきた。

「ヒマリ、今日は閉店だ」

「え？　お客さん一人も来てないよ？」

「いつものことだ」

ティナは何食わぬ顔で告げると、入り口の扉に掛けられていた看板を裏返し、鍵をかけた。

「いつもこんなに暇なの？」

失礼を承知で尋ねてみたが、ティナは意に介することなく頷いた。

「魔法薬店は町にもあるからな。わざわざ森の中まで来る奴はいない」

「立地が悪いってこと？」

「まあ、そういうことだな」

立地が悪くて客の入りが悪いというのは納得できる。同じコンビニでも、場所によって売り上げに差が出るのと同じだろう。

「それなら町の魔法薬店と差別化してみたら？　品揃《しなぞろ》えを多くするとか？」

お節介とは思いつつも解決策を提案してみる。居候させてもらう身としては、奉公先の懐事情も気になる。

「うちの店も品揃《しなぞろ》えは十分多い。町の魔法薬店にないものと言えば、私が調合した魔法薬だが……まあ、アレはお察しの通りだ」

先ほど見せてもらった魔法薬は、どこかピントがズレたものばかり。あの魔法薬を目当てに来るお客さんはいないだろう。ティナは肩を落として大きく溜息をつく。

「この先も売り上げが伸びないなら、店を畳むしかないだろうな。そしたら私は、冒険者ギルドに所属して日銭を稼ぐしか……。あー、やだなぁ、クエストなんて受けたくない。ずっと森に引きこもっていたい」

ファンタジー世界ではお馴染みのギルドやクエストといった単語が飛び出すが、ティナは乗り気ではないようだ。ギルドに所属して冒険するより、薬を作っている方が性《しょう》に合っているのかもしれない。

「なんとかしてお客さんが来るようにならないかな？」

陽葵は両手を組んで考え込む。しかし閑古鳥が鳴いている店を流行《はや》らせる方法なんて思いつかなかった。

そもそも陽葵は、マーケティングに関しては専門外だ。ものを作ることには興味があるけど、どうやって売るかについては考えたことがなかった。

「店のことはヒマリが考えることじゃない。それより夕飯にしよう」

ティナは淡々とした口調で告げると、二階へ上がっていった。


ティナが説明した通り、二階は居住スペースになっていた。

温かみを感じさせるカントリー風な部屋は、子供の頃に遊んだドールハウスを彷彿させる。白いクロスが敷かれた木製テーブルも、緑色の本棚も可愛らしい。壁にはいくつものドライフラワーが吊《つ》るされていた。

「お部屋も可愛いね」

「ぼーっと突っ立ってないで、さっさと座れ」

「はーい」

陽葵がテーブルに着くと、ティナは平皿をテーブルに置いた。

「お夕飯を用意してくれてありがとう！」

「まあ、大したものじゃないけどな」

またまたご謙遜を〜、と口にしようとしたところ、陽葵は言葉を失った。

真っ白な平皿に乗っているのは、斜めにカットされたバゲットが三枚。表面には蜂蜜がかけられていた。

「お夕飯ってこれだけ？」

「これだけだ」

「随分質素なんだね。ダイエットでもしてるの？」

何気なく尋ねると、ティナは悲壮感を漂わせながら呟く。

「……いんだ」

「なんて？」

「お金がなくて、こんなものしか食べられないんだ」

懐事情を暴露するティナ。なんとも悲しい理由だ。ティナは俯《うつむ》きながら自らの食生活を明かす。

「パンの材料を買うのがやっとで、付け合わせの食材が買えないんだ。だから買い置きの調味料と森で採れる食材で凌《しの》いでいる。ちなみに昨日はハーブバゲットで、一昨日はきのこバゲット」

「ひもじい！　お肉を食べよう、お肉！」

「肉なんてしばらく食べてないなぁ……」

ティナは遠い目をしながら、肉への想《おも》いを馳《は》せていた。

もしティナと東京で出会ったのなら、ハンバーグでも焼肉でもお腹《なか》いっぱいご馳走《ちそう》してあげる。残業代でたんまり稼いでいるから、可愛い魔女さんのお腹を満たすことなんて造作もなかった。だけど無一文で異世界に放り込まれた陽葵には、それは叶わない。

「うう……ティナちゃん、ただでさえ細いのに、このままじゃ消えてなくなっちゃうよ」

「いや、なくなりはしないだろうけどさ」

ティナが貧困生活をしているのは、お店の売り上げが芳しくないのが原因だろう。この生活から抜け出すには、お店をなんとかする必要がある。

「当面の目標は、集客増だねっ」

売り上げが伸びれば、ティナの食生活も改善される。そのためにも、まずはお客さんを呼び込まなければ。

可愛い魔女さんのためにも頑張ろうと意気込む陽葵だったが、当の本人は呆れたように溜息をついた。

「いや、お前はもとの世界に帰る方法を探せよ」


夕食を済ませた後、ティナからお風呂を勧められた。ティナの案内のもと一階にあるバスルームに向かうと、猫足の可愛らしいバスタブを発見した。

お風呂があることに驚いていたのも束の間、さらに驚くべき光景を目の当たりにする。

「アピュアアクア・テンプウォーム」

呪文を唱えると、あっという間にバスタブに湯が溜《た》まった。

「凄い！　一瞬でお湯が出てくるなんて！」

信じられない光景を目の当たりにして驚いていると、ティナは至って冷静に説明する。

「井戸の水を移動させて温度を変えただけだ。大したことはない」

「いやいや、大したことあるよ！」

ティナの魔法があれば、お風呂を沸かすのも二秒で終わる。なんとも羨《うらや》ましい能力だ。

「じゃあ、何かあれば声をかけてくれ」

「うん！　ありがとう、ティナちゃん」

ティナがバスルームから出て行った後、陽葵はいそいそとお風呂に入った。


「ふわぁー。この世界にもお風呂があって良かったぁ」

バスタブに浸かりながら、陽葵はしみじみと呟いた。

異世界の生活事情については心配していたけど、各家庭にお風呂があることから衛生面の問題はクリアできそうだ。流石にシャワーまで備え付けられていなかったが、手桶《ておけ》があればなんとかなる。異世界での生活も案外快適なのかもしれない。

お風呂で温まりながら、陽葵は先ほどの光景を思い出す。

「それにしても、魔法って便利だなぁ。私も使えるようにならないかなぁ……」

魔法が使えれば、人生イージーモードだ。家事も仕事もパパッと片付く。

よし、と意気込んでから、陽葵は壁に吊るされたボディブラシに注目する。人差し指を立てながら、ティナの真似をした。

「あぴゅあぶー」

ブラシよ、こっちに来い。そう念じたものの、何も起こらない。異世界に転移したからって、魔法が使えるわけではないらしい。

「ちぇっ、ざーんねん」

陽葵はがっかりしながら、両足をバスタブに投げ出した。

そろそろ髪と身体を洗おうかと周囲を見渡したが、バスルームにあるべきものがない。ラックに置かれているのは、固形石鹸ただ一つ。シャンプーやコンディショナーは見当たらなかった。

「まさか髪も身体も固形石鹸で洗えってこと？」

流石にそれは無頓着過ぎるだろう。魔女といえども、一人暮らしの女の子だったらもう少し色々揃えていても不思議ではない。

現に陽葵のアパートでは、いろいろなバスグッズがラックを占拠している。シャンプー、コンディショナー、ボディソープはもちろん、クレンジングに洗顔フォーム、ボディスクラブ、ヘアトリートメントが常備されていた。

その状態が当たり前だったから、ラックに石鹸一つしかないというのは衝撃的だった。

もしかしたら別の場所に保管しているのではと思い、探してみたものの、シャンプーやボディソープらしきボトルは見当たらなかった。

「えー、じゃあ石鹸で洗うしかないかー……」

不本意ではあるが、石鹸しか用意されていないのなら、これで全部洗うしかない。仕方ないと諦めながら、固形石鹸に手を伸ばした。


お風呂から上がると、ティナから借りたルームウェアに袖を通す。ゆるっとした黒いロングワンピースは、いかにも魔女といったデザインで可愛い。まるで自分も魔女になったような気分だ。

とはいえ、いつまでも服に見惚《みと》れているわけにはいかない。お風呂から出たら、真っ先にすることがある。

「化粧水で保湿しないと……」

お風呂上がりの肌は乾燥しやすい。乾燥から肌を守る皮脂や天然の保湿成分が流れ落ちてしまっているため、放置したらあっという間に肌が乾燥してしまう。

お風呂上がりは即保湿。これは陽葵のルーティンだ。どんなに疲れて帰ってきても、そのステップを省くことはなかった。

しかし、バスルームには化粧水らしきボトルは存在しない。綺麗に畳んだタオルが置かれているだけだった。

これはティナに聞いてみるしかなさそうだ。陽葵は二階にいるティナに声をかけた。

「ティナちゃーん！　化粧水借りていいー？」

しばらくすると、ティナが面倒くさそうな顔をしながら階段から下りてきた。

「なんだ？　何が借りたいって？」

「ごめんね、呼びつけちゃって。化粧水を貸してほしくて」

「化粧水？　なんだそれは？」

ティナは怪訝《けげん》そうに眉を顰める。出し渋っているわけではなさそうだ。

「もしかして、化粧水をご存知ない？」

「ああ、聞いたことがない」

あっさり肯定されてしまう。嫌な予感がする。まさかと思いつつも、陽葵は再びお願いをした。

「この世界では別の言い方をするのかな？　肌を保湿する液を貸してほしいの」

「肌を保湿する？　言っている意味がよく分からない……」

ティナは化粧水の存在を知らないらしい。これは驚きだ。

「じゃ、じゃあ、クリームはあるかな？」

「クリームってお菓子で使うアレか？　あんなの肌に塗ったらベタベタになるぞ？」

「お菓子のクリームじゃなくて……。そうだ！　シャンプーとトリートメントは？」

「なんだそれは？　新手《あらて》の呪文か？」

「やっぱりご存知ない!?　じゃあ口紅と白粉《おしろい》は？　流石にそれはあるよね？」

「それも知らん」

「メイク用品もないの!?」

あまりに衝撃的な事実を目の当たりにして、陽葵はその場で崩れ落ちる。

「……まさかこの世界って、コスメの概念がない？」

勘違いであってくれと願ったが、陽葵の予想は的中してしまった。

「コスメってなんだ？　さっきからお前は何を言っているんだ？」

確定してしまった。どうやらこの世界はコスメの概念がないらしい。陽葵はこの世界に来て、初めて絶望した。

「コスメのない世界なんてあんまりだよ。化粧水がないってことは、保湿もできないってことでしょ？　それじゃあ肌がカッサカサになっちゃうよ。ただでさえ、この森は乾燥しているのに……」

「保湿とやらができないことが、そんなに大変なのか？」

事の重大さを理解していないティナに、陽葵は勢いよく詰め寄った。

「保湿は美肌の基本だよ！　保湿を怠ったら、乾燥に肌荒れ、皮脂トラブルとかあらゆる肌不調を引き起こすんだから！　肌を綺麗に保つなら、保湿はマストなの！」

「おぉ……そうなのか……」

陽葵の勢いに圧倒されたティナは後退《あとずさ》りをする。温度差を感じつつも、ティナの顔をまじまじと見た。するとあることに気付く。

「んん？」

陽葵はティナの頬に触れる。

「おい！　なんだ急に？」

至近距離で見つめられたことで、ティナはギョッと目を見開く。一方陽葵は、距離感なんかお構いなしにティナの肌を観察していた。

「ティナちゃんのお肌、乾燥してる……」

ティナの頬は、水分を失ってカサカサと乾いていた。頬をチェックした流れで、手の甲にも触れてみる。案の定、手もゴワゴワと乾燥していた。

乾燥している森で保湿もせずに過ごしていたら、肌がカサカサになってしまうのも無理はない。

本人はあまり気にしていないようだけど、このまま見過ごすわけにはいかない。今は若さでカバーできているが、年を重ねたら簡単にはリカバリーできなくなる。

「このまま保湿をせずに過ごしたら、あっという間にシワくちゃの魔女さんになっちゃうよ？」

「シワくちゃの魔女……」

ティナは眉を顰めながら陽葵の言葉を繰り返す。今は可愛い魔女さんだけど、肌を労《いた》わらずに過ごしていたらどうなるか分からない。おとぎ話に出てくるようなシワくちゃの魔女になってしまうかもしれない。

「シワくちゃは嫌だなぁ……」

ティナはゾッとしながら両腕を抱える。陽葵と似たような想像をしたのかもしれない。

美容に無頓着なティナも、容姿が衰えることには抵抗があるらしい。ひとまずは見た目なんて気にしないぜ、というワイルドな感性ではなくて安心した。

とはいえ、化粧水が存在しないのであれば対処のしようがない。どうしたものかと頭を悩ませていると、昼間の出来事を思い出した。

「アロマウォーター……」

魔法薬店の棚には、瓶詰めにされたアロマウォーターが並んでいた。そこで陽葵は解決の糸口を見つける。

「そうだよ！　ないなら作ればいいんだよ！」

陽葵が突然大声をあげたことで、ティナは驚いたように目を丸くする。

「どうした、急に？」

「ティナちゃん、お店にあったアロマウォーター、少し貰ってもいいかな？」

「別に構わないけど……何に使うんだ？」

怪訝そうな顔をするティナに、陽葵はとびっきりの笑顔で伝えた。

「化粧水を作るんだよ！」


化粧水を作ると意気込んだ陽葵は、一階のアトリエにやって来た。部屋の中央には木製のテーブルが置かれており、ビーカーやフラスコなどの実験器具が整然と並んでいる。

左右の棚には、植物の入った瓶がずらり。昼間にお店で見せてもらったものより種類が豊富だ。

「凄い！　魔女のアトリエだ！　本物を見られるなんて夢みたい」

目を輝かせながら感動する陽葵を横目に、ティナはアロマウォーターの入った瓶を並べた。

「これでいいのか？」

「うん、ありがとう！」

陽葵は瓶の蓋を開け、手のひらをパタパタさせながら香りを確かめる。

「この香りはローズだね、こっちはラベンダー、もうひとつはネロリかな？　ティナちゃんはどの香りが好き？」

「そうだなぁ……。強いて言えば、これかな」

ティナが指さしたのはネロリだ。ビターオレンジの花から抽出されるアロマウォーターで、オレンジフラワーウォーターと呼ばれることもある。上品なフローラル調の香りの中に、ほのかに柑橘《かんきつ》系の香りが混ざっているのが特徴だ。

ネロリは「天然の精神安定剤」と呼ばれており、リラックス効果は抜群。気分が落ち込んでいる時には最適だ。保湿効果も期待できるため、化粧水の成分としても使われている。

「じゃあ、ベースの成分はオレンジフラワーウォーターにしようか」

「ベースの成分？」

クエスチョンマークを浮かべるティナに、陽葵は化粧水の構成成分について説明した。

「化粧水はね、ベースとなる水が八〇～九五％を占めているんだ。残りは肌をしっとりさせる保湿成分やオイルなんかの油性成分が入ってるの」

「なんだ。ほぼ水じゃないか」

「そうだね。水の中に肌をしっとりさせる成分が入っているイメージかな」

ティナは「なるほど」と頷いた。ざっくりとしたイメージは伝わったらしい。

「あとは保湿成分を入れたいんだけど、何かないかな……」

陽葵は棚に並んだ植物の瓶を眺めながら考える。

本当はグリセリンがあれば良いのだけれど、この世界に存在するのかはちょっと怪しい。何か代替できるものはないかと考えていると、ある物を思い出す。

「そうだ！　蜂蜜！　ティナちゃん、蜂蜜貸して！」

陽葵がお願いをすると、ティナは怪訝そうに眉を顰める。

「そんなもの、どうするんだ？」

「蜂蜜には保湿作用と細菌の繁殖を抑える働きがあるから、化粧水の原料としても使えるんだよ」

「そうなのか。でも蜂蜜は貴重な食料なんだが……」

「使うのはほんのひと匙だから！」

「まあ、それならいいか」

渋々承諾したティナは、二階から蜂蜜の入った瓶を持ってきた。

テーブルの上には、オレンジフラワーウォーターと蜂蜜が並んでいる。成分はシンプルだけど、最低限の化粧水としての役割は果たせるだろう。

「よし、さっそく作ってみよう！」

陽葵は意気揚々と拳を突き上げたが、「おー！」と乗ってきてくれることはなかった。ちょっぴりがっかりしながらも、作業を開始する。

「まずは、オレンジフラワーウォーターをビーカーに注ぎます」

陽葵はオレンジフラワーウォーターの瓶を手に取り、ビーカーの一番上の目盛りまで注いだ。

「ここに蜂蜜をひと匙加えて〜」

蜂蜜をひと匙すくって、オレンジフラワーウォーターの入ったビーカーに加える。

「蜂蜜は混ざりにくいから、湯せんで溶かします」

先にお湯を沸かしておけば良かったなぁと後悔していると、あることを思い出す。陽葵は手を止めて、ティナをじーっと見つめた。

「なぜこっちを見る?」

「ティナちゃん、お湯を出してもらえないかな?」

ボウルを差し出しながらお願いをしてみる。お風呂に入る前、ティナが魔法を使ってバスタブにお湯を溜めていたのを陽葵も見ていた。

「ああ、分かった……」

面倒くさそうにしながらも、ティナは引き受けてくれた。

「アピュアアクア・テンプウォーム」

呪文を唱えると、あっという間にボウルにお湯が溜まる。

「さっすがティナちゃん! ありがとう」

何度見ても便利な力だ。自分でも使えたらどんなに楽だろうか。

お湯を貰ったところで、湯せんで温めながら蜂蜜を溶かす。

「あとはクルクル混ぜるだけ～」

ガラス棒でくるくる混ぜ合わせると、オレンジフラワーウォーターの中に蜂蜜が溶けていった。

均一になった液体を見て、陽葵は頷く。

「うん、良い感じだね!」

アトリエで化粧水を混ぜ合わせていると、自分も魔女になったかのような気分になる。心が弾むのを抑えきれずに、鼻歌交じりに攪拌《かくはん》した。

ティナは陽葵の手元を覗《のぞ》き込みながら、首を傾げる。

「そんな有り合わせの材料で、化粧水とやらができるのか？」

「できる、できる！　化粧品って身近な材料でも作れるんだよ！」

手作り化粧品は、蜂蜜の他にも、ヨーグルト、米ぬか、オートミールなど、スーパーで調達できるものでも作れる。特別な材料を揃えなくても作れるため、比較的敷居《しきい》は低い。

特に化粧水は、材料を混ぜ合わせるだけで完成するから、レシピさえあれば初心者でも簡単に作れる。もとの世界でも、趣味で化粧品作りをする人もいるくらいだ。

話をしながら攪拌していると、あっという間に完成する。

「よーし、これで完成！」

「もうできたのか？」

ティナはビーカーの中の化粧水を覗き込む。

「これを顔に塗るのか？」

「そうだよ」

「大丈夫なのか？　そんなのを塗ってかぶれたりしないか？」

ティナは疑いの眼差《まなざ》しで、ビーカーの中身を覗き込む。その反応は正しい。得体のしれない液体を肌に塗るのは、誰だって抵抗がある。そこで陽葵はある提案をした。

「大丈夫かどうか確かめるために、パッチテストをしようか！」

「パッチテスト？」

聞きなれない単語を聞いて、ティナは首を傾げる。陽葵はティナにも伝わるように解説した。

「パッチテストは、化粧品がお肌に合うか確認することだよ。いきなり顔に塗ってかぶれを起こしたら大変だから、腕とかに塗って様子を見るの」

「まあ、腕なら最悪かぶれたとしても、服で隠せるからな」

「そうそう。二の腕の内側は、顔の皮膚と同じくらいの薄さだからパッチテストには最適だよ。手作り化粧品に限らず、初めて使う化粧品はパッチテストをすると安心だね」

解説をしながら、陽葵はティナの袖をまくる。

「じゃあ、さっそくパッチテストをするよ」

「おい、勝手に袖をまくるな！」

抗議するティナに構うことなく、陽葵は袖をまくり上げて二の腕を出した。

「ティナちゃん、肌白い！　日焼けしてないんだね」

「森に引きこもっているからな。そんなことより、さっさと済ませろ」

「はーい。赤みとか痒《かゆ》みとか出たら、すぐに教えてね」

「分かった」

ビーカーを傾けながら手のひらに化粧水を垂らし、ティナの二の腕に塗った。

「これでOK！　あとは時間を置くだけなんだけど」

「時間を置くってどれくらい？」

ティナに尋ねられたことで、陽葵はハッと思い出した。パッチテストには時間がかかるのだ。

「えーっと……できれば二十四時間」

「は？」

本来パッチテストは、二十四時間様子を見て、かぶれや赤みが出ていないか確認するものだ。その日に作って、その日に使うのはあまりお勧めできない。このタイミングになって、陽葵はその欠点を思い出した。

「うーん、私は蜂蜜化粧水を使ったことがあるから、パッチテストなしでも構わないけど、初めて使うティナちゃんは様子を見たいところだよね……」

陽葵の言葉を聞いたティナは、むむっと眉を顰める。

「そんなに待てない」

ティナはむっとした表情で、アトリエの本棚から分厚い書物を取り出した。

「確かちょうどいい魔法があったような……。ああ、これだな」

ティナはページをめくる手を止めると、人差し指を立てて呪文を唱えた。

「フィッチビジュア」

ポンッと小気味いい音が響く。周囲を見渡してみるが、とくに変わった様子はない。

「何の魔法を使ったの？」

「未来視の魔法だ。これで二十四時間後の皮膚の状態を確認した」

「未来を予知できるってこと？　凄い！」

「まあ、対象物と予知できる時間は限られているから、大それたことはできないけどな。それより肌は特に異常はなさそうだぞ」

「良かった！　アレルギー反応は起こしていないようだね」

魔法を使えば、パッチテストも一瞬で済ませられるようだ。

「魔法って本当に便利」

陽葵は目を輝かせながら感心していた。

無事に化粧水が完成し、パッチテストもクリアしたところで、さっそく化粧水を使ってみる。まずは陽葵がお手本を見せた。

手のひらに五百円硬貨大の化粧水を垂らし、両手を使って人肌に温める。それから両手で包み込むように顔に化粧水を塗った。

「カラカラだった肌が、ヒタヒタに潤っていく～」

ふわりと漂うネロリの香りに癒《いや》される。うっとりする陽葵をティナが引いたように眺めていた。

「顔に水を塗っただけで喜んでる……」

まるでおかしな人でも見たような反応だ。陽葵は温度差をものともせず、ティナにも化粧水を差し出す。

「ほら、ティナちゃんもどうぞ」

「これを顔に塗ればいいのか？」

「うん。擦らないように優しくね」

警戒していたティナだったが、陽葵に促されたことで化粧水を手のひらに垂らす。両手に広げてから、恐る恐る顔に付けた。

ギュッと目を瞑《つむ》っていたティナだったが、害がないと分かると、ゆっくりと目を開く。

「良い香り……」

紫色の瞳で、手のひらに残った化粧水をまじまじと見つめていた。香りを堪能《たんのう》した後は、指先で頬に触れる。

「いつもより肌が柔らかくなった気がする」

初めて体験した感覚に戸惑いつつも、感動に浸っていた。

「どれどれ～」

陽葵は指の第一関節と第二関節の間で、ティナの頬骨に触れてみる。ひんやりむにっとした感触が伝わった。

「おいっ！　何やってるんだ？」

突然触れられたティナは、驚いた猫のように跳びはねて距離を取る。そんな姿を眺めながら陽葵は、頬に触れた理由を明かした。

「肌に水分が行き渡ったか確かめたんだよ。触れた時にひんやりむにっとしていたら、肌に水分が行き渡った合図だよ。ティナちゃんもちゃーんと保湿されてるみたいだね」

ティナは「驚かすなよ」と不貞腐《ふてくさ》れたように呟いた。

陽葵から逃れるようにそっぽを向いた直後、ティナは壁に掛けられた鏡に視線を止めた。かと思えば、引き寄せられるように鏡の前に近付く。

「肌にツヤが出て、輝いて見える……」

ティナは頬に手を添えながら、鏡を凝視している。

「肌に潤いが行き渡った証拠だね」

陽葵が声をかけた後も、ティナはまじまじと鏡に映った自分を見つめていた。あまりに見入っているものだから、声をかけることすら憚《はばか》られた。

しばらく様子を見ていると、ティナは静かに語り出す。

「私、町の娘達よりも顔の色ツヤが悪いことがコンプレックスだったんだ。魔女だし森に引きこもっているから仕方ないって諦めていたけど、化粧水を付けたらマシになった」

「あー、それは乾燥によるくすみが原因かもね」

肌の水分量が低下すると、透明感を失ってくすんで見える。水分をたっぷり含んだ野菜はツヤやかに見えるとけど、干からびた野菜はくすんで見えるのと同じ原理だ。

肌も水分を与えることで、ツヤのある状態に整う。陽葵にとっては常識だったが、化粧水を初めて使ったティナには衝撃的だったようだ。

「私の肌もこんな風に変わるとは思わなかった。こんなのは魔法じゃないか」

「魔法なんて大袈裟《おおげさ》だよ！」

陽葵は両手をひらひら振りながら謙遜する。本物の魔女さんから魔法を使ったと疑われるとは思わなかった。

照れ笑いをしていると、ティナはカツカツとヒールを鳴らしながら近付く。目の前までやって来ると、躊躇《ためら》いがちにお礼を告げられた。

「ありがとう、ヒマリ。お前のおかげで、ちょっとはこの顔が好きになれた」

紫色の瞳は、落ち着きなくうろうろと彷徨《さまよ》っている。素っ気ない態度だけど、感謝してくれていることは伝わった。

目の前で照れる魔女さんがあまりに可愛くて、陽葵はティナの両手を掴む。胸の奥底から温かい感情が溢《あふ》れ出《だ》した。

「こちらこそありがとう！　ティナちゃん」

ブンブンと両手を上下に振ると、ティナはあからさまに迷惑そうに顔を顰める。

「やめろ、腕が吹っ飛ぶ」

「そこまで強くはやってないよ！」

「いいから離せ。鬱陶しい」

はっきり拒絶されたことで、渋々ティナの手を解放する。

感謝こそされたけど、ティナはやっぱりクールだった。


アトリエの片付けを終えた頃には、一気に眠気が襲ってきた。今日は驚くべきことにたくさん遭遇して疲れた。ゆっくり休もうと思ったが、寝室にはベッドが一つしかないことに気付いた。

急に押しかけてしまったのだから仕方がない。やむを得ず、ティナのベッドにお邪魔させてもらうことにした。

「ヒマリ、狭い。もっと向こうに詰めろ」

「えー、無理だよー」

ティナは迷惑そうにしていたが、床で寝ろとは言わなかった。クールではあるけど、根は優しい魔女さんなのかもしれない。

「こうして一緒に寝ていると姉妹みたいだね。妹ができたみたいで新鮮だなぁ」

呑気に話すと、ティナは複雑そうに目を細める。

「妹って……私は二百歳を超えてるんだが？」

「めちゃくちゃお姉さんだった！」

「人間と魔女の寿命は違うんだよ。魔女は千年生きる」

「うう……やっぱりここは異世界なんだね。シクシク」

わざとらしく泣き真似《なまね》をする陽葵を見て、ティナは鬱陶しそうに眉を顰めた。

「もう寝るぞ」

「えー、もっとお話ししようよ」

「しない。おやすみ」

「つれないなぁ、ティナちゃんは……」

ティナは布団をかぶって背中を向ける。異世界の話をもっと聞かせてもらいたかったけど、今夜は叶いそうにない。陽葵も諦めて眠ることにした。

興奮が冷めないせいか、なかなか寝付けない。布団にくるまりながら、今日の出来事を思い返していた。

公園で眩しい光に吸い込まれたと思ったら、異世界に転移していた。そこには本物の魔女さんがいて、箒で空を飛べるファンタジー世界が広がっていた。

致命的なことに、この世界にはコスメの概念がない。もとの世界とは何もかも違っていた。

パニックになってもおかしくない状況だけど、今の陽葵はあまり焦っていない。まったく不安がないと言えば嘘になるが、「どうにかなるさ」と楽観視していた。

こんな心境でいられるのは、可愛い魔女さんが助けてくれたからかもしれない。ティナと一緒なら、この世界でも生きていけるような気がした。

(化粧水を作って喜んでもらえたのも嬉《うれ》しかったなぁ)

自分の作ったコスメで、誰かに感謝されたのは初めてだった。日本の法律では手作りコスメを人に譲渡することは禁止されている。化粧品製造販売業許可を取得していなければ、販売はもちろんプレゼントすることすら許されていない。

だから自分で作ったコスメは自分で楽しむ他ない。化粧品の開発職に就いて、ようやく誰かのために化粧品を作れるようになったが、人に喜んでもらえる代物は簡単には作れなかった。

だけど異世界に来て、状況が一変した。

可愛い魔女さんから感謝されたことで、自分の作った化粧品が誰かの役に立てることを実感した。

それは胸の中でどんより立ち込めた霧が一気に晴れるような出来事だった。

(私がやりたかったのは、こういうことなのかもしれない)

思わず頬が緩む。ティナから感謝されたことで達成感に包まれていた。

たくさんの女の子を笑顔にできる化粧品を作りたい。その夢に一歩近付けた気がした。

次の瞬間、陽葵はハッと気付く。

「そうだよ！　化粧品を作って売ればいいんだよ！」

陽葵は勢いよく身体を起こして叫んだ。突然、陽葵が叫び出したことで、夢現《ゆめうつつ》だったティナも身体を起こす。

「なんだ、急に？」

目をこすりながら抗議するティナの肩を、陽葵はガシッと掴む。

「この世界にはコスメの概念がないんだよね？　それなら私達が作って売ればいいんだよ！」

「作って売る？　さっき作った化粧水を売り物にするのか？」

「その通り！　だってさ、可愛くなりたいって願うのは、異世界の女の子でも同じでしょ？　だからきっと流行るはず！」

意気揚々と提案する陽葵を見つめながら、ティナは落ち着いたトーンで反応する。

「なるほど、確かにやってみる価値はあるな……」

初つ端《しょぱな》から否定するわけではなく、陽葵の提案に可能性を感じているようだった。その反応を見て、陽葵はさらに乗り気になる。

「せっかくだし、化粧水だけじゃなくて、乳液も作りたいな。あとあと、口紅とかファンデとかメイクにも手を出したいよね。シャンプーもないんだし、ヘアケアに手を出すのもアリかも」

ベッドの上で身体を揺らしながら、これから作る化粧品を想像する。次から次へとアイデアが浮かんできて止まらなかった。

妄想に浸る陽葵だったが、隣にいるティナは至って冷静だ。ジトッとした目をしながら、陽葵を窘《たしな》めた。

「とりあえず、今日はもう寝ろ。うるさい」

その言葉で陽葵は我に返る。

「ごめんね！　勝手に盛り上がってー」

咄嗟に謝るも、ティナは不機嫌そうに布団をバサッと被って背中を向けた。可愛い魔女さんの機嫌を損ねてしまったことに反省しながらも、陽葵は大人しく布団に潜った。

第三章　異世界で化粧品開発を始めました

「ふむふむ、なるほど。この世界に生息している植物は、もとの世界とあまり変わらないようだね」

銀縁眼鏡をかけた陽葵は、椅子に座りながら分厚い植物図鑑を読んでいる。図鑑には、バラ、ラベンダー、ヒマワリ、ガーベラなど、見覚えのある植物がイラスト付きで記されていた。

真剣に文字を追っていたが、だんだんとぼやけて読めなくなる。どうやら魔法の効力が切れたらしい。

「ティナちゃん、また読めなくなっちゃった」

レジスターの前から声をかけると、棚の掃除をしていたティナから面倒くさそうな視線が送られた。

「またか……。まだ読むつもりか？」

「うん。もうちょっとだけお願い」

両手を合わせてお願いをすると、ティナは小さく溜息をついてから呪文を唱えた。

「ラワードビジュア」

すると、再び図鑑の文字が読めるようになる。

「ありがとー！　ティナちゃん」

「これで最後だぞ。さっさとこの世界の文字を覚えろ」

「はーい」

陽葵は元気よく返事をしてから、再び植物図鑑に視線を落とした。

陽葵はこの世界の文字が読めない。そんな欠点を魔法で補ってもらっていた。

陽葵がかけている眼鏡には、誰でも文字が読めるようになる魔法がかけられている。効力は約三十分と制限があるけど、とても助かっている。ちなみに魔法をかけ直してもらったのは、これで三回目だ。

「大体、植物図鑑が読みたいってどういうことだ？　何を企《たくら》んでいる？」

「企んでるなんて人聞きの悪い！　化粧品の原料になりそうな植物を探しているだけだよ」

化粧品を作るには原料が必要だ。もとの世界とは勝手が違う異世界で、どんな原料が手に入るのか調査したかった。

「それで、良さそうな植物はあったのか？」

「うん。私の知っている植物もたくさんあったよ」

植物図鑑には、化粧品原料になりそうな植物も記されていた。アロエにカモミール、ローズマリー、ヘチマなど。どれも市販されている化粧品に使われている成分だ。

植物図鑑を眺めていると心が躍る。この原料を使ったらこんな効能が期待できるなぁ、と頭の中で想像しているだけでワクワクしてくる。そんな陽葵の心境を知らないティナは、呆れたように目を細めている。

「それで？　次はどんなコスメを作るつもりなんだ？」

そういえばティナにはまだ伝えていなかった。陽葵は植物図鑑を机に置いてから、えっへんと胸を張って伝えた。

「まずは化粧水と乳液を作るよ。スキンケアの基本だからね」

「化粧水は分かるけど、乳液ってなんだ？」

聞きなれない言葉に戸惑うティナに、陽葵は化粧水と乳液の役割を伝えた。

「乳液は、外から与えた水分を逃がさないように蓋をする役割があるの」

「蓋をする？」

「そう。化粧水は肌を潤す役割があるんだけど、それだけだと肌の表面から水分が蒸発していっちゃうの」

「それじゃあ、意味ないじゃないか」

「全部蒸発するわけじゃないから、意味がないってことはないんだけど、効果は薄れちゃうよね。そこで役に立つのが乳液。乳液には水分だけでなく油分も含まれているから、肌表面の水分を逃がさないように蓋をする役割があるんだよ」

「要するに、セットで使うことで効果を発揮するというわけか？」

「そういうこと。さすがティナちゃん、理解が早い！」

大袈裟に拍手をすると、ティナは鬱陶しいと言わんばかりに顔を背けた。相変わらずクールな魔女さんだ。若干の寂しさを感じながらも、陽葵は再び植物図鑑を手に取る。

「そんなわけで、化粧水と乳液を作る原料を探しているんだけど、どれがいいかなー？」

「この前作った蜂蜜とオレンジフラワーウォーターじゃダメなのか？」

「蜂蜜化粧水でも悪くはないけど、この前作ったのはべたつきがあるから好き嫌いが分かれそうなんだよね……」

「あーあ、確かにアレは肌がべたっとした感じになったな」

「べたつきって、嫌う人も多いからね。せっかくなら、サラッと使える化粧水が作りたいなぁって」

蜂蜜化粧水の欠点を補える原料を探していると、化粧品にも馴染み深い植物を発見した。数珠玉《じゅずだま》のような種子を付けたイネ科の植物、ハトムギだ。

ハトムギエキスは、化粧品原料としても人気の成分だ。プチプラのハトムギ化粧水は幅広い世代から支持を集めている。過去に陽葵もハトムギと日本酒で化粧水を作ったが、しっとりしつつもサラッとした使い心地だったのを覚えている。

「ティナちゃん！　この植物って入手できる？」

陽葵が手招きをすると、ティナは植物図鑑を覗き込む。

「ああ、これか。この植物はこの辺りには生息していない。もっと南の方に行かないと取れないぞ」

「あー、そうなんだぁ……」

「馴染みの商人に頼めば、取り寄せられないこともないが、今から頼んでもひと月はかかるな」

「それだと遅いなぁ。もっと身近で手に入る材料で作らないと……」

陽葵はもう一度、植物図鑑を眺める。

「このあたりだと、どんな植物が入手できるの？」

「そうだなぁ……」

ティナは植物図鑑をひょいっと奪うと、パラパラとページをめくる。そしてある植物を指さした。

「この辺で大量に入手できる植物といったらこれだな」

陽葵は植物図鑑を覗き込む。そこには紫色の小さな花穂をつけた植物が描かれていた。

「どれどれ～。心地よい香りが魅力のハーブで、精油として使われることもある。背丈は二〇～一三〇センチ。寒さに強いって、ラベンダーか！」

図鑑に書かれていた解説文は、ラベンダーの特徴と一致していた。

「昨日見せた通り、アトリエにはラベンダーウォーターもあるし、精油もある」

「精油もあるんだ！　それならラベンダーを化粧水と乳液の共通成分にしてもいいね！　リラックス効果抜群だよ！」

一つ目の成分はラベンダーに決定した。とはいえ、それだけでは保湿力が物足りない。何か保湿成分を入れたいところではある。

「うーん……。グリセリンがあれば一番いいんだけど……」

グリセリンとは、化粧品や医薬品などに用いられるアルコールの一種だ。粘り気のある無色透明の液体で、高い保湿作用を持っている。

グリセリンはドラッグストアでも手に入るから、陽葵も化粧品作りで使用していた。だけどこの世界にも存在するのかは、ちょっと怪しい。

陽葵は再び植物図鑑に視線を落とす。すると、あることに気付いた。

「ヤシの木とオリーブの木もあるのか。そう言えば、お風呂場には固形石鹸もあったよね」

石鹸の製造方法には、けん化法と中和法の二種類がある。けん化法は、油脂を苛性ソーダで加水分解して作る伝統的な製法だ。

けん化法で製造した場合は、石鹸の副産物としてグリセリンができる。それらを分離できる技術(もしくは魔法)があれば、グリセリンが存在していても不思議ではない。

「グリセリンならあるぞ。魔法薬で使うこともあるからな」

「そうなの!?」

「ああ、ヤシ油から精製したもので良ければ」

「十分だよ!」

高保湿で扱いやすいグリセリンがあれば、様々な化粧品に応用できる。これを使わない手はない。

「それじゃあ、保湿剤はグリセリンを使おう」

着々と成分が決まりつつあるが、まだ足りない。残りの成分を決めるためにも、もう一度アトリエにどんな材料があるか確認したい。

「ティナちゃん。アトリエに保管してある原料をよく見せてくれないかな？　もしかしたら使える原料があるかもしれないし」

「分かった、ついてこい」

「わーい！　ありがとー！」

陽葵はアトリエに案内されたのだが、そこには想像以上に色んなものが揃っていた。

「すっごい！　こんなのもあるんだ！」

もとの世界にもあるような原料をいくつも発見して、陽葵は目を輝かせた。前途多難に思えた化粧品作りだったが、実現できそうな兆しが見えた。


店を閉めた後、陽葵とティナはアトリエに籠った。テーブルには、精製水、グリセリン、ラベンダー精油などの材料がずらりと並んでいる。陽葵とティナは、白衣代わりにエプロンを身につけて調合の準備を始めていた。

「よーし、さっそく化粧水と乳液の試作品を作ってみよう！」

「ああ、頑張れ」

「ティナちゃんも手伝うんだよ。主に魔法で」

「ああ、やっぱりそうなるのか……」

ティナは面倒くさそうな反応を示しながらも、協力してくれた。

「作ると言っても、材料を入れて混ぜるだけなんだけどね」

今回作る化粧水も、基本的なステップは前回と同様だ。材料は計って、混ぜるだけ。材料を変えるだけで簡単に作れる。

「まずは、ビーカーに精製水を注いでー」

前回はアロマウォーターを使用したが、今回は精製水を使用することにした。

精製水とは、不純物を取り除いた純度の高い水のことだ。もとの世界では、蒸留もしくはイオン交換樹脂に通すことで不純物を取り除いているが、ティナの魔法があれば大掛かりな機械がなくても取り除くことができる。

精製水は魔法薬の調合でも使うらしく、大量にストックしてあった。今回はストックしてあったものを使わせてもらうことにした。

ビーカーに計り取った精製水はいったん小脇に置き、残りの材料を手元に集める。最低限の材料は揃っているが、まだ足りないものもあった。

「グリセリンのべたつきを抑えるためには、エタノールを加えるといいんだけど、さすがにないよね？　お酒に入っている、酔っ払い成分のことなんだけど……」

「酔っ払い成分……。そう言えば、前に客から貰った果実酒があったな。私は酒が飲めないから放置していたが、そこから酔っ払い成分だけを抽出して使ったらどうだ？」

「そんなこともできるの？　ぜひともお願いしたい！」

「分かった。待ってろ。今持ってくる」

エタノールは、化粧品開発でも大いに役に立つ。肌に付けた時に清涼感を与えることや精油と水を馴染ませやすくすることもできる。

もとの世界に存在する原料がなくても、知恵を絞れば解決できるようだ。

しばらくすると、ティナが果実酒の瓶を手に持って戻ってくる。放置していたと言っていただけあって未開封だった。

「抽出した酔っ払い成分は、空のビーカーに入れればいいか？」

「うん。お願い！」

「分かった。アブセプション」

呪文を唱えると、空のビーカーに透明の液体が溜まった。手であおいで香りを確かめてみると、お酒の香りがした。

「ありがとう、ティナちゃん。これなら使えそうだよ！」

エタノールを分離してもらったところで、ビーカーにグリセリンを加えて混ぜ合わせる。全体が混ざり合ったら、ラベンダー精油を二滴加えた。するとアトリエ内にラベンダーの香りが広がっていく。

「良い香り～」

「ああ、癒されるな」

二人でうっとりした後、陽葵は最後の作業に入った。

「最後に精製水を加えて混ぜ合わせれば完成だよ！」

ビーカーにあらかじめ計っておいた精製水を加えて、ガラス棒でくるくる攪拌する。その様子をティナも見守っていた。見習い魔女さんに魔法薬の作り方を指導しているようで、ちょっとだけ誇らしい気分になった。

「よし、完成！」

「随分簡単なんだな」

「うん。原料を計って混ぜるだけだからね」

ティナは出来上がった化粧水をまじまじと見ている。その間に陽葵は乳液作りの準備を始めた。

乳液作りは、化粧水作りと比べるとちょっと難易度が上がる。水溶性の成分と油性の成分を混ぜるのにひと手間かかるからだ。

陽葵はテーブルに、精製水、ホホバオイル、ラベンダー精油を並べる。本来乳液作りでは、水と油を混ぜ合わせるための乳化ワックスが必要になるが、ティナのアトリエには見当たらなかった。だけどその欠点を補える術がある。いや、魔法がある。

ホホバオイルの入ったビーカーと精製水の入ったビーカーを湯せんで温めて、両方が温まった頃合いに陽葵はティナに視線を送った。

「ティナちゃん、水と油を混ぜてくれるかな？」

「はいはい」

ティナが水と油を混ぜる魔法が使えることは、事前にリサーチ済みだ。打ち合わせ通り、ティナは二つのビーカーを手に取ると、精製水をオイルの入ったビーカーに移しながら呪文を唱えた。

「リクルフューズ」

ポンッと小気味いい音が響く。見た目では変化は分からないが、多分成功しているはずだ。陽葵はビーカーを受け取り、泡だて器を使って混ぜた。

「よーし、混ぜろー！」

素早く手を動かしてビーカーの中身を混ぜ合わせる。とはいえ素手では限界がある。本来であれば、材料を勢いよく攪拌できる電動クリーマーを使用するが、アトリエにはそんなものは存在していなかった。

「もっと素早く混ぜたいんだけどな……」

腕が疲れて嘆いていると、ティナが手を差し伸べてくれた。

「どれ、泡だて器を貸してみろ」

「うん」

ティナに泡立て器を差し出すと、再び魔法をかけた。

「ラピッドミューズ」

次の瞬間、泡だて器の先端が素早く回転し、電動クリーマーへと変身した。

「凄い！　さすがティナちゃん！」

「効力は短いから大したことはない。そういう機械が欲しいなら、町の発明家に依頼しろ」

「へえー、町には発明家がいるんだ」

「ああ、リス族の喧《やかま》しい小娘だけど、腕は悪くない。私も何度か依頼したことがある」

「リス族!?」

発明家よりもリス族という部分に興味を惹《ひ》かれてしまう。リス族ということは、もふもふの尻尾が付いているのだろうか？

「もふもふしたいなぁ」

「今の話から、どうしてそういう発想になるんだ？」

ティナは呆れたように目を細めた。

お喋《しゃべ》りをしながら作業を続けていると、ビーカーの中身が白く変化する。水と油が混ざり合って乳化した証拠だ。そこにラベンダー精油を二滴加えて、もう一度混ぜ合わせた。

「よし、完成！」

ティナの協力もあり、乳液もあっという間に完成した。

魔法があれば、乳化剤不使用の化粧品が簡単に作れるようだ。もとの世界でも応用できたら、ナチュラル志向のお姉様から絶大な支持を集められるだろう。

「もう使えるのか？」

「うん。とりあえず手の甲で試してみようか！」

陽葵は完成した化粧水と乳液をテーブルに並べる。右手に化粧水、左手に乳液を塗って、使用感を確認してみた。

「ラベンダーの香りで癒される〜。化粧水はエタノールでグリセリンのべたつきを抑えたからサラッと使えるね」

化粧水と乳液の試作品は無事に完成した。あとは品質保持が課題となる。

「手作り化粧品って防腐剤を使っていないから、使用期限が短いんだよね。自分で使う分には管理できるけど、商品として売るにはちょっと心配だなー……」

化粧品は開封してから使い切るまでに雑菌が混入するリスクがある。市販の化粧品には品質保持のために防腐剤が用いられているが、ティナのアトリエに存在するとは思えない。

腕組みをしながら考えていると、ティナは化粧水を指さしながら尋ねた。

「要するに、コレを腐らなくすればいいんだな？」

「そうだよ。もしかして魔法で解決できる？」

「半年くらいだったら状態保持できる。魔法薬でも、ものを腐らなくさせる魔法は使うからな」

「そうなんだ！　それじゃあ、お願いします」

「ああ、フルールキールズ」

魔法をかけてもらい、防腐剤の問題もクリアできた。魔法の効果があるうちに使い切ってもらうためには、半年で使い切れる容量に調整すれば良いだろう。使用期限を明記した取扱説明書も必須になりそうだ。

「とりあえず、試作品はこれでオッケーだね。あとは安定性試験をクリアできれば商品化できそう」

「安定性試験ってなんだ？　この前のパッチテストとは違うのか？」

「パッチテストももちろんするけど、その他にも化粧品が温度や湿度、光の影響を受けた時の変化を確認するんだ。簡単に言えば、安全に化粧品を使い続けるためのテストだね」

「それなら魔法でも確認できるぞ」

またしてもティナの魔法に頼りたくなったが、陽葵は首を左右に振った。

「試験環境を作るのはお願いしようかと思うけど、実際の試験は魔法じゃなくて、自分の目で見て確かめたいんだ。安全性って大事なことだから」

魔法で安定性試験が済ませられることは、これまでの経緯から予想はできた。だけど、お客さんが安全に使えるか確かめるテストは、自分の目で確かめたかった。

もちろんティナの魔法を信用していないわけではない。これはあくまで陽葵の気持ちの問題だ。化粧品開発者の端くれとしては、自分の目で見て安全と判断したものを世に送り出したかった。

「まあ、それでも構わないが」

陽葵の化粧品開発者としてのこだわりまでは伝わっていないようだったが、ティナは納得してくれた。

「安定性試験が済んだら、いよいよ発売だね！」

自分で作った化粧品を売り出すことを想像すると胸が躍る。初めて見る化粧品を前にしたら、異世界の女の子達はどんな反応をするだろうか？

きっとティナが初めて化粧水を使った時のように、喜んでくれるに違いない。想像するだけで心が躍った。

ニマニマ笑う陽葵を見て、ティナは冷静に話を切り出す。

「浮かれているところ悪いが、初回はいくつ売り出すつもりだ？」

「ん？」

「価格はいくらにする？　儲《もう》けはいくら取るつもりだ？」

「んん？」

ファンタジー世界らしからぬ、現実的な話を振られて目が点になる。もとの世界でいつぞや参加した商品戦略会議を思い出した。企画部と営業部がバチバチに戦うおっかない会議だ。研究開発部の面々は、ビクビクしながら会議の成り行きを見守っていたのを覚えている。

「ああー……。嫌なことを思い出した」

「嫌なことって……。いくつ生産して、いくらで売るかは大事な問題だろ？」

ティナの言っていることはもっともだ。だけど陽葵は、売り方に関してはまったく考えていなかった。

「えーっと、それはまあ適当に……」

陽葵が苦笑いを浮かべながら答えると、ティナは再び溜息をついた。

「ものづくりは得意だけど、商売はからっきしといったところか」

「ごめんなさい……」

頭を押さえるティナに、陽葵は平謝りした。

「しょうがない。売り方に関しては私が考える」

「ありがとう！　ティナちゃん」

実際に売り出すにはやらなければならないことは残っているが、試作品が完成したことで化粧品販売計画は着々と進んでいった。

第四章　いよいよ発売！　いざ町へ

「うわぁ！　見て見て、ティナちゃん。見渡す限りのラベンダー畑！」

果てしなく広がる紫色の大地を眺めながら、陽葵は興奮気味にティナの肩を叩く。紫色の花穂を付けたラベンダーは、地平線の彼方《かなた》まで広がっている。あまりに美しい光景を前にして、陽葵は目を輝かせた。

「よし、死ぬまでに一度は見たい絶景に認定しよう！」

拳を握って意気込む陽葵とは対照的に、ティナは相変わらずクールに反応する。

「大袈裟な。たかがラベンダー畑ごときに」

ティナはとんがり帽子が風で飛ばないように押さえながら、さして興味のないように景色を眺めていた。

「相変わらず塩対応だなぁ」

「塩でも胡椒《こしょう》でも何でもいい。それよりもう少し大人しく乗っていられないのか？　ヒマリがはしゃぐたびに荷台が揺れて落ち着かない」

「ごめん、ごめん！　町に着くまで静かにしてるよー」

ティナに注意されたことで、陽葵は大人しく膝を抱えた。

陽葵とティナは、荷馬車に乗っている。開発した化粧品を町に売りに行くためだ。

試作品の安定性試験は無事にクリアして、正式に商品化へと踏み切ることができた。初回生産は化粧品、乳液が各五十個。これはティナから助言されて出された数字だ。

この世界では概念すら存在していない化粧品がいきなり五十個も売れるのか疑問だったが、ティナからは町で捌《さば》けなくても店に置けるから平気だと言われた。不安はあったが、ひとまずはティナの言葉を信じることにした。

初回生産数が決まってから、二人は量産化のステップに移った。製造現場におけるスケールアップという工程だ。

化粧水も乳液も、ビーカーでちまちま作っていたら膨大な時間がかかる。一気にまとめて生産するために、五十個分の材料を一気に大釜に投入して生産した。

念のためスケールアップ後の製品も、パッチテストと安定性試験を実施した。いずれも試験をクリアしたため、こうして売り物として完成したのだ。

出来上がった化粧水と乳液は、ころんとした丸い小瓶に詰めた。魔法薬を入れている瓶を代用したのだが、これがなかなか可愛らしい。お店に売っていたらパケ買いするレベルだ。

とはいえ閑古鳥が鳴いている魔法薬店に化粧品を並べたからって、すぐに売れるはずがない。そこで宣伝も兼ねて、町に売りに行くことを決めた。

当初ティナは町に出ることを渋っていたが、「貧困生活から脱出するチャンスだよ！」と説得すると納得してくれた。

完成した商品を持って町に出ようとしたが、そこで重大な問題に気付く。小瓶に入った計百個の化粧品を抱えて箒で飛ぶなんて、どう考えても不可能だ。そこに体重××キロの陽葵まで加わったら、明らかに重量オーバーだ。

困り果てている中、白羽の矢が立ったのがラベンダー農家のロラン爺《じい》さん。彼に町まで運んでほしいとお願いをした。

真っ白な髭《ひげ》を蓄えたロラン爺さんは「ふぉっふぉっふぉっ」と笑いながら承諾してくれた。そんなわけで、二人は荷馬車に揺られながら町まで向かっている。

「それにしても、ティナちゃんにも頼れる相手がいるようで安心したよ。独りぼっちで森で暮らしていると思っていたから心配してたんだぁ」

静かにしていろ、という約束を十秒で忘れた陽葵は呑気に話しかける。

「頼れる相手ってロランのことか？　別に頼っているわけじゃないぞ。この間、魔法で屋根の修理をしてやったから、その借りを返してもらっているだけだ」

「ティナちゃん、いくら魔女さんだからって呼び捨ては……。目上の方は敬わないと」

「私はロランが洟《はな》たれ小僧の頃から知ってるんだぞ？」

「ふぉっふぉっふぉっ」

失礼な物言いをしているにもかかわらず、ロラン爺さんは気にする素振りもなく呑気に笑っていた。おおらかなのか、耳が遠いだけなのかは分からないが。

「ティナちゃんからすれば、今生きている人間はみんな小僧と小娘なんだね」

「まあ、そうだな」

ティナの実年齢は、二百歳を超えている。陽葵の目には、高校生くらいにしか見えないが、実際はその辺にいる人間よりもずっとお姉さんだ。

「ティナちゃんが若作りなことは、よーくわかった」

「侮辱されているような気がするが……まあいいか」

失礼な発言を敏感に察したティナだったが、それ以上追及されることはなかった。それからも二人は、のんびり荷馬車に揺られながらラベンダー畑を眺めていた。


日が高くなった頃に、陽葵達は町に到着した。目の前に広がる町並みを見て、陽葵は再び目を輝かせる。

「わあ！　なんて可愛い町なの!?　まるで絵本の世界みたい！」

やって来たのは、丘に沿うように段々に建物が並んだ西洋風の町。丘の頂上には白いお城が建っていて、遠くから見ると天空に浮かぶ城のようだった。

お城の周辺には、褐色の屋根に白い石壁の建物が連なっている。澄んだ青空によく映える、明るい町並みだった。

「おい、勝手にフラフラするな。中央広場に行って売り場を確保するぞ」

「はーい」

あちこち見て回りたい気持ちをグッと堪《こら》えて、陽葵は商品が詰め込まれた木箱を運んだ。

中央広場には大きな噴水がある。噴水の周囲には、様々な露店が並んでいた。帽子屋、アクセサリー屋、靴屋……。店先に並んでいる商品はどれもこれも手作りで、フリーマーケットのようだ。

「小さなお店がたくさん」

「この辺りは、個人の商人が店を開いているからな」

「無許可で路上販売しても大丈夫なの？」

もとの世界の常識に則《のっと》って尋ねると、ティナは不思議そうに首を傾げた。

「商売なんてどこでやっても構わないだろ？　いちいち誰かに許可を取る必要はない」

「規制がないんだね。良かったぁ」

この世界の常識を知って、陽葵はホッと安堵する。もとの世界だったら、路上で手作り化粧品を販売するのはご法度《はっと》だ。そもそも素人が手作り化粧品を販売すること自体が禁止されている。

この世界でも何かしらのルールが定められているのではと心配していたが、案外緩いらしい。誰にも取り締まられないのであれば、堂々と販売できる。

「よーし、じゃんじゃん売っていこう！」

意気込みを見せると、陽葵は木箱の上に布を敷き、化粧水と乳液を陳列した。綺麗に並べられた小瓶を眺めながら、ティナは目を細める。

「これだと魔法薬を売っているようにしか見えないな」

確かに小瓶が並んでいるだけでは、化粧品とは判断できない。そもそも化粧品のない世界なのだから、この世界の住人から見れば魔法薬としか認識されないだろう。

だけどその辺りは想定済みだ。陽葵はフフフッと得意げに笑いながら、とある紙を取り出した。

「じゃーん！　手書きＰＯＰです！」

「てがきぽっぷ？」

聞きなれない単語だったのか、ティナはまじまじと紙を凝視する。首を捻《ひね》るティナに、陽葵は手書きＰＯＰの役割を伝えた。

「手書きＰＯＰは、商品の魅力を文字とイラストで分かりやすく紹介するものだよ。昔、ドラッグストアでバイトをしていた時に作ってたんだぁー」

紙に描かれているのは、女性が頬に化粧水を塗っているイラストだ。イラストの隣には『肌を潤して乾燥知らず』『しっとりぷるん』と書かれている。どれも陽葵が書いたものだ。

「おお……確かにこれを見れば、顔に塗る商品であることは理解できるな」

「でしょー？」

陽葵が得意げに胸を張ると、ティナは別のことにも気が付く。

「というかお前、この世界の文字が読み書きできるようになったんだな。ついこの間は、魔法の眼鏡をかけないと読めなかったのに」

ティナの言う通り、数日前までの陽葵はこの世界の文字が読めなかった。だけどもう、その欠点は克服済みだ。

「あれから勉強したからね。これでも私、お勉強は得意なんだよ」

もともと何かを探求することが好きな陽葵は、勉強も好きだった。おまけに暗記する能力は、人一倍ある。その気になれば、異世界の文字を理解するのも容易《たやす》いことだった。

意外な一面を知ったティナは、驚いたように目をぱちぱちとさせる。

「元気だけが取り柄だと思っていたけど、意外と賢いんだな」

「えへへ、それはよく言われるー」

陽葵は照れ笑いを浮かべた。準備が整ったところで、さっそく営業を開始する。

「じゃあ、お客さんを呼び込もうか」

「ああ、それはいいけど、どうやって……」

ティナが尋ねると同時に、陽葵は両手を広げながら中央広場で声を張り上げた。

「さあさあ、お肌の不調を感じている方はいませんか？　最近お肌がカサつく、突っ張るなどでお悩みの方は、ぜひこちらの化粧水をお試しください！」

通行人が一斉に陽葵に注目する。なんだなんだ、と好奇心に満ちた視線が集まった。

「お、おい、急に叫ぶやつがあるか……」

ティナは慌てて陽葵を窘める。しかし当の本人はまるで恥ずかしさなんて感じていなかった。

「え？　客引きはダメだった？」

「ダメではないけど」

LOTION

「なーんだ、びっくりしたぁ」

違反ではないのなら躊躇う必要なんてない。陽葵は呼び込みを続行した。

最初は遠目から様子を窺《うかが》っていた通行人だったが、次第に興味を持ってこちらに集まってきた。

若い女性からマダムまで様々な年代の女性に好奇の視線を向けられる。

「化粧水ってなあに？」

「肌のカサつきって、どうにかできるものなの？」

「この水を顔に付けるってこと？」

女性達は手書きＰＯＰと陽葵を交互に見ながら質問する。そこで陽葵は、待ってましたと言わんばかりに説明を始めた。

「化粧水は、お肌の乾燥を防ぐためのアイテムです！　お見受けしたところ、この国のみなさんはお肌が乾燥気味のようです。乾燥を放っておくと、ゴワゴワとした手触りになったり、痒みが起こったり、小じわができたりと、様々なトラブルを引き起こすんですよ」

肌のごわつきやシワには心当たりがあったようで、女性達は苦々しい表情を浮かべる。

「そういえば最近、シワが目立つようになったような……」

「風の強い季節は、肌がゴワゴワになるのよねー……」

どうやら異世界の女性達も肌不調を感じているようだった。自覚があるのなら話は早い。陽葵は化粧水と乳液の役割を伝えた。

「乾燥したお肌を助けるのが、こちらの化粧水と乳液です。化粧水で乾いたお肌をひたひたに満たして乳液の油分で蓋をすれば、潤いに満ちたもちもち肌になりますよ！」

「ひたひた」

「もちもち」

女性達は、興味深そうに化粧水と乳液を見つめる。コスメの概念がない世界でも、スキンケアをすることで肌が変化することは伝わったようだ。さらに興味を持ってもらうため、陽葵は手に持っていた小瓶を開ける。

「良かったら、お手元で試してみませんか？　実際に使っていただいた方が、分かりやすいと思うので」

陽葵が促すと、一人の女性が化粧水を手に取る。手元にちょんちょんと液を垂らすと、パッと表情が和らいだ。

「あら、いい香り！」

まずは香りで気に入ってもらえたようだ。それから手の甲に付けた化粧水を薄く伸ばす。そこでもう一度、表情が和らいだ。

「手触りが変わった気がするわ。なんだかしっとりしている」

保湿された感覚も伝わったようだった。そこで陽葵は乳液も促す。

「化粧水を塗った後は、こちらの乳液で蓋をしてみてください」

陽葵から勧められたところで、今後は乳液を手の甲に垂らす。全体に塗り広げて感触を確かめると、再び表情が和らいだ。

「もちっとした手触りになっているわ！」

感想を聞くと、周囲にいた女性達もこぞって化粧水と乳液を試した。

「本当！　まるで赤ちゃんのような触り心地だわ」

「ごわごわしてない！　いつもと全然違う！」

「これを顔に塗ったら、どうなるのかしら？」

手元で試したことで、さらに興味が湧いたようだ。陽葵が心の中でガッツポーズをしていると、最初に化粧水を試した女性が財布を取り出した。

「これ、おいくらかしら？」

早速売れそうな兆しが来た。陽葵はティナと決めていた金額を告げた。

「通常は銀貨三枚ですが、今ならお試しで銀貨一枚です！」

この世界での貨幣価値や物価は、事前にティナに教わっている。銀貨一枚が約千円に相当するようだ。つまり化粧水と乳液の定価は約三千円だ。

とはいえコスメの概念がない世界で、いきなり三千円を出すのは抵抗がある。そこで初回は大特価の千円で売り出すことにした。

「それなら化粧水と乳液を一つずつ頂こうかしら」

「ありがとうございますっ！」

さっそく売れて感激する。陽葵は化粧品と乳液を差し出す際に、小さな紙も一緒に手渡した。

「こちらは使用上の注意です。使い方や保管方法などが書かれているので、使い始める前に読んで

ください ね」

実は商品だけでなく、取扱説明書も用意していた。コスメの概念がない世界では、使い方や保管方法もレクチャーする必要があったからだ。

「この紙の通りに使えばいいのね。ありがとう」

女性はにっこり微笑《ほほえ》みながら、商品と取扱説明書を受け取る。その笑顔を見た途端、心の中がほわっと温かくなった。

「はい！　こちらこそ、ありがとうございます！」

嬉しさが溢《あふ》れかえって、陽葵は勢いよくお辞儀をした。一つ売れると、周囲にいた女性達も一斉に財布を取り出す。

「私にも貰えるかしら？」

「こっちにも化粧水と乳液を一つずつ」

「私にもお願いします！」

こんなに興味を持ってもらえるとは思わなかった。これは想像以上の成果だ。

隣で傍観していたティナも、驚いたように目を丸くする。呆然《ぼうぜん》とするティナに、陽葵はパチンとウインクをした。

「大成功だね！」

化粧品が売れるようになれば、ティナも貧困生活から脱出できる。リピーターが付けば、おのずと売り上げが伸びるだろう。

「お前……凄いんだな……」

ティナは感心したように、陽葵をまじまじと見つめていた。

それからも人だかりに吸い寄せられるように、人が集まってくる。陽葵とティナは、あっという間にお客さんに囲まれた。

「これならすぐに完売できそうだね」

在庫を眺めながら微笑むと、ティナも満足そうに頷く。

「まさかここまで上手《うま》くいくとは思わなかった。ヒマリの呼び込みのおかげだな」

「いやぁ、それほどでも～、あるかなっ！」

謙遜しない陽葵を見て、ティナは「調子のいいやつ」と苦笑した。

そんな中、人だかりの中に変わったお客さんが交じっていることに気付く。腰まであるふわふわとした赤茶色の髪に、ルビーのような赤い瞳。幼さの残る顔立ちをした可愛らしい少女だ。

彼女が周りの女性達と大きく異なるのは、頭にぴょこんと生えた耳とふさふさの大きな尻尾だ。

そこで陽葵はピンとくる。

「もしかしてあの子って……」

「ああ、あいつはリス族だ。前にも話しただろ？　リス族の発明家がいるって」

「あの子がそうなんだ！」

噂に聞いていた発明家と対面して、陽葵は目を輝かせる。まさかこんなすぐに会えるとは思っていなかった。

リス族の少女は、真ん丸な瞳を輝かせながら化粧品と乳液を交互に見つめる。

「それはなんですの？　ただの魔法薬……ではなさそうですね」

シートに並んだ小瓶の正体が知りたくてウズウズしている。よほど興味を示しているのか、大きな尻尾がゆらゆらと揺れていた。

尻尾が左右に揺れるたびに、周りの女性達にぶつかっている。くすぐったそうにしている女性達の姿は、彼女の目には入っていなかった。

「おい、ロミ。また尻尾がご迷惑をかけているぞ」

ティナが指摘すると、リス族の少女はハッとした様子で尻尾の揺れを止める。

「ごめんなさい！　私、何かに夢中になると、尻尾が疎《おろそ》かになってしまうんです」

ロミは周りの女性達にペコペコと頭を下げる。周囲の女性達は「いいのよ～」「気にしないで～」とほっこりした表情でロミを眺めていた。一部始終を見ていた陽葵は、蕩《とろ》けるような笑顔を浮かべる。

「かっ……可愛い！」

リス族というだけでも可愛いのに、好奇心旺盛でちょっぴりうっかり屋さんな性格も堪《たま》らなく可愛い。ティナも可愛いけど、ロミにはまた違った可愛さがあった。

そして陽葵の関心をもっとも惹きつけるのは、見るからに柔らかそうな尻尾だ。

「もふもふしたい……」

大きな尻尾を見ていると、欲求が漏れ出してしまう。あのもふもふの尻尾に触れたらさぞかし気持ちいいだろう。ソワソワする陽葵に、ロミはこくりと首を傾げながら尋ねてくる。

「もふもふしますか？」

「いいの!?」

まさか許可してもらえるとは思っていなかったから、つい大声を出してしまう。ロミは、おかしなものを見たようにクスクスと笑った。

「構いませんよ。減るもんじゃありませんから」

神、天使、聖女！　心の広いロミを前にして、陽葵は拝むようにして両手を合わせた。

「なんたる幸運」

「おかしなテンションになっているな……」

もふもふ教に入信しそうな勢いの陽葵を見て、ティナは冷ややかに指摘する。陽葵は冷たい視線に目もくれず、陽葵はロミの前に飛び出した。

さっそくもふもふタイムを……と手を伸ばしたところ、まだ自己紹介すらしていないことに気付いた。名乗りもせずに、もふらせてもらうなんて失礼極まりない。陽葵は一度手を引っ込めてから自己紹介をした。

「私、佐倉陽葵っていいます！　今はティナちゃんの魔法薬店で居候させてもらってます！　よろしくね」

ロミは納得したように頷きながら、ティナと陽葵を交互に見る。

「なるほど！　だから魔女様と物売りをしているんですね。ということは、ヒマリさんは魔女見習いなんですか？」

「魔女見習い！」

心をくすぐられる称号を聞いて、陽葵は目を輝かせる。勢いのままティナに視線を送った。

「私って、魔女見習いなのかな？」

「いや、お前を弟子にした覚えはない」

期待を込めて尋ねてみたが、あっさり否定されてしまった。つれない態度を取られて、陽葵はシュンとする。

「残念ながら、魔女見習いではないみたい……」

「あら、そうでしたか」

ロミからは同情の眼差しを送られる。落ち込んでいた陽葵だったが、続くティナの言葉で考えが変わる。

「ヒマリは、私の仕事仲間だ」

「仲間!?」

陽葵は瞳を輝かせる。ティナから仲間とみなされていたことに驚きを隠せなかった。ただの居候から昇格した気がする。元気を取り戻した陽葵を見て、ロミは安堵したように微笑む。

「仕事仲間というのは素敵ですね。私は一人でお仕事をしているので、仲間がいるのは羨ましいです」

「ロミちゃんは一人で発明をしているんだ！　それも凄いね！」

小さな女の子が一人で発明家をしているというは驚きだ。あのティナですら一目を置いていたのだから、相当な腕なのだろう。

「ハッ！　まさかロミちゃんも、かなりお歳《とし》を召した方だったり？」

魔女であるティナが二百歳を超えているのと同様に、獣人であるロミも人間とは年の取り方が違うのかもしれない。

初対面でいきなり年齢の話題を持ち出すのは失礼かと思ったが、ロミは気にする素振りを見せずに答えてくれた。

「私は十六歳ですよ」

「ああ、そこは見た目通りなんだね」

実際には実年齢よりも幼く見えるが、あえて触れる必要はない。ひとまずはティナのように常識外れな年齢ではないことに安堵した。

「獣人の寿命は、人間と大差ないからな」

ティナの補足で納得する。またひとつ、この世界の常識を知った。

自己紹介が済んだところで、ロミは再び化粧水と乳液に興味を示す。

「これは何ですか？　町の女性達がこぞって買っているということは、相当凄い魔法薬なのでしょうね」

「これは魔法薬ではない。コスメだ」

「コスメ？」

聞き馴染みのない言葉だったのか、ロミは首を傾げる。そこで陽葵が役割を説明した。

「ここにあるのは化粧水と乳液っていってね、乾燥した肌に潤いを与えるものだよ」

「肌に潤いを与えると、何か良いことがあるんですか？」

「良いこと尽くめだよ！　肌がもちっと柔らかくなるし、乾燥による肌トラブルも予防できる」

「それは興味深いですね。試してみる価値はありそうです」

ロミは真剣な眼差しで瓶に入った化粧水を観察する。じっくり観察した後、斜め掛けのポシェットから財布を取り出した。

「私にも一ついただけますか？」

「もちろん！」

天才発明家さんも化粧品を購入してくれた。ロミは銀貨を差し出すと、大切そうに商品をポシェットにしまった。

「使ってみたら感想をお伝えしますね。今度、魔女様のお店にもお邪魔させていただきます」

「ぜひぜひ！　感想聞くのも楽しみだなぁ」

陽葵は両手を合わせて喜びを露わにする。自分の作った化粧品の感想を聞かせてもらえるというのはありがたい。良い感想だったらモチベーションが上がるし、悪い感想だったとしても今後の改善に繋《つな》がる。いずれにしてもプラスでしかない。

陽葵が喜んでいると、ロミは首から下げた懐中時計を開く。時刻を確認すると、ぼわっと尻尾を爆発させた。

「いっけない！　私、そろそろ戻らないと」

「そうなの？　忙しいんだね」

「ええ、明日までに作らないといけないものがあるので！　本当はもっとヒマリさんとお話したかったのですが、今日はここで失礼しますね！」

ロミはぺこりとお辞儀をすると、ぴゅんと人混みの中に消えていった。その素早さは、本物のリスさながらだ。

「あーあ、行っちゃった……」

「あいつは売れっ子だからな。仕事の依頼がパンパンに詰まっているんだろう」

「なるほどねー」

納得する陽葵。その直後、重大なことに気付いてしまった。

「ああ～～っ！　私としたことが、何たる失態！」

その場で膝をついて崩れ落ちる陽葵を見て、ティナはギョッとした。

「急にどうした？　金も貰ったし、商品も渡しただろ？」

「……れた」

「は？」

「もふもふするのを忘れたぁぁ！」

途中で自己紹介を始めたことで、もふもふするという本来の目的を忘れていた。見るからに柔らかそうな尻尾に触り損ねたことで、陽葵はショックを受ける。

そんな陽葵を、ティナは呆れたように見下ろしていた。

「バカバカしい」

どうやら魔女さんには、もふもふの魅力は理解できないようだ。


その後も化粧品の売れ行きは好調で、用意した商品は残り僅かになっていた。

「そろそろ完売しそうだね！」

「そうだな。正直、ここまで上手くいくとは思わなかった」

化粧水と乳液の初回販売は、大成功で締めくくられそうだ。陽葵とティナは顔を見合わせて微笑む。


そんな中、見るからに怪しい人物がこちらに駆け寄ってきた。

「なんだろう、あの人……」

真っ黒なローブで顔を隠している人物は、陽葵達の前までやって来るとぴたりと足を止める。

「化粧水と乳液を売っているお店は、こちらでよろしいのかしら？」

お上品な口調で尋ねられる。声の高さからして女性のようだ。身長はロミと同じくらいだ。

「はい！　そうですよ！」

怪しいと思いつつも、陽葵は元気よく返事をする。するとローブの少女は、ごそごそと服の中を漁《あさ》った後、金貨を差し出した。

「私にも一つずつ……いえ、二つずつ頂けるかしら？」

「かしこまりました」

一度で二つも売れたことに驚きながら、化粧水と乳液を二つずつ差し出す。

「待ってくださいね。お釣りを渡すので」

いち、にー、さんとお釣り用の銀貨を数えていたところで、ローブの少女は慌てふためいた。

「マズイわっ。セラがもうあんなところに……」

切羽詰まった声で呟くと、ローブの少女はくるりと踵を返した。

「お釣りは結構よ！」

「ああっ！　ちょっと！」

陽葵が呼び止めるも、ローブの少女はお釣りを受け取ることなく走り去っていった。

「行っちゃった……」

「相当慌てていたようだったな」

陽葵とティナは呆然としながら、ローブの少女が駆けて行った方面を眺めた。

それからしばらく経《た》った頃、またしても風変わりなお客さんに声をかけられた。

「お嬢様方、話を伺ってもよろしいでしょうか？」

現れたのは、腰に剣を携えた人物。身長は一七〇センチはゆうに超えている。涼し気な目元からはラピスラズリのような濃青色の瞳が覗いていた。青色の長い髪を後ろに束ねているのも印象的だ。

もとの世界では滅多にお目にかかれない美形さんだ。

「カッコいい……」

陽葵は思わず見惚れてしまう。カッコよさの中に、美しさや色気も含んでいるから余計に魅力的に見える。ぽーっと眺めていると、美形さんにふわりと笑いかけられた。

「お褒めいただき光栄です。可愛らしいお嬢さん」

「はうっ……」

美形スマイルをもろに食らい、陽葵は胸を押さえる。悶《もだ》える陽葵をティナが引き気味に見下ろしていた。

ティナは陽葵を置き去りにして話を進める。

「王国騎士が何の用だ？」

「こちらに黒いローブを着た人物が現れませんでしたか？」

「ああ、来たぞ」

「どちらに逃げていったか教えていただいても？」

「あっちに走って行った」

ティナがローブの少女が逃げて行った方向を指さすと、美形さんは折り目正しくお辞儀をした。

「情報提供ありがとうございます」

お礼を告げると、美形さんは颯爽《さっそう》と去っていった。ぴんと背筋を伸ばしながら去っていく様子を眺めながら、陽葵は尋ねる。

「何？　あの美形さん」

「あれは王国騎士だ」

「騎士!?」

日本では馴染みのない役職を聞いて、陽葵は目を丸くする。だけど考えてみれば、王様がいるのであれば騎士がいても不思議ではない。

「あんなにカッコいい男の人は、もとの世界にはそうそういないねー」

腕組みをしながら感心していると、ティナから衝撃の言葉を告げられる。

「あいつは女だぞ。たしか第三王女の専属騎士だったはず」

「ええ!?　女性なの？」

驚きのあまり思わず大声をあげてしまう。あの凜々《りり》しい美形さんが女性だったとは。

だけど言われてみれば、男性と比べると線の細い身体つきをしていた。華奢というわけではないのだけれど、男性にしては厚みがない。

「そっか、女性なのかぁ。それはそれで良きかな」

「なんだよ、良きかなって」

ティナからは引き気味な視線が飛んできたが、構わず話を続ける。

「騎士さんはさっきのローブの子を探していたみたいだね。何があったんだろう？」

「さあ？　お尋ね者を追っているのか、あるいは……」

「あるいは？」

「いや、考え過ぎか。気にするな」

含みのある言い方に疑問を残しつつも、この話はここで終わった。

陽が傾いて中央広場がオレンジ色に染まった頃、化粧品が完売した。

「全部売りきったぁ！」

「ああ、今日だけでたんまり稼げたな」

自分達で作った化粧品が売れたこと自体ももちろん嬉しいのだけれど、お金が入ってきたことも嬉しかった。これで目的の一つが達成できそうだ。

「よし！　今日はたんまり稼いだことだし、食べに行きますか！」

「食べるって、何を？」

「決まってるじゃん！　お肉だよ、お肉！」

「肉!?」

陽葵の言葉に、ティナは目を輝かせる。念願の肉を想像したのか、ティナはごくりと唾を飲み込んだ。

貧困生活をしていたティナは、肉を食べることなんて滅多にない。まとまったお金が入ったら、真っ先に食べさせてあげたかった。化粧品が完売した今なら、それも叶いそうだ。

「ティナちゃん。お肉を食べに行こう！」

陽葵は手を差し伸べる。いつものようにスルーされることも覚悟していたが、今日のティナは違った。

「ああ、そうだな」

ティナは陽葵の手を取る。その表情には、笑顔が浮かんでいた。ティナの笑顔を目の当たりにして、陽葵はズキュンと心臓を打ち抜かれる。

「かぁぁわいすぎる……！」

「はあ？」

「ううん！　なんでもないよ！　それよりお肉を食べられるお店を探そう！」

ティナの機嫌を損ねないように笑顔で取り繕う。それから二人は、店が立ち並ぶ大通りへと走った。

手頃なレストランを見つけ、二人はオープンテラスの席につく。日中よりも少し涼しい風が、二人の髪を揺らした。大通りには、柔らかな光を灯《とも》す街灯が立ち並んでいる。灯《あか》りがあるおかげで、陽の落ちた時間帯でも明るさを保っていた。

レストランの正面では、楽器を持った人々が演奏をしている。ケルト音楽にも似た陽気な音楽を聴いていると心が弾んだ。

「仕事終わりにお洒落《しゃれ》なレストランで食事をするのって、憧れてたんだぁ！」

仕事終わりにお洒落なレストランに立ち寄ってワインを傾ける。これぞ陽葵の思い描いていたキラキラの社会人ライフだ。実際には陽葵は酒に弱く、ワインなんて飲めないのだけれど。

そんな理想のアフターファイブが異世界で叶ったのだ。改めて異世界にやってきて良かったと感じた。嬉しさを噛《か》み締《し》める陽葵とは対照的に、ティナはどこかソワソワしている。

「ティナちゃん、大丈夫？」

「あ、ああ。大丈夫だ。久々に肉と対面するから少し緊張しているだけだ」

「大袈裟だなぁ」

ティナにとっては、肉を食べるのは身構えてしまうほどに特別なイベントらしい。いつもはクールな魔女さんが、肉を心待ちにしてソワソワしているのは可愛らしい。

そうこうしているうちに、エプロン姿のお姉さんが料理を運んできた。

「お待たせしました。赤身ステーキでございます」

「来たっ！」

二人分の料理がテーブルに置かれると、ティナは背筋をシャキッと伸ばした。

メインディッシュは、上品にカットされた牛の赤身ステーキ。肉の断面は鮮やかなワインカラーだ。付け合わせには、カリフラワーとアスパラガスが添えられている。

「美味《おい》しそう！」

「ああ、美味いに決まってる」

ティナはナイフとフォークを握って、肉を一口サイズに切り分けた。緊張した面持ちのまま、ぱくっと一口。その瞬間、とろけるような笑顔を見せた。

「んーっ！　んまいっ」

「良かった、良かったぁ」

肉を堪能するティナを見ていると、ほっこりしてしまう。田舎のおばあちゃんになった気分だ。

和んだところで陽葵も肉をいただく。口の中で噛んだ途端、じゅわっと肉の旨味《うまみ》が広がった。肉自体がとても柔らかい。脂身も少ないから、いくらでも食べられそうだ。コクのあるワインソースともよくマッチしている。あまりの美味しさに笑顔が零《こぼ》れた。

「最高！　この国は、料理が美味しいんだね！」

海外旅行で食事が合わなくてストレスを感じることは少なからずある。異世界でも似たような現象が起きるのではと懸念していたが、そんな心配はいらなかった。

ちゃんと働いてお金を稼げば、美味しい料理にありつくこともできる。目の前で美味しそうに肉を頬張るティナを見て、陽葵は決意した。

「ティナちゃん！　これからも化粧品をたくさん売って、好きなだけお肉が食べられるようになろうね！」

拳を握りながら今後の目標を語る陽葵を見て、ティナは冷静に告げた。

「いやだから、お前はもとの世界に帰る方法を探せよ」

第五章　日焼け止めクリームを作りましょう

化粧品販売を始めてから数日経《すうじつた》った頃、陽葵とティナの周りでは嬉しい変化があった。

「えへへへへ〜」

レジスターの前に座って店番をしていた陽葵は、手紙を眺めながらニマニマと笑っていた。それもそのはず。町でコスメを販売してから、たくさんのお礼の手紙が届いたからだ。

『魔女様のコスメを使ったら、お肌がもちもちになりました』

『毎日使っていたら、肌の調子がよくなりました』

『本当に凄い！　もう手放せません』

手紙に書かれていたのは、たくさんの賞賛の言葉だった。異世界の女の子達にも化粧水と乳液は好評だった。

「みんなに喜んでもらえて嬉しいなぁ」

自分の作った化粧水を通じて、こんなにも多くの人から感謝されるとは思わなかった。改めて異世界で化粧品を販売して良かったと実感していた。

「おい、ボーッとするな。まだ客がたくさんいるんだから」

冷静なティナの言葉で、陽葵はハッと現実に戻る。町で化粧品を売りに行った日から、ティナの魔法薬店には徐々にお客さんがやって来るようになった。評判を聞きつけた女性達が、化粧品を求めて訪れるようになったからだ。

かつては閑古鳥が鳴いていたお店も、今では活気づいている。化粧水と乳液も飛ぶように売れていった。

一気にお客さんが押し寄せたら生産が間に合わないのでは……と懸念していたが、その点はクリアしている。ティナの魔法にかかれば、オート生産することも造作ないからだ。

原料を計って、大釜に投入し、攪拌する。その工程は魔法でこなせる。ティナの頭に作り方の知識が入っていれば、魔法で再現することも可能だった。

とはいえ、最初は魔法でオート生産することには不安があった。

『原料を計り間違えたりしないかな？』

陽葵がおずおずと尋ねると、ティナはムッと口を尖《とが》らせる。

『ヒマリが計るより、ずっと正確だ。量をあらかじめ指定すれば、絶対にその通りに入るからな。ぼけっとして同じ材料を二度入れることもない』

そう言われると何も言い返せなくなる。実は数日前、陽葵は盛大なミスをやらかした。大釜で化粧水を作っていた時、誤ってグリセリンを二回投入してしまったのだ。

同じことをもとの世界でやらかしたら始末書ものだ。ティナからは始末書を提出しろとは言われなかったが、以降陽葵に生産を任せることはなくなった。その反省を踏まえて、魔法での生産に切り替わったのだ。

そんな事情もあり、生産には人手はいらない。だけど販売に関しては、そうも言っていられなかった。お客さんからの質問に答えたり、使い方を説明したりするのは、やはり人でなければできないからだ。

「すいませーん」

「はーい、ただいまー」

お客さんに呼ばれて、陽葵は飛んでいく。

「どうされました？」

「化粧水の使い方を知りたくって。これって一度にどれくらい使えばいいんですか？」

「一回の使用量は、五百円硬貨大……ああ、いえ、銀貨大ですね。銀貨と同じ大きさの化粧水を手のひらに出してみてください」

もとの世界の感覚で説明してしまったが、この世界では伝わらないことを思い出した。咄嗟に代わりの例えを探したところ、この国の銀貨が五百円玉と同じのサイズであることを思い出した。

「銀貨一枚の大きさ、分かりました」

伝わったようで安心した。使用量を伝えたところで、使い方もレクチャーした。

「お顔に付ける時は、内側から外側に向かって擦らず、そーっと馴染ませてくださいね」

「擦らず、そーっと……分かりました。ちなみに、化粧水はいつ付ければいいんですか？」

「朝晩二回がベストですね。とくに入浴後は乾燥しやすいので、お風呂から上がったらすぐに化粧水をつけるようにしてください」

「お風呂上がりですね。分かりました」

一通り聞き終えると、女性は化粧水と乳液を購入して店を出た。「ありがとうございました！」と元気よく見送っていると、ティナから感心したように声をかけられた。

「売るだけじゃなくて、使い方まで説明するんだな」

「うん。化粧品は正しく使うことで効果を発揮するからね」

「そういうものなのか……」

いくら高価な化粧品でも、使い方が間違っていたら効果が半減してしまう。目的の効果を得るためには、正しい使い方を知っておく必要があった。

ティナは納得したように頷いた後、店内を見渡しながらある提案をする。

「今この店は、魔法薬よりもコスメが売れている。だから店の看板を変えようと思う」

「ティナの魔法薬店から名前を変えるの？」

「そのつもりだ」

「何に変えるの？」

「それをヒマリに相談しようと思って」

「なるほど」

店の名前を変えるというのは大きな変化だ。お店の印象を大きく左右するから下手な名前は付けられない。すぐに覚えられて、どんな店なのか分かる名前が良い。それでいてセンスを感じさせるとベストだ。

「ティナのコスメ屋？　うーん……コスメ屋ってなんか安っぽいよなぁ。コスメ店だと普通だし、コスメショップもなー……」

陽葵は腕組みしながら、うんうんと唸《うな》る。化粧品を作って売る。その視点で考えた時、ピンとある言葉が浮かんだ。

「工房！　ティナのコスメ工房はどう？」

工房であれば、お店で作っていることもアピールできる。パン工房やガラス工房のようなワクワク感もある。お店の名前としてはぴったりだ。

「工房か。悪くないな」

ティナも賛成してくれた。『ティナのコスメ工房』で決まりと思いきや、思いがけない言葉が飛び出す。

「じゃあ看板は、『ティナとヒマリのコスメ工房』で作っておくな」

「え？　ティナとヒマリ？」

まさか自分の名前も入れてもらえるとは思わなかった。驚いていると、ティナはさも当然といった顔で言う。

「もともと化粧品作りはヒマリが始めたんだろ？　名前を入れるのは当然のことだ」

じわじわと嬉しさが込み上げてくる。陽葵はティナの手を握って喜びを露わにした。

「凄い！　自分のお店を持ったみたい！」

「大袈裟な。たかが看板に名前を入れたくらいで」

「たかがじゃないよ！　私にとってはすっごく嬉しいことだよ！」

陽葵はティナの手を取りながら、両手を上下に振る。

「ありがとう、ティナちゃん！　名前を入れてくれたんだから、これからは看板の名に恥じないように頑張らないとね！」

「わ、分かったから、とりあえず手を離せ」

ティナに指摘されて、パッと手を離す。嬉しさのあまり、まだ頭の中がふわふわしている。

ティナにとっては何でもないことかもしれないが、陽葵にとっては自分の存在が認められたかのような出来事だった。

ティナとヒマリのコスメ工房。素敵な名前だ。その看板に恥じないように働こうと胸に誓った。

「よーし、さっそく新商品の開発に取り掛かるぞ！」

意気込みを露わにしながら陽葵はアトリエに走ろうとする。……が、ティナに襟首を摑まれた。

「おい、待て。店番はどうするつもりだ？」

「あっ……」

店内にお客さんがいる状況では、アトリエに籠るわけにはいかない。

「とりあえず、今は店番をしてくれ」

「はい……」

出鼻をくじかれてしゅんとしながら、陽葵は椅子に腰かけた。

お店が繁盛したのは嬉しいが、人手が足りないのは考えものだ。最低でもあと一人はスタッフが欲しい。

お客さんの波が収まったところで、ティナから店を離れる許可を貰った。

「今だったらアトリエに籠っても構わないぞ」

「本当？　ありがとう、ティナちゃん！」

さっそくアトリエに向かおうとしたところで、試作品の開発の他にもやりたかったことがあったのを思い出した。

「そうだ。森に行って、化粧品原料になりそうな植物を探してきてもいいかな？」

ティナのアトリエにも原料として使えそうなものはあったが、それだけでは不十分だ。この辺りで入手できる原料が他にないか調査しておきたかった。

「いいけど、あんまり遅くなるなよ」

過保護なお母さんみたいなことを言われて笑ってしまう。

「なるべく早く戻るようにするよ。それじゃあ行ってきます！」

「気を付けろよ」

植物図鑑を抱えた陽葵は、ティナに見送られながら店を出た。

陽葵は森の中を歩く。店から出た途端、化粧品原料になりそうな植物が見つかってラッキー……なんて都合のいい展開にはならなかった。陽葵は植物図鑑を片手に、森の中を彷徨う。

「これはカモミールかな？　あーでもあんまり自信ないなぁ……」

足元に咲いている白い花と植物図鑑のイラストを見比べる。写真なら判別しやすかったが、イラストでは確証が持てなかった。

「こんなことなら、もっと植物の勉強をしておくべきだった」

はあ、と溜息をつきながら自らの知識不足を呪う。野生の花を見て、パッと名前を言い当てられるほどの知識はなかった。これでは植物を見つけても、化粧品原料に使えそうかは判断できない。

「とりあえず、ティナちゃんに見せてみるか。カモミールだったら使えるだろうし」

化粧品原料の一つに、カミツレエキスというものがある。ジャーマンカモミールの花から抽出されたエキスで、保湿効果や消炎効果が期待できる。乾燥した肌や肌荒れが気になる肌にはおすすめの成分だ。

目の前の植物にも同じような効果があるのなら、化粧品原料として使える。陽葵は足もとに咲いていたカモミールを摘んで、ティナに見てもらうことにした。

「ティナちゃんからはあまり遅くなるなって言われたし、今日の調査はこれくらいにして戻るとするかー」

陽葵はもと来た道に戻ろうとする。しかし、目の前の道は二手に分かれていて、どっちから来たのか分からなくなっていた。

「こんな時は、グールル先生！」

ワンピースのポケットからスマホを取り出そうとする……が当然そんなものがあるはずがない。迷子。そんな恐ろしい文字が、目の前にドンと落ちてきた。

「森で迷子はマズいよ……」

森で遭難したら命に関わる。ましてやここは異世界の森。もとの世界とは勝手が違う。モンスターがいるかもしれないと想像してゾッとした。

「スライムだったら避《よ》けて通れば良いけど、ゴブリンとかオークが出てきたらどうしよう……走って逃げられるかな？」

あくまで戦う意思のない陽葵。モンスターと出くわしても【逃げる】一択だった。

とりあえず道幅の広い方向へ進んで行く。しばらく歩いていると、見覚えのない景色が広がっていた。木々の隙間からは川が見える。水面は陽の光が反射してキラキラと輝いていた。

心癒される風景だが、陽葵の心中は穏やかではない。こんな景色は行きでは見かけなかった。

「絶対間違えた……」

迷った地点まで戻ろうと振り返ったが、目の前の道は三手に分かれていた。どの道から来たかは、もはや分からない。

「つ、詰んだ……」

陽葵はガックリと膝から崩れ落ちる。迷子確定だ。

道を確認せずに、ふらっと森で探索を始めた自分を呪った。だけどいつまでも落ち込んでいるわけにはいかない。陽葵は気を強く持って立ち上がった。

「そういえば、古代文明は川の流域で栄えたって世界史の授業で習ったような……」

エジプト文明やメソポタミア文明のことだ。川の近くには町がある……かもしれない。町に辿《たど》り着《つ》ければ、道を聞くことだってできる。

そんなあやふやな知識を頼りに道を選んでいる時点で、陽葵の負けは確定だ。不安しかないが、一縷《いちる》の望みにかけて川沿いを歩き始めた。

陽の光を遮る木がなくなったことで、紫外線が容赦なく降り注ぐ。

「この国って、気温は低いけど紫外線は強いんだよなぁ」

汗をかくほどではなかったが、陽の光に晒されるのは辛《つら》い。日焼け止めクリームを塗っていない状態では、あっという間に日焼けしてしまう。

陽葵は落ちていた大きな葉っぱを拾って、日傘代わりにした。風が吹いたら飛んで行ってしまいそうだが、ないよりはマシだ。

川の音を聞きながら、ザクザクと砂利道を進む。すると人影を発見した。

金色の長い髪を靡《なび》かせた小柄な少女。見た目はティナと同じくらいの十代半ばに見える。瞳の色は優美さを感じさせるエメラルドグリーン。耳は長く尖っている。華奢な身体には、白地のワンピースを纏っていた。

あの生き物を陽葵は知っている。あれはまさに……。

「エルフだ……」

エルフの少女は、岩に腰掛けて足先を川に浸している。水面から軽く足を持ち上げると、パシャッと水しぶきが跳ねた。それは思わず見入ってしまうほどに美しい光景だった。

遠くからじっと眺めていると、不意に視線が合う。エメラルドグリーンの瞳は、警戒したように揺らいでいたが、陽葵がにこっと笑いかけると小さく会釈をした。

ファンタジー世界でもお馴染みのエルフを発見したとなれば放ってはおけない。陽葵は葉っぱの傘を放り投げて、エルフのもとへ駆け寄った。

「本物のエルフだ！　やっぱり綺麗！」

目を輝かせながら駆け寄ってくる陽葵を見て、エルフの少女はビクンと身体を跳ね上がらせる。

陽葵が目の前までやって来ると、驚いたように目を丸くした。

陽葵はエルフの少女の警戒心を解くように、にっこり微笑んで自己紹介をする。

「私は佐倉陽葵っていいます。この森にある『ティナとヒマリのコスメ工房』で働いているの」

陽葵が名乗ると、エルフの少女は警戒を緩めた。

「魔女様のお知り合いですか？」

「ティナちゃんのことを知ってるの？」

「ええ。同じ森に住んでいるので」

エルフちゃんは、ティナと知り合い。それなら話は早い。今の状況もサクッと解決できるような気がした。

「突然こんなことをお願いするのは申し訳ないんだけど、実は私、迷子になってるんだ。お店までの道のりを案内してもらうことってできるかな？」

「道案内なら、構いませんよ……」

「本当？　助かる！　ありがとう、エルフちゃん」

「ど、どういたしまして……」

エルフちゃんは遠慮がちに微笑んだ。

「そうだ、お名前を聞いてもいいかな？」

「リリーです」

「リリーちゃん！　可愛い名前だね！」

「あ、ありがとうございます」

陽葵がにっこり微笑むと、リリーは恥ずかしそうに視線を逸《そ》らす。リリーと出会ったことで、森での遭難は回避できた。

リリーの案内のもと、二人は森の中を歩く。森に住んでいるというだけあって、リリーは迷うことなく道を突き進んでいった。

「リリーちゃんは、森に住んでるの？」

「はい、そうです」

「逞《たくま》しいなぁ。町に降りていくことはないの？」

「私、人見知りで……人が大勢いると緊張しちゃうんです……」

「そうなんだぁ。確かに町には人が多いからね」

ここまでのやりとりで、リリーは恥ずかしがり屋で内気な性格であることが分かった。だけど、人が嫌いというわけではなさそうだ。

「そういうヒマリさんは、どうして森へ？」

「私は植物の調査に来たんだ」

「植物？」

「そう、化粧品原料として使えそうな植物を探しにきたの」

陽葵はポケットにしまったカモミールのような植物を見せる。

「これとか、化粧品の原料に使えそうかなって」

「ああ、カモミールですね」

「やっぱりそうなんだ！　リリーちゃんはパッと見ただけで花の名前が言い当てられるんだね」

「森に生息している植物は全て把握しているので……」

「本当!?　凄いね！」

驚くべき事実を知らされて、陽葵は目を丸くする。森に住んでいるとは聞いていたが、全ての植物を把握しているというのは予想外だ。驚いているのも束の間、リリーはさらに言葉を続けた。

「カモミールをお探しということは、傷を癒す魔法薬でも作られるんですか？　カモミールは炎症を抑える作用がありますからね」

「植物の効能まで知ってるの？」

「ええ、全ての植物の効能も頭に入っています」

「凄い！」

リリーは陽葵が想像していたよりも植物に詳しかった。感心していると、リリーは花を慈しむように目を細める。

「カモミールにはいつも助けられているんですよ。外に出ている時間が長いと、肌がピリピリしてしまうので、陽に当たり過ぎた日には干したカーミルを肌に当てて炎症を抑えているんです」

リリーは自身の肩に触れる。陽葵も注目すると、肌がほんのり赤くなっていた。

「リリーちゃん、日焼けしちゃってるじゃん！」

「日焼け？　なんですか、それ？」

「紫外線に当たって肌が赤くなったり黒くなったりする状態だよ」

「紫外線？」

「そう！　紫外線は美容の大敵だからね」

「敵……なんですね」

「敵だよ！　日焼け止めクリームを塗って、ちゃーんと対策しないと」

「日焼け止めクリーム？」

リリーは不思議そうに首を傾げる。そこで陽葵は、この世界に化粧品の概念がないことを思い出した。

「そっか。化粧品がないんだもんね。日焼け止めクリームを知らないのも無理はないか」

納得しつつも、このまま放っておくわけにはいかない。スキンケアでは保湿も大事だけど、紫外線対策も欠かせないからだ。

陽葵にとっては、日焼け止めクリームは一年中使うマストアイテムだ。夏の時期だけなんて甘っちょろいことは言っていられない。紫外線は一年を通して降り注いでいるから、季節に関係なく日焼け止めクリームを塗っていた。

この世界に来て、日焼け止めクリームを塗らない状態で外に出ていることの方が異常だ。

「これじゃあ、初期装備のまま魔王に挑むようなもんだよね」

「何を仰っているんです？」

「あー、こっちの話だから気にしないで」

紫外線という美肌の大敵に、いつまでも晒されているわけにはいかない。紫外線対策の必要性に気付いたところで、次の商品アイデアが思い浮かんだ。

「よし、日焼け止めクリームを作ろう！」


リリーの案内のもと、陽葵は店に辿り着いた。扉にかけられた看板を見ると、既にクローズに切り替わっている。長時間ほっつき歩いていたせいで、店じまいの時間になってしまったようだ。

チリンチリンという鈴の音と共に扉を開けると、ぐったりしたティナの声が聞こえた。

「きょ、今日はもう店じまいで……」

お疲れ気味のティナだったが、陽葵の姿を見た途端、カッと目を見開いた。

「おい、ヒマリ！　いつまで森をほっつき歩いていたんだ！　あの後、ドッと人が押し寄せて大変だったんだぞ！」

「ごめん、ごめん。原料調査をしていたら、森で迷子になっちゃって」

「迷子って、子供じゃないんだから……」

「そんなことよりさ、エルフちゃんを見つけたんだよ！」

扉の前でオロオロしていたリリーをティナの前に連れてくる。金髪碧眼《へきがん》の可愛らしいエルフちゃんを見た途端、ティナはギョッと目を丸くした。

「お、お前まさか……エルフ狩りをしたわけじゃ……」

「エルフ狩り？」

陽葵は「はて？」と首を傾げる。その一方で、リリーは困ったように陽葵とティナを交互に見つめていた。リリーの反応で、疑惑は確信に変わる。

「今すぐ森に返してこい！」

「返してこいって、そんな捨て犬みたいに……」

「エルフなんて、うちじゃ面倒見切れない！」

「そんなぁ。私ちゃんとお世話するよ？　美味しいご飯だって作るし、お散歩だって連れていく」

「そんなの最初だけだろ！」

「あ……あの、私、お散歩とかは自分で……」

「だいたいお前、エルフが何年生きると思ってるんだ？　二千年以上生きるんだぞ？　面倒見切れないだろ！」

「二千年!?　すごーい、ティナちゃんより長生きじゃん。ちなみにリリーちゃんは今いくつ？」

「え……えーっと、百五十歳です」

「まだ若いじゃん。ティナちゃんよりも若い」

「いちいち私と比べるな！」

激しい言い合いで、ティナはぜいぜいと息を切らす。リリーはおろおろと二人を見守っていた。

「冗談はさておき、リリーちゃんには、ここまでの道案内をしてもらっただけだよ」

「道案内？」

ティナがギロッとリリーに視線を送ると、リリーは怯《おび》えながらもコクコクと頷いた。

「ヒマリさんの言う通りです。私は、エルフ狩りに遭ったわけではないのでご安心を」

リリーが否定してくれたおかげで、陽葵のエルフ狩り疑惑は晴れた。

「あとさ、ここまで案内してくれたお礼として、日焼け止めクリームをプレゼントしてあげたいなって」

「日焼け止めクリーム？」

ティナは眉を顰める。やはりティナも日焼け止めクリームの存在は知らないようだ。陽葵は改めて日焼け止めクリームの役割を伝えた。

「日焼け止めクリームは、紫外線から肌を守るための化粧品だよ」

「紫外線ってなんだ？」

「あー、そこからかぁ。紫外線っていうのは太陽の光のこと」

陽葵は二人にも理解してもらえるように、紙と筆を使って説明をした。

「太陽光は、波長の長さによって、紫外線、可視光線、赤外線に分かれるんだけど、その中でも注意しないといけないのが紫外線。紫外線を長時間浴び続けると、肌にダメージを与えるの」

「太陽の光が毒ってことか？　そんなわけないだろ」

「もちろん悪影響ばかりじゃないよ。紫外線を浴びることで、ビタミンDっていう身体に必要な成分も生成されるからね。だけど長時間浴びると、肌が赤くなってピリピリしたり、黒くなったりするんだ。ほら、こんな風に」

「え……え……？」

陽葵は、リリーの肩に手を置くと、肩口をぺろんとめくって肌を露出させた。

「な……何を……！」

「ほら、赤くなってるでしょ？　この状態を日焼けっていうの」

「ああ、本当だ。炎症を起こしたように赤くなっているな」

ティナからもまじまじと観察されて、リリーは肩のみならず顔まで真っ赤にしていた。

いた。

リリーはワンピースを正しながら、二人から離れる。そこでようやく、非礼を働いたことに気付いた。

「ごめん、リリーちゃん！　ティナちゃんに日焼けの状態を知ってもらいたかったから協力してもらっただけなの」

悪意がないと伝えたものの、リリーは警戒したように陽葵と距離を取っていた。悪いことをしてしまったなと反省しつつも、陽葵は説明を続ける。

「とにかく、日焼けしている状態だとピリピリして痛いだろうし、紫外線を浴び続けたらシミとかしわとか肌の老化の原因にも繋がるの。だから紫外線から肌を守る化粧品を作ろうってわけ」

「なるほど、理屈は理解した」

ティナも目的を理解してくれたようだ。相変わらず理解が早くて助かる。

「それじゃあ、さっそく日焼け止めクリームを作ろう！」

「今から作るのか？」

「善は急げだよ！　明日だって私達は紫外線に晒されるんだから、一日でも早く作って肌を守ろう」

陽葵は拳を握って意気込む。その姿を見て、ティナはやれやれと頭を抱えた。

陽葵はさっそくアトリエに移動して、日焼け止めクリームを作る準備を始めた。

「日焼け止めクリームを作るったって、どうやって作るつもりなんだ？」

ティナは訝《いぶか》しげに腕を組み、リリーは部屋の隅でオロオロと視線を巡らせている。そんな二人を前にして、陽葵は解説する。

「ベースの処方は、この前作った乳液と同じだよ。そこに紫外線を吸収したり散乱させたりする粉を入れるイメージかな」

「ほう、そんな粉がどこに……」

何気なく尋ねたティナだったが、陽葵からキラキラした眼差しを向けられて意図を察した。

「魔法でどうにかしろと？」

「さすがティナちゃん、理解が早い」

本来、日焼け止めクリームには、二酸化チタンや酸化亜鉛などの成分を配合する。化粧品原料では紫外線散乱剤と呼ばれており、紫外線を反射させる働きがある成分だ。その他には、紫外線を吸収して熱などの別のエネルギーに変換する成分を配合することもある。

要するに、紫外線を反射したり吸収したりする成分を混ぜれば、日焼け止めクリームが作れるという原理だ。もとの世界と同じ成分が存在しなかったとしても、ティナの魔法があれば再現できるかもしれない。

「ティナちゃんの魔法で、紫外線を反射させることってできるかな？」

「防衛魔法の一種で太陽の光を避ける魔法があるぞ。熱帯地域を歩く時はこの魔法をかけておくだけで涼しく過ごせるんだ」

「なにその魔法！　羨まし過ぎる！」

紫外線対策ができるだけでなく、暑さ対策までできるなんて羨ましい限りだ。その魔法があれば、真夏に汗をかいてメイクが崩れることもなくなりそうだ。

「防衛魔法をリリーにかければ、紫外線とやらも避けられるかもな」

「うーん、でもそれだと毎日ティナちゃんを呼び出すことになっちゃうよ？」

ティナは一瞬言葉に詰まらせてから、首を左右に振った。

「毎日防衛魔法をかけてくれとせがまれるのはごめんだ」

「あははー、だよね。誰でも手軽に紫外線対策をするためにも、日焼け止めクリームを作らなきゃ」

ティナにも日焼け止めクリームの必要性を理解してもらったところで、さっそく作業を始める。

ティナは本棚から魔導書を引っ張り出して、太陽の光を避ける魔法に関する記述を眺めていた。

「うーん、乳液そのものに魔法をかけるとなるとかなり大がかりになるから、何か媒介するものがあるといいんだが……」

「媒介するものかー。紫外線散乱剤は細かい粉だから、同じようなものがあればいいんだけど……」

「ああ、それなら良いものがある」

ティナは何かを思い出したかのようにアトリエの棚を漁る。植物の入った瓶をかき分けながらごそごそした後、細かなベージュ色の粉が入った瓶を取り出した。

「なぁに、それ？」

「月の砂だ」

「月の砂？　空に輝く月の？」

「本物の月の砂じゃない。ここから遥《はる》か東にある砂漠で採れる砂だ。特定の地域で取れる魔力の籠った砂を月の砂と呼んでいるんだ」

「へー！　砂漠なんてあるんだー」

この世界がどれくらい広いのかは分からないが、遥か遠くに砂漠が広がっているほどのスケールはあるらしい。この世界の地理にも興味が湧いてきたが、今は地理のお勉強をしている場合ではない。ひとまずは日焼け止めクリーム作りに集中することにした。

「月の砂は、少量の魔力を宿すだけでも効果が現れる。その昔、冒険者は月の砂に魔法をかけてもらってから旅に出たそうだからな」

「へー、どんな魔法をかけてもらったんだろう？」

「無事に故郷に帰れるように、だ」

その話を聞いて、きゅんと胸の奥が切なくなる。

「それは一番叶えたい願いだね」

「ああ、昔は今ほど平和な世界じゃなかったからな。冒険に出ても、無事に故郷に帰れる保証はない。だから魔法をかけて冒険者の無事を祈っていたんだ。まあ、永久に続く魔法ではないから、効力が切れた頃には、ただの願掛けになるんだけどな」

そういえばティナからは、かつてはこの世界にも魔王がいたと聞かされた。きっとその頃の話なのだろう。

「平和な時代になって良かったね」

目を細めながらしみじみと感想を漏らすと、ティナはフッと小さく笑った。

「まあ、それも勇者様のおかげだな」

「あ、やっぱり勇者がいたんだ」

「ああ、とっくの昔に死んだけどな」

勇者が現れて魔王を討伐する。そんなファンタジー小説の王道のような物語がこの世界にもあったのかと感心してしまった。よもやその勇者は、異世界転移者だったのではとも勘ぐってしまう。

「まさかね」

そんな都合のいい話はないかと、陽葵は笑った。

この世界の歴史にも興味が湧いたが、今は歴史のお勉強をしている場合でもない。材料が揃ったところで、さっそく日焼け止めクリーム作りを開始した。

「ちなみに月の砂にかけた魔法の効力って、どれくらいなの？」

「どれくらいって言われてもな……。光を跳ね返す魔法なら半年程度は保《も》つと思うが……」

「凄い！　ＳＰＦとＰＡの概念ガン無視だね！」

「えすぴー……なんだそれは？」

「紫外線によるダメージを予防する数値を表すものなんけど……ティナちゃんの魔法があれば関係ない話だよ」

「そうか」

ティナにかかればＳＰＦ50オーバー、ＰＡ＋＋＋＋オーバーの完全防御の日焼け止めクリームが作れそうだ。やっぱり魔法は凄《すさ》まじい。

さっそくティナは、月の砂を匙で取り出す。木の板に平らに広げると、魔法をかけた。

「シャイネルフレ」

ポンッと小気味いい音が響く。魔法がかかった合図だ。

「これで太陽の光を反射できるようになったぞ」

「ありがとう！　じゃあ、さっそく作っていこう」

陽葵は前回乳液を作った時と同様に、ホホバオイルと精製水を別々のビーカーに入れて湯せんにかける。温まった頃合いに、ホホバオイルの入ったビーカーに月の砂を少量ずつ入れて混ぜ合わせた。そこで陽葵は、じーっとティナを見つめる。

「ティナちゃん」

「前回と同じってことは、魔法で水と油を混ぜればいいんだな」

「お願いします！」

最近はいちいち説明しなくても、やりたいことが伝わるようになった。ティナはやれやれと肩を竦《すく》めながらも魔法をかけてくれた。

「す、凄いです……」

ティナの魔法を目の当たりにしたリリーは、部屋の隅で目をキラキラとさせていた。ティナの魔法を褒められると、なぜか陽葵まで誇らしくなる。得意げな顔をしていると、ティナから「なにニヤニヤしてんだよ」とツッコまれた。

クリーム状になるまで混ぜ合わせればベースは完成だけど、せっかく植物に詳しいリリーがいるのだからちょっとアレンジしてみたい。

「リリーちゃん！　日焼け止めクリームに混ぜたい植物ってあるかな？　保湿作用のある植物とか、消炎作用のある植物とか好きなものを選んでいいよ」

「わ、私が選んでいいんですか？」

「うん。日焼け止めクリームは、リリーちゃんのために作っているんだから」

「私のため……」

リリーは目をぱちぱちさせて驚いている。そんな反応を見て、ティナも話に加わった。

「植物だったら、こっちの棚にある。好きなのを選んでいいぞ」

「あ……ありがとうございます。魔女様！」

ティナから許可されたところで、リリーは遠慮がちに棚を覗く。小瓶に入った植物を見比べていると、ポツリと呟いた。

「エーデルワイス……」

陽葵は近くにあった植物図鑑を開いて確認する。エーデルワイスはキク科の多年草で、白くて可《か》憐《れん》な花を咲かせる植物だ。古くから薬草として用いられていて、日焼けによる抗炎症作用もある。

リリーは植物に詳しいだけあって、ぴったりな成分をチョイスしてくれた。

「いいね！　エーデルワイス。ティナちゃん、アトリエにストックある？」

「あるぞ。馴染みの商人が山に登った時に大量に仕入れたからな」

「良かったぁ。じゃあ、エーデルワイスのエキスを入れようか」

ティナの魔法によって、エーデルワイスからエキスが抽出された。エキスをスポイトで吸い取りクリームに加える。

クリームにエーデルワイスエキスが加わったのを見て、リリーは頬を緩ませた。

「私、エーデルワイスの花が一番好きなんです。花言葉も素敵なんですよ」

「この世界にも花言葉なんてあるの？」

花言葉なんて、もとの世界だけの文化だと思っていたから驚いた。美しい花に言葉を宿したくなるのは、異世界でも同じなのかもしれない。

「ちなみにエーデルワイスの花言葉は？」

「大切な思い出です。今日ヒマリさんに出会えたのも、いつか大切な思い出になるのかもしれませんね」

ふわり、と柔らかい微笑みを向けられる。今日の出会いを大切な思い出として捉えてくれていることが嬉しかった。陽葵は感極まってリリーの両手を摑んだ。

「リリーちゃん！　私にとっても今日という日は大切な思い出になるはずだよ！」

「ヒ……ヒマリさん落ち着いて」

「可愛いエルフちゃんとお近づきになれた日を、佐倉陽葵は決して忘れることはないでしょう！」

「ふっ……大袈裟だな」

ティナからは鼻で笑われた。相変わらずクールな魔女さんだ。

ティナとリリーの協力もあり、無事に日焼け止めクリームが完成した。仕上げに防腐魔法もかけてもらったから、品質面でもバッチリだ。

出来上がったクリームは、口の広い瓶に詰める。キュッと蓋を閉めてからリリーに手渡すと、物珍しそうにクリームを眺めていた。

「これを肌に塗ればいいんですか？」

「うん。お出かけ前に顔や身体に塗ってね。あ、肌に合うか心配だから、全体に塗る前に二の腕に塗ってかぶれないか確かめてみてね。一日程度様子を見て、問題なければ他の部位にも使って大丈夫だよ」

「分かりました。まずは二の腕で試してみますね」

リリーは小瓶を大切そうに両手で持ちながら頷いた。

「素敵なものを頂いて、ありがとうございます」

「こちらこそ、道案内してくれてありがとう！　日焼け止めクリームの感想も今度聞かせてね」

「もう暗くなっているから、気を付けて帰れよ」

「はい。魔女様もありがとうございます。では、失礼します」

チリンチリンと鈴を鳴らしながらリリーは店から出て行った。パタンと扉が閉まってから、ティナは陽葵に尋ねた。

「あの日焼け止めクリーム、店でも売るつもりか？」

「うん、そのつもりだよ。商品として売るなら、安定性試験もしないとね」

「原価計算をして、売値を決める必要もあるな」

「原価計算……」

「おい、遠い目をするな。商売をするからには目を逸らせないところだぞ」

「さーて、実験器具の後片付けをしよーっと」

ティナの言葉は聞こえなかったふりをして、陽葵はビーカーや匙を片付け始めた。


「あれからリリーちゃん来ないねー。日焼け止めクリームどうだったかなー？」

陽葵は店番をしながら、ぼんやり呟く。リリーと出会ってから三日経過したが、あれ以降音沙汰なしだ。商品化に向けて感想を聞きたかったのだけど、こればっかりはどうしようもない。リリーの住《す》み家《か》を知らない以上、待っていることしかできなかった。

「おい、ヒマリ。レジの勘定は終わったのか？」

「あー、まだ！　ごめんね、すぐやるね！」

看板をクローズにひっくり返した店の中で、陽葵はお金の勘定を再開する。いち、にー、さん、と銀貨を数えていた時、チリンチリンと入り口の鈴が鳴った。顔を上げると、リリーがひょっこり扉から顔を出す。

「お……お邪魔します……」

「リリーちゃん！」

陽葵はお金の勘定を中断して、リリーのもとに駆け寄る。目の前までやって来ると、りんごのような甘くてフルーティーな香りが漂ってきた。そこでリリーが両手一杯にカモミールを抱えていることに気付く。

「どうしたの？　そのお花」

「これは……先日のお礼で……」

リリーは恥ずかしそうに頬を赤らめながら花を差し出す。

「先日はありがとうございました。使い始めてから肌の痛みが収まったように思えます。日焼け止めクリームのおかげですね」

「本当!?　お役に立てて良かった！」

役に立てたことを知って、陽葵の心は弾んだ。人から直接ありがとうと言われるのは、やっぱり嬉しい。陽葵は差し出されたカモミールを受け取った。

「お花もありがとう！　これ、化粧品の原料に使えそうだから欲しかったんだ。こんなにたくさんもらっちゃっていいの？」

「ええ……この森にはカモミールの群生地があるので」

「じゃあ、大量に入手できるってこと？」

「ええ、そうですね」

カモミールが安定して入手できると知れたのは、大きな収穫だ。原料を安定して入手できるなら、化粧品原料としても使える。

「ありがとう、リリーちゃん。これで化粧品開発が一歩前進できそうだよ。リリーちゃんは植物博士だね」

「植物博士なんて大袈裟ですよ……」

リリーは頬を赤らめながら両手を振る。その姿を見て、陽葵はハッとひらめいた。

「植物に詳しいリリーちゃんが、お店の一員になってくれたら最高だよ！」

陽葵はこの世界の植物には詳しくない。その欠点もリリーなら補える。リリーは森に生息している植物の種類と効能を全て把握しているのだから。

「リリーちゃん！　良かったら、私達と一緒にコスメ工房で働かない？　リリーちゃんをうちの植物博士に任命します！　ううん、それだけじゃなくて、売り子として働いてくれないかな？　化粧品に含まれる植物エキスの効能をお客さんに伝えてほしいの！」

リリーに詰め寄りながら頼み込む。猛烈な勧誘を受けたリリーは、目を白黒させていた。

「私が……このお店で働く？」

「うん！　お給料はティナちゃんと相談して決めてくれればいいから。ねっ、ティナちゃん」

ティナに話を振ると、反論されることもなく頷いた。

「うちで雇うのは構わない。人手が足りなくて困っていたからな。もちろん給与も支払う。ヒマリのようにタダ働きさせるわけにもいかないからな」

どんどん話が進んでいくのを見て、リリーはさらに動揺する。

「で……ですが、私人見知りなので、知らない人に物を勧めるなんてできるかどうか……」

「無理に売ろうって考えなくてもいいよ！　今は待っているだけでお客さんが来てくれるから」

「そ、そう言われましても……」

リリーは視線を巡らせながら戸惑いの色を浮かべていた。そこに後押しするように言葉を続ける。

「リリーちゃんの植物の知識は、きっとみんなの役に立つ。私だってリリーちゃんに助けられたんだもん。自信を持って」

狼狽《うろた》えるリリーの瞳を真っすぐ捉えながら伝える。出まかせで言っているわけではない。リリーは初対面の陽葵にも、植物の効能や花言葉をすらすらと説明してくれた。その知識は、お客さん相手でも十分発揮できるはずだ。

「私でも……誰かの役に立てるんでしょうか？」

リリーは小さな声で尋ねる。エメラルドグリーンの瞳にほんの少しだけ光が宿った。

「もちろん！」

笑顔で頷くと、リリーは口元に手を添えながら考え込む。引き受けるべきか、考えているようだ。

しばらく沈黙が続いた後、リリーはおずおずと口を開いた。

「三日に一度くらいでしたら、お手伝いできるかと思います」

「週に二～三回のシフトってことだよね！　それでも十分助かるよ」

「シフトって……何でしょう？」

「お仕事をする日のことだよ！　リリーちゃんは、三日に一度のペースでお店に来てくれればいいから」

「そういうことでしたら……構いませんよ」

「わー！　ありがとう！」

交渉成立だ。陽葵は満面の笑みを浮かべながら、リリーに手を差し伸べた。

「これからよろしくね、リリーちゃん」

握手を求められて、リリーもおずおずと手を差し出す。

「こちらこそ……よろしくお願いします」


こうしてティナとヒマリのコスメ工房に、植物に詳しいエルフのリリーが仲間に加わることになった。売り子が増えてくれれば、陽葵とティナが開発に割ける時間も確保できる。そうなれば新商品だって開発できるはずだ。

仲間が増えて、開発の時間も確保でき、まさに良いこと尽くめだ。陽葵は、次の商品アイデアを練りながら心を躍らせていた。

第六章　ファンデーションを作りましょう

コスメ工房のラインナップに、日焼け止めクリームが加わった。

発売にあたり、この世界の人々にも紫外線や日焼けの概念から説明する必要があったが、ここで役に立ったのが手書きPOPだ。イラストを交えながら説明をすると、日焼け止めクリームの必要性を理解してもらえた。いまや日焼け止めクリームは、化粧水や乳液と並ぶヒット商品だ。

今日もお店はお客さんで大賑《おおにぎ》わい。新たにメンバーに加わったリリーと共に営業をしていた。

「今日も忙しいですねー……」

リリーは接客疲れのせいか、力なく笑っている。それでもお客さんから植物のことを聞かれると、臆することなくスラスラと解説をしているから、人と関わること自体が嫌いなわけではないのだろう。お疲れ気味のリリーを励ますように、陽葵はガッツポーズを浮かべる。

「閉店までもうひと頑張りだよ！　終わったらみんなでお茶にしようね」

「そうですね。もうひと頑張りですね」

リリーの表情に笑顔が浮かぶ。意気込みを新たにしたのも束の間、コスメ工房に怪しい人物がやってきた。黒のローブで顔を隠した小柄な人物。その姿には見覚えがある。

「あの子って、町で見かけた……」

町へ化粧品を売りに行った時、ローブの少女が化粧水と乳液を二つずつ購入してくれた。商品が気に入って、また買いに来てくれたのだろうか？

彼女はローブを深く被ったまま、ズンズンと陽葵に近寄る。何事かと身構えていると、ボソッと呟いた。

「……てちょうだい」

「なんて？」

「だからっ！　今すぐ肌を白くしてちょうだい！」

少女は大声で叫ぶ。その拍子に、顔を覆っていたローブが剝がれた。

腰まで伸びたふわふわとしたピンク色の髪に、トパーズのような黄みがかった瞳。全体的に幼い顔立ちでありながらも、意志の強さを感じさせた。

「肌を……白く？」

目の前の少女に圧倒されながらも、陽葵は聞き返す。すると彼女は、身体に纏っていたローブを外した。

ローブの下から現れたのは、Aラインに広がる白のワンピース。上質な生地で細部には刺繡《ししゅう》が施されていた。陽葵がまじまじと見入っていると、少女は話を切り出す。

「以前、こちらで化粧水と乳液を購入したの。使ってみて、とても良かったわ」

「それは、ありがとうございます」

すぐさま感謝を伝えると、少女は大きく首を振る。

「今日はお礼を言いに来たのではなく、お願いをしに来たの」

「お願いですか？」

「ええ、さっきも話したのだけれど、私の肌を白くしてほしいの」

「白く……ですか？」

もう一度聞き返しながら、彼女の肌をじっくり観察する。雪のような白い肌とは言い難《がた》いが、色黒というわけではない。健康的なナチュラルベージュの肌だ。

もとの世界でも肌を白くしたいと望む女性は少なくない。だからこそ美白化粧品が人気を集めている。だけど現実問題として、化粧品ですぐに肌を白くするのは不可能だ。

化粧品は「人体に対する作用が緩和なもの」と定義されている。肌に付けてすぐに白くなるというのはその定義から逸脱してしまう。ファンデーションや白粉などのメイク用品で白くすることは可能だけど、肌そのものを即座に白くする化粧品は基本的に存在しない。

「残念ですが、化粧品で本来の肌を白くすることはできません」

できないと伝えると、彼女は苛立《いらだ》ちを露わにする。

「あんなに凄いものを作れるなら、肌を白くするくらい簡単にできるでしょ？」

「残念ながらそこまでの力は……。力及ばず申し訳ございません」

「それなら魔法でどうにかできないの？　サリヴァン様の美容魔法なら肌を綺麗に見せることだってできるじゃない！」

「サリヴァン様？　それに美容魔法って？」

初めて聞く言葉に戸惑っていると、ティナが苦々しい表情を浮かべていることに気付く。

「サリヴァンだと……？」

どういうことなのか詳しく尋ねようとしたところ、またしても入り口の鈴が鳴り、見覚えのある人物がやって来た。

「失礼します。こちらにローブを被った人物が……って、いましたね。アリア様」

やって来たのは、町で出会った美形騎士さんだ。相変わらずカッコいい。後ろに束ねた青色の髪は、艶々と輝いている。

一方、美形騎士さんの姿を見た少女は、「しまった」と言わんばかりに息をのんだ。

「セラ……まさかこんな早く来るなんて……」

少女はその場で後退りをする。しかし狭い店内では逃げ場はなく、少女はあっさり捕まってしまった。

「また城を抜け出して。これで何度目ですか？」

「もーっ！　なんで毎度毎度こんなに早く見つけるのよ！」

「アリア様のことなら、大抵分かりますからね」

言い争う二人を、陽葵はポカンとしながら眺める。するとティナが、驚いたように目を見開きながら話に入ってきた。

「アリア様ってまさか……第三王女の？」

「第三王女？」

そういえば、美形騎士さんは第三王女の専属騎士と聞いた気がする。ということは、目の前の少女は……。

「本物の王女様!?」

陽葵が大声を上げると、二人は口論を中断する。陽葵と向き合うと、王女様はスカートの裾を軽く持ち上げてお辞儀をした。

「申し遅れたわね。私は第三王女のアリアよ」

アリアに続き、美形騎士も胸に手を当てながらお辞儀する。

「私は、アリア様の専属騎士としてお仕えしているセラと申します」

目の前にいるのは王女様と王国騎士。やんごとなき御身分の方々を前にして陽葵は呆気《あっけ》に取《と》られていた。

「そんな高貴なお方だったとは……」

王女様自ら、森の中の小さなお店までやって来るなんて誰が想像しただろうか。そういうものは、遣いの者に任せるのが普通じゃないのか？

陽葵が固まっている隙に、セラはアリアの手を引いて店を出ようとする。

「アリア様、帰りますよ」

帰るように促したものの、アリアは勢いよく手を振《ふ》り解《ほど》きながら拒んだ。

「いやよ！　今日はこの方達にお願いがあって来たんだから。それを果たすまで帰れないわ！」

「お願い、ですか？」

セラは怪訝そうに眉を顰める。その一方で、アリアはもう一度陽葵と向き合った。

「少し、お時間を頂いてもよろしいかしら？」

アリアの話を聞くために、一度店を閉めることにした。お客さんがいなくなったところで、改めてアリアと向き合う。椅子に腰かけたアリアは、俯きながら話を始めた。

「見ての通り、私は生まれつき肌が黄色いの。二人のお姉様は、お母様譲りの白い肌で生まれたのに……」

言葉を詰まらせるアリアを、セラがすかさずフォローする。

「アリア様は王様似ですから、仕方のないことかと」

「仕方ないなんて言わないで！」

セラの言葉を強い口調で制する。トパーズのような黄色い瞳には、僅かに涙が滲《にじ》んでいた。アリアはギュッとスカートを握りながら話を続ける。

「この肌のせいで、周りから散々陰口を叩かれたわ。第一王女と第二王女は雪のような白い肌を持つ美女なのに、第三王女はどうして凡庸なのかって。もしかして妾《めかけ》の子なんじゃないかって噂をされたことだってあったのよ」

姉妹の中で一人だけ肌の色が違ったら、違和感を覚える人もいるのかもしれない。だけど妾の子なんて陰口を叩くのはあんまりだ。

世の中には、人の容姿をネタにして貶《おとし》める人間が一定数いる。アリアの陰口を言っていた人物もそういう類の人間なのだろう。

容姿は目に見えるものだから話題にしやすいし、周囲からの共感も得やすい。アリアを貶《けな》した人物も、深く考えずに話題にあげたのかもしれない。

だけど言われた方は深く傷つく。生まれ持ったものをあれこれ言われるのなら尚更《なおさら》だ。

アリアは興奮した気持ちを抑えるように深呼吸をする。心を落ち着かせてから、意志の籠った瞳を陽葵に向けた。

「三日後に国外の来賓を招いた社交界があるの。その時までにお姉様のように肌を白くしたいの。そうじゃないと、また惨めな思いをすることになるわ」

「アリア様……」

セラは心配そうな瞳でアリアの肩に触れる。専属騎士として傍で仕えている身だからこそ、アリアの気持ちが理解できるのかもしれない。

「当初の予定では、サリヴァン様を呼んで美容魔法をかけてもらうつもりだったんだけど、どうしても捕まらなくて……」

「サリヴァン様は南の島でバカンスを楽しまれているそうです。自由奔放な方ですから、王族からの要請でも捕まえることは叶いませんでした」

「あの女らしいな」

アリアとセラのやりとりを聞いて、ティナが納得したように頷く。一人会話についていけない陽葵は、おずおずと手を挙げて質問した。

「さっきから話に出てきたサリヴァン様ってどなたですか？　それに美容魔法って？」

陽葵の疑問にティナが答えた。

「サリヴァンは私と同じく魔女だ。美を追求している魔女で、人の容姿を一時的に美しく変える魔法が使える」

「凄い！　そんな魔女さんがいるんだ！」

魔法で美しく変われるなんて驚きだ。シンデレラがお姫様に変わるようなイメージだろうか？

感心していたところで、ある問題にも気付く。

「あれ？　もしかして美容の魔女さんがいるなら、そもそもコスメって必要ない？」

コスメをこの世界に広めようと奮闘しているが、美容魔法でパパッと解決できるならあえて使う必要はない。もしかしたら美容魔法が存在しているからこそ、コスメの文化が発展しなかったのではとも想像できる。

存在意義を見失いかけて慄《おのの》いていると、ティナから冷静にフォローされる。

「美容魔法は、あくまで一時的に容姿を変えるだけだ。本物の美しさが手に入るわけではない。その点ヒマリの作るコスメは、肌の状態を整えて本物の美しさを手に入れようとしている。正直、美容魔法よりも凄い」

「ティナちゃん……！」

ティナから認められて、陽葵は瞳を輝かせる。

ティナの言う通りだ。本物の美しさは一日にして成らず。正しいお手入れを継続することで、綺麗な肌は手に入るのだ。

コスメの意義を再認識したところで、アリアも話に加わる。

「さっきも話したけど、サリヴァン様はとても気まぐれな方なの。捕まえるのは一苦労だし、運よく捕まったとしても莫大《ばくだい》な費用を請求されるのよ」

「あ……お金取るんだ……」

「ええ。王族や上流貴族でなければ支払えない金額を請求するから、庶民が美容魔法に頼るのはまず不可能ね。貴族だって社交界や結婚式のような特別な時じゃないと依頼できないもの」

「ここぞという時に頼る魔法なんだね」

話を聞く限り、なかなか癖の強い魔女さんのようだ。会ってみたいような気もするが、実際に会うとなるとちょっと怖い。

とはいえ、魔法に頼って美しくなりたいと思う気持ちは分かる。特別な日に美しくなって、いつもと違った自分を見せたいと思うのは、もとの世界でも同じだ。そうしたニーズがあるから、メイク用品が存在しているのだから。

陽葵が納得していると、アリアはティナに詰め寄る。

「魔女様、サリヴァン様みたいな美容魔法を私にかけてほしいの！」

「そんなことを言われてもなぁ……。私の得意分野は薬作りで、美容魔法は専門外だ」

「そんな！　社交界は三日後なのよ！　肌を白くしてもらわないと困るの！」

アリアは拳を握りしめながら訴える。トパーズの瞳には、僅かに涙が滲んでいた。

「お姉様に比べたら、私なんて全然駄目。色白じゃないし、童顔だし、太りやすいし、いいところなんて一つもない。可愛くない自分が大嫌い……」

アリアは、自分の容姿にコンプレックスを抱いている。身近に比較対象がいるのなら、惨めな気分になるのも無理はない。それでも、自分のことを大嫌いなんて卑下してほしくなかった。

陽葵はアリアのもとに近付く。椅子の前までやって来ると、騎士のようにその場で跪《ひざまず》いてアリアを見上げた。

「アリア様、一つ大事なことをお伝えしますね」

「なによ？」

突然跪いた陽葵を見て、アリアは目を丸くしながら警戒する。そんなアリアを真っすぐ見つめながら、陽葵ははっきりと伝えた。

「女の子はみんな可愛いんです！」

陽葵の発言に、アリアだけでなく他の面々もギョッとする。お店の中はしんと静まり返った。

「なんなの、急に？」

アリアからの質問を皮切りに、陽葵は一気に持論を展開した。

「女の子はみんな可愛いと言ったんです。確かに顔のつくりには違いがありますよ？　目が大きいとか、鼻が高いとか、肌が白いとか。顔立ちの整った人と比べて、落ち込む気持ちも分かります。とくに私の故郷ではＳＮＳが流行っていて、スマホを開けば美人で溢れ返っていますからね。それと比較して落ち込んでしまう気持ちも分かります」

「えすえぬえす？　すまほ？　貴方《あなた》は一体何を言ってるの？」

「そんなのはどーでもいいんです！　私が言いたいのは、顔立ちの整った人と比較したって、貴方が可愛いという事実は揺らがないということです！」

ヒートアップした陽葵は、さらに捲し立てる。

「可愛いというのは、顔の良し悪《よあ》しだけではありません。楽しい時に見せるとびきりの笑顔とか、好きなものを前にした時のキラキラの瞳とか、そういう些細《ささい》な仕草も含めて可愛いんです！」

周りがポカンとしているのも気にせず陽葵は続ける。グッと拳を握りしめながら、意志の籠った瞳で訴えた。

「女の子はみんな可愛い！　誰が何と言おうと、そこに例外はありません！」

きっぱり言い切る陽葵を見て、アリアはおずおずと尋ねる。

「その理屈だと、貴方も自分のことを可愛いと思っていることになるんじゃ……」

その問い掛けに、陽葵は迷うことなく答えた。

「思ってますが、何か？」

真顔で言い切る陽葵を見て、ティナとセラが苦笑した。

「言い切ったな」

「凄い自信ですね」

「でも、カッコいいです……」

概《おおむ》ね引いたような反応だったが、リリーだけは尊敬の眼差しを向けていた。

「別に私は、自分の顔が整っていると自画自賛しているわけではありません。女の子は可愛いという理屈に自分も当てはまっていると言いたいだけです。それと、私は可愛くなるための努力を怠っているつもりはありませんからね。そういう日々の積み重ねが自信に繋《つな》がるんです」

理由を添えてから、陽葵はそっとアリアの手に触れる。

「そういうわけなので、アリア様は可愛いんです。自信を持ってください！」

アリアはまだ信じ切れないのか、自信なさげに視線を逸らす。

「そんなの詭弁《きべん》よ。みんながみんな可愛いわけがないじゃない……」

「その後ろ向きな考えがいけませんね」

陽葵はアリアの手を取り、椅子から立ち上がらせるように手を引いた。

「アリア様は可愛い！」

「なっ……なによそれ？」

唐突な陽葵の言葉に、アリアは戸惑いを見せる。それでも陽葵は止まらない。

「アリア様は可愛い。リピートアフタミー？」

「リピートって……」

「こういうのは、思い込んでしまった方がいいんです。ほら、アリア様もご一緒に」

「ええ……」

「ほら、恥ずかしがらずに。アリア様は可愛い。はいっ」

「ええっと……アリア様は可愛い」

「アリア様は超可愛い。はいっ」

「ア……アリア様は超可愛い」

「アリア様は最強に可愛い。はいっ」

「アリア様は最強に可愛い」

「エクセレント！」

陽葵は笑顔を見せながら拍手をする。その様子をティナが呆れたように眺めていた。

「なんだこの茶番は……」

「まあ、アリア様が可愛いのは紛れもない事実ですけどね」

ティナの隣で、セラが涼し気な顔で肯定した。

自己洗脳とも言える暗示をかけた陽葵は、にっこりとアリアに微笑みかける。

「そのことを肝に銘じておいてくださいねっ！」

言いたいことを伝えると、アリアの前から離れ、ティナの隣に立つ。解放されたアリアは、放心したようにぺしゃんと椅子に座り込んだ。

「貴方……一体なんなのよ……」

「私はコスメ工房のスタッフです。アリア様が可愛いのは疑いようもありませんが、その可愛さをもっと引き出すお手伝いならできますよ。私とティナちゃんで」

そう宣言しながら、ティナの肩に手を回す。肩を組まれたティナは、鬱陶しそうに腕を振り解いた。つれないなぁと思いつつも、陽葵はアリアの自信を取り戻すための計画を明かす。

「ファンデーションを作りましょう」

「ふぁんでーしょん？」

「はい、肌を綺麗に見せるメイク用品です。美容魔法とは異なりますが、ファンデーションなら手軽に肌を綺麗に見せられますよ」

肌を白く見せたいというのなら、ファンデーションを使うのが手っ取り早い。といっても、もとの肌の色を無視して真っ白にするわけではない。

もとの肌の色に近いファンデーションを作って、肌を綺麗に見せるのが狙いだ。その方が彼女の持つ美しさを引き出せるはずだから。

陽葵は改めてアリアを見つめる。コンプレックスに感じているナチュラルベージュの肌は、健康的な肌とも言い換えられる。黄色みがかった瞳の色と、よくマッチしていた。そのバランスを崩したくない。よしっと意気込んでから、陽葵はアトリエに向かった。


アトリエに移動すると、ティナは腕組みをしながら陽葵に尋ねる。

「ファンデーションを作るったって、どうやって作るんだ？」

アリア、セラ、リリーが陽葵に注目する。みんなから注目が集まる中、陽葵はとっておきの秘策を伝えるようにフフフと笑った。そしてアトリエの棚から、粉の入った瓶を取り出す。

「これを使うんだよ！」

テーブルに並べたのは、色とりどりの細かな粉。ホワイト、オレンジ、イエロー、ピンク、レッド、グリーンなど、さまざまな色が揃っている。これらはティナのアトリエを調査した時に見つけたものだ。

「なるほど。カラーサンドを使うのか。各地の海や山から採取した土だな」

「そう！　これって私の知っているクレイに近いと思ったんだよね。この土を使えば、ファンデーションだって作れるはず。それだけじゃない。チークとか口紅だって作れると思うよ」

「なんだそれは？」

「まあ、その辺は追々説明するとして、まずはファンデーションを作ろう。処方は乳液をベースにして、そこにカラーサンドを加えればできるはず！」

「色付きの乳液を作るイメージか？」

「さっすがティナちゃん、話が早い！」

ファンデーションの剤型は、クリームタイプ、パウダータイプ、リキッドタイプなど様々なタイプがあるが、コスメ工房にある商品を応用して作るならクリームタイプが手っ取り早い。保湿力も高いから、乾燥したこの国で使うにはぴったりだ。

「そうと決まれば、さっそく作ってみよう！」

張り切って拳を突きあげた陽葵だったが、ノリを合わせてくれる人はいなかった。シュンとしながらも、気を取り直してファンデーション作りを開始した。

「まずはアリア様の肌の色に合わせて、カラーサンドを調整しましょう。アリア様、こちらに来ていただけますか？」

「え……ええ……」

陽葵の勢いに押されながらも、アリアは素直に従う。陽葵はアリアの肌とカラーサンドを交互に見比べた。

「ベースはホワイトのカラーサンドを使って、そこにイエローとピンクを足していく感じかなぁ」

すり鉢と匙を準備してカラーサンドを計ろうとすると、アリアはムスッとした表情で抗議した。

「イエローなんて入れないで。肌を白くしてほしいんだから、ホワイトだけで作ってちょうだい」

「そうはいきませんよ」

「どうして？」

怪訝そうな顔をするアリアに、陽葵はファンデーションの役割を伝えた。

「ファンデーションは、肌の色むらをカバーして美肌に見せるアイテムです。もとの肌の色を無視して白いものを塗ったら、顔だけが白くなって不自然な仕上がりになってしまいます」

「それなら、全身に塗れば……」

「そういうわけにはいきませんよ」

「でも、それじゃあ肌を白くしたいっていう目的が果たせないじゃない」

アリアは、肌を白くすることにこだわっている。気持ちは分かるけど、陽葵としてはメイクで肌を白くすることをゴールに据えたくなかった。

「アリア様。色白であることだけが美しさじゃありませんよ。アリア様のナチュラルベージュの肌だって健康的で素敵です」

陽葵は白い肌にはないナチュラルベージュ肌の魅力を語る。まずは自分の持つ素材の価値に気付いてほしかった。

肌の色は生まれつきのものだから、後天的にどうこうできるものではない。日焼けをしないように気を付けることはできるけど、それでも生まれつき色白の人のような肌にはなれない。

それならば、自らの素材に価値を見出《みいだ》して、最大限魅力を引き出した方が手っ取り早い。アリアにもそのことに気付いてほしかった。

しかし長年抱えていたコンプレックスは、簡単には拭えないようだ。アリアは俯きながら拳を握り締めていた。

「白くないと、美しくないわ……」

陽葵は小さく溜息をつく。

(そう簡単には説得できないか……)

だけど諦めるのはまだ早い。今はアリアの肌に合ったファンデーションを作ることに注力した。

「とりあえず、アリア様の肌の色に合わせてカラーサンドを調合しますね」

アリアはまだ納得していないようだったが、とりあえず作業を開始することにした。

まずは、白いカラーサンドを匙で十杯計る。そこにイエローを二杯、ピンクを二杯入れた。

「紫外線対策として月の砂も入れておきましょうか」

既に魔法をかけてある月の砂を、ひと匙加える。粉体の原料を入れ終わったら、すりこぎ棒を使って全体を混ぜ合わせた。

ホワイト、イエロー、ピンクの粉が混ざり合って均一な色になったところで、次のステップに移る。

「精製水とオイルを湯せんで温めるんだけどー……」

ティナにじーっと視線を送ると、すぐにやるべきことを察してくれた。

「はいはい、お湯な。アピュアアクア・テンプウォーム」

「ありがとー、ティナちゃん」

ボウルにお湯を張ってもらったところで、精製水を入れたビーカーとホホバオイルを入れたビーカーを湯せんで温める。両方が温まった頃合いに、オイルを入れたビーカーを取り出して、先ほど調合したカラーサンドを加えた。

「全体を混ぜ合わせながら精製水を少量ずつ加えるんだけどー……」

「水と油を混ぜろと?」

「お願いします」

「はいはい、リクルフューズ」

ティナに魔法をかけてもらい、水と油が混ざり合う。しっかり混ぜ合わせたらクリームファンデーションの完成だ。仕上げに防腐魔法もかけてもらった。

「完成！」

ナチュラルベージュのクリームを前にして、陽葵は嬉しそうに声を上げる。その隣から、アリアが興味深そうに手元を覗き込んだ。

「これを肌に塗ればいいの？」

「はい！　ですがその前に色合わせをしたいので、ちょっとお付き合いいただけますか？」

「何をすればいいの？」

「アリア様はじっとしているだけで結構ですよ」

陽葵は少量クリームを取り、自分の手の甲に乗せる。指先で軽く馴染ませてから、アリアの正面に回った。

「アリア様、ちょーっとお顔失礼しますね」

「え……って、ひゃうっ！」

陽葵は、顔と首の境目のフェイスラインにファンデーションを塗る。突然触れられたアリアは、驚いたように悲鳴を上げた。

一瞬、騎士のセラが剣を抜きかけたが、害のあるものではないと判断したのか、剣は抜かないでくれた。王女様相手に無礼を働いたが、何とか命拾いした。

セラから睨まれていたことすら気付かない陽葵は、熱心にファンデーションの色味を確認する。

「うんうん。色はちょうどいいみたいですね」

ファンデーションの色味は、フェイスラインで確かめるのが一般的だ。顔と首の境目で色を確認すると、肌に馴染む色を選びやすくなる。

完成したクリームファンデーションは、アリアの肌によく馴染んでいた。カラーサンドの調合はバッチリだ。

「あとは肌に異常が現れないかパッチテストをするんですけど、今日は塗り方と落とし方まで説明したいから、ティナちゃんの未来視の魔法に頼りましょう」

本当は肌に塗ってから一日様子を見たいところであるが、王女様に明日もご足労願うのは気が引ける。一日でパッチテストまで済ませるには、ティナの魔法に頼ることにした。

ファンデーションを肌に馴染ませ、ティナの魔法で一日後の状態を確認する。パッチテスト後も肌に異常が現れることはなかった。

「よし、ファンデも完成したことだし、さっそくお顔に塗ってみましょう」

「ええ。お願いするわ」

アリアは緊張した面持ちで陽葵に向き合う。そっと目を閉じて、メイクが施されるのを待った。


「アリア様、いかがでしょうか？」

ファンデーションを塗り終えた陽葵は、アリアに鏡を差し出す。鏡の中の自分を見た瞬間、アリアの瞳に光が宿った。

「凄い……。肌が白くなったわけじゃないのに、綺麗に見えるわ」

アリアは鏡の中の自分をまじまじと観察している。ファンデーションを塗る前との変化に驚いているようだ。

「ファンデで肌の色むらやくすみをカバーしてみました。それだけでも顔色が明るく見えるんですよ」

アリアの肌は、極端に白くなったわけではない。ファンデーションを塗った状態でも、もとの肌と同じナチュラルベージュだ。

だけどくすんだ肌をカバーしたことで、ツヤのある明るい肌に整った。もとの素材を活《い》かしつつ、美しく見せるという作戦は成功だ。

「アリア様の肌は、トパーズのような瞳とよくマッチしていますね。まるで春に咲く花のような華やかさがあります」

ナチュラルベージュの肌には、色白の人にはない温かさや華やかさがある。アリアにもその魅力に気付いてほしかった。

陽葵の意図は、ちゃんとアリアに伝わっていた。

「前回の社交界では美容魔法で顔を真っ白にしてもらったけど、どこか不自然に感じていたの。だけど今は、髪や瞳の色とマッチして自然に見える。これならお姉様にも引けを取らないわ」

「お気に召していただけましたか？」

にっこり微笑みながら陽葵が尋ねると、アリアは鏡を見つめながら頷く。

「ええ、気に入ったわ。自分の肌がこんなに輝くなんて、まるで魔法じゃない」

いつぞやのティナとまったく同じ反応をされて、陽葵は思わず微笑む。

ティナだけではない。初めて陽葵がメイクをしてもらった時も、やはり彼女達と同じ反応をしていた。あの頃の自分と、異世界で生きる女性の姿が重なって、胸の中がじんわりと温かくなった。

「そうですね。メイクは女性を輝かせる魔法なのかもしれませんね」

アリアのメイクが済んでから、二階のリビングに移動してお茶の時間にした。今日のお茶は、カモミールティーだ。リリーが摘んできてくれたカモミールを使って淹《い》れた。

ロイヤルなお育ちのアリアに、ごく普通のカモミールティーを出すのは緊張したが、ためらうことなく口にしてくれた。

「ありがとう。とっても美味しいわ」

「お口に合って何よりです」

陽葵とティナは、こっそり顔を見合わせながらホッと胸を撫でおろした。そんな中、セラが小さく手を挙げながら陽葵に視線を送る。

「一つお尋ねしたいのですが、よろしいでしょうか？」

「はい、もちろん」

「ファンデーションは、肌に付けたままの状態でも問題ないのでしょうか？　美容魔法であれば半日もすれば解けますが、ヒマリ様の作られたものは勝手に落ちるわけではないのですよね？」

さすがアリアの専属騎士というべきか、鋭い質問をしてくる。セラが心配しているのは、アリアの肌のことだろう。もちろん、陽葵だって何も考えていないわけではない。

「その件なんですけどね」

陽葵が説明をしようとしたところで、一階から扉を叩く音が聞こえる。

「誰だ？」

ティナが眉を顰めながら立ち上がる。アリアの対応をするために、お店の看板はクローズに切り替えたから、ただのお客さんとは考えにくい。それに何度も扉を叩く様子から緊急性を感じさせた。

「どれ、ちょっと見て来るか」

「私も行くよ！」

ティナに続いて陽葵も一階に向かう。階段を下りている最中も、何度もノックの音が聞こえた。

ティナは鍵を開けて、扉を引く。

「喧しいな。何の用だ？」

ティナは、ジトッとした目で用件を尋ねる。突然扉が開いたことで、客人はバランスを崩して、ズテーンと前にすっ転んだ。

「いたたた……」

額を押さえて倒れこんでいたのは、意外な人物だった。ふわふわとした赤茶色の髪に、ぴょこんと生えた耳。背中ではふわふわとした尻尾が揺れている。

「ロミちゃん!?」

「はい……。すいません。突然押しかけてしまって」

ロミがお店にやって来たのは初めてのことだ。それに加えて先ほどの切羽詰まったような扉の叩き方。何かトラブルでも起こったのかもしれない。

「とりあえず中に入って。今、アリア様とセラさんも来ているから」

「アリア様って、まさか……」

「うん、そのまさかだよ。今、二階でお茶をしているから、ロミちゃんもおいで」

「良いんですか？　大事なお話の最中だったのでは？」

「ロミちゃんだって大事なお話があるんじゃないの？　とりあえず二階で話を聞かせて？」

「ありがとうございます、ヒマリさん！」

ロミは両手を合わせて感謝をしながら、陽葵に続いて二階へ向かった。


ロミも加わって、お茶会が再開する。第三王女と専属騎士を前にして、ロミはすっかり委縮していた。

「すいません……。私、お邪魔ですよね？」

「構わないわ。私の用件は終わったから、次のお客さんの依頼を聞いてあげてちょうだい」

アリアからの寛大なお言葉で、ロミはホッと胸を撫でおろす。許可を貰ったところで、ロミの話を聞くことにした。

「それで、ロミちゃん。そんなに焦ってどうしたの？」

「はい、これを見てください」

ロミは、ぱつんと切り揃《きそろ》えた赤茶色の前髪を上げた。小さな額が露わになると、異変に気付く。

前髪を下ろしている時は気付かなかったが、髪の生え際にポツポツと肌荒れができていた。

「徹夜で発明をしていたら、おでこにポツポツができてしまいました。魔女様、ヒマリさん、どうにかできませんか？」

陽葵はまじまじとロミの肌を観察する。

「あちゃー……荒れちゃってるねー。ロミちゃんの年頃だと思春期ニキビかな？　やだよね、肌荒れがあると一気にテンション下がる」

「はい。一日も早くもとに戻したいです。このままでは、鏡を見るたびに憂鬱になります」

「分かるわ、その気持ち」

ロミの話を聞いていたアリアも、うんうんと頷いていた。この世界においても、肌荒れは乙女の敵らしい。

「肌のポツポツを治す化粧水はないんですか？」

「うーん、ニキビ予防の医薬部外品化粧水も作れないことはないけど、開発に時間がかかるからなぁ」

もとの世界では、ニキビ予防の化粧水は医薬部外品に分類される。医薬部外品とは、厚生労働省に認められた有効成分が規定量以上配合されているもので、簡単に言えば化粧品と医薬品の中間のようなものだ。

医薬部外品に準じた化粧水を作ることも不可能ではないけど、その前にやるべきことがある。手始めに、陽葵は普段のお手入れ方法について尋ねてみた。

「ロミちゃん、毎日の洗顔ってどんな風にしてるの？」

「洗顔ですか？　お水でパシャパシャと洗っています」

「あー、やっぱりね」

陽葵の予想していた通りだ。まずは基本的なケアから見直す必要がありそうだ。

「綺麗な肌を保つためには、落とすケアが大切なんだよ」

「落とすケア？　一体何を落とすんですか？」

真ん丸の瞳で尋ねるロミに、陽葵は説明した。

「肌の上には、毛穴から分泌される皮脂が付いているの。皮脂には肌を外界から守る役割があるんだけど、過剰に分泌されるとニキビができやすくなっちゃうんだ。だから毎日のスキンケアでは余分な皮脂を落とすケアを心がける必要があるの」

「皮脂を落とすために、しっかりお顔を洗わないといけないってことですの？」

「そういうこと」

落とすケアが重要であることは理解してもらえたようだ。それから陽葵は、アリアとセラにも視線を送った。

「メイクをしている時も同じです。肌の上にファンデーションが残っていると、肌荒れの原因になります。メイクをした後も、しっかり洗顔をしてくださいね」

「分かったわ。でも水で洗うだけではダメなのでしょう？」

もとの世界では、クレンジングや洗顔フォームを使えばいいが、コスメの概念がないこの世界では当然のごとく存在しない。だけどその欠点は、既にクリアしていた。

「実はこの間、洗顔石鹸の試作品を作ってみたんです。固形石鹸にクレイとカモミールエキスを混ぜてみたんですけど、なかなか良い使い心地だったんですよ」

保湿や紫外線対策と同様に、落とすケアが大事なことは陽葵も知っていた。そのため皮脂を吸着する働きのあるクレイと保湿効果のあるカモミールを混ぜた洗顔石鹸の開発を進めていたのだ。

評判が良かったら製品化しようと考えていたから、みんなが試してくれるならちょうどいい。

クレンジングも植物オイルがあれば簡単に作れる。アトリエにあるホホバオイルやオリーブオイルは、クレンジングの材料として使えそうだ。そこに水と油を混ぜる魔法をかけてもらえば、肌に付着したオイルを水ですっきり洗い流せるようになる。ついでに精油で香りづけをしたら、さらに心地よく使えそうだ。

「今すぐクレンジングを作ってきます。すぐに戻ってくるので、ここで待っていてもらえますか？」

「今すぐって、そんなことできるの？」

アリアが困惑したように尋ねると、陽葵は笑顔で頷いた。

「はい。材料は揃っていますし、作り方も頭に入っているので。みんながお茶を楽しんでいる間にパパッと作ってきます」

「そう？　それじゃあ、お願いね」

「はい！　行こう、ティナちゃん！」

「私もか!?」

陽葵はティナの腕を引っ張って、部屋から飛び出した。

ティナの協力のおかげもあり、クレンジングはあっという間に完成した。試作品の洗顔石鹸も用意して、二人はリビングに戻る。

「お待たせしました。クレンジングと洗顔石鹸を用意しましたよ！」

完成品をみんなに見せると、感心したように目を丸くしていた。

「本当にすぐできたのね。やるわね……」

「凄いです！　ヒマリさん！」

「尊敬です……」

アリア、ロミ、リリーから褒められて、陽葵は嬉しそうに表情を緩ませた。

「えへへー、褒め過ぎだよー。半分はティナちゃんのおかげだし」

「私は魔法で手伝っただけだけどな」

ティナは少し照れたように視線を逸らす。そんな姿も可愛らしい。

クレンジングと洗顔石鹸を用意したところで、アリアの肌を真っ先に心配していたセラが、恭しく頭を下げる。

「早急にご用意していただきありがとうございます。城に戻ったらさっそくメイクを落として」

「ちょっと待ってください！」

セラは品物を受け取ろうとしていたが、陽葵がストップをかける。きょとんとするセラに、陽葵は意気揚々と提案した。

「せっかくなので、スキンケアレッスンをしましょう」

「スキンケアレッスン……ですか？」

「はい。クレンジングや洗顔石鹸の使い方や化粧水を付けるタイミングなど、毎日のスキンケアで気を付けたいポイントをレクチャーします」

化粧品は正しく使うことで効果を発揮する。落とすケアについても、正しいやり方を伝えておきたかった。

「肌荒れを予防するためにも必要なことだから、ロミちゃんもぜひ聞いていって」

「はい！　お願いします！」

ロミは元気よく手を挙げて微笑む。アリアとリリーも乗り気だった。

「使い方を教えてくれるなら心強いわ。お願いね、ヒマリ」

「あの……私も参加していいんですか？」

「もっちろん！」

陽葵が頷くと、リリーは瞳をキラキラと輝かせながら両手を合わせていた。

「ありがとうございますっ！」

こうして陽葵指導の下、スキンケアレッスンを行うことになった。

テーブルにぬるま湯の入った洗面器やタオルを準備してから、レッスンを開始した。

「では、始めてきましょう！」

「わー、パチパチー」

ロミが尻尾を揺らしながら両手を叩いて盛り上げてくれる。ノリの良さに感謝しながら、陽葵はコホンと咳払《せきばら》いをしてから説明を開始した。

「スキンケアの第一ステップは、落とすケアです。肌に残った汚れや皮脂をしっかり落とすことから始めましょう」

陽葵は先ほど作ったクレンジングオイルを手に取って、手の甲に馴染ませる。

「メイクをした日は、クレンジングを使ってメイクを落としてくださいね。オイルを馴染ませたら、ぬるま湯を少量馴染ませながらクルクルと優しく撫でていきます」

手元のクレンジングオイルに少量のぬるま湯を含ませると、白っぽく色が変わってきた。水と油が混ざり合い、乳化している証拠だ。肌の上で乳化させることで、メイク汚れや皮脂などの油性成分が落ちやすくなる。

「白っぽくなるまでクルクルすればいいんですね」

「うん。汚れが浮き上がって来たら、ぬるま湯で洗い流せばオッケーだよ」

興味津々に陽葵の手元を見つめるロミに解説してから、クレンジングを洗い流した。

「次に洗顔石鹼で顔を洗います。ここでのポイントは、よーく泡立てること」

「よーく泡立てること？」

「そう。ホイップクリームみたいに、ふわっふわになるまで泡立てようね」

陽葵は手のひらをお椀《わん》状にして洗顔を泡立てる。少量のぬるま湯を含ませながらかき回していると、キメの細かいふわふわの泡ができた。

「こんな感じかな！」

「凄いです！　泡が山のように立っています！」

ロミは目を輝かせながら、尻尾を左右に振り回す。尻尾がティナとリリーにペシペシとぶつかっているが、当の本人は気付いていないようだった。苦笑いを浮かべながら耐えるリリーとは対照的に、ティナはガシっと尻尾を摑んで揺れを止めた。

「おい、尻尾」

「ああっ、ごめんなさい！　私ったら、また尻尾でご迷惑を！」

「気を付けろよ」

「すみません」

尻尾の揺れが止まったところで、気を取り直して説明を再開する。

「ふわふわの泡を作ったら、手のひらでくるくると螺旋《らせん》を描くように洗っていきましょう。肌の表面はとーっても薄いから、擦《こす》らないようにすることが美肌の秘訣《ひけつ》だよ」

「擦らないように……分かったわ」

「勉強になります」

アリアとセラも熱心に陽葵の説明を聞いていた。真面目に聞いてくれると説明のしがいがある。

ティナも大袈裟な反応はしないが、時折頷きながら話を聞いてくれていた。

「全体を洗えたら、ぬるま湯でしっかりと洗い流しましょう」

落とすケアの説明はこれで完了だ。だけどここで終わりではない。

「洗顔が終わったら、即コレの出番です」

テーブルに置いたのは化粧水だ。洗顔後は即保湿。これを伝えないわけにはいかなかった。

「洗顔直後の肌は、皮脂が流れ落ちて乾燥しやすくなっているから、すぐに化粧水で保湿をする必要があるの。私はお風呂から出てから、五分以内には付けるように心掛けているよ」

「五分以内……結構忙しいですね……」

リリーがアワアワしながら呟く。その反応を見て、陽葵も大きく頷いた。

「そうなんだよ。お風呂上がりは忙しいの。ティナちゃんみたいにお風呂上がりにのんびり牛乳を飲んでる暇はないんだよっ」

「おい！　私のルーティンを勝手に暴露するな！」

ティナからキッと睨まれたが、陽葵は素知らぬ顔で説明を続けた。

「化粧水で肌をひたひたにした後は、乳液で蓋をする。これが基本のスキンケアだよ」

説明を終えると、ロミは腕を組みながらしみじみと語る。

「今まではお肌のことを真剣に考えたことはありませんでした。お水でパシャパシャパシャッと洗って終わりだったので、これでは肌が荒れてしまうのも無理ありませんね」

化粧品の概念がない世界なら、肌に無頓着になってしまうのも仕方のないことだ。それでも手遅れなんてことはない。スキンケアを見直した瞬間から、肌は生まれ変わるのだから。

「これからは、今日説明したスキンケアを試してみてね。しばらく続けてみれば、肌の状態も変わると思うから」

「分かりました。ヒマリさんに教えてもらったお手入れ方法を試してみますね！」

ロミは両手をぎゅっと握りながら大きく頷いた。素直に聞き入れてもらえて良かった。

「陽葵のスキンケアレッスンは、これにて終了です！」

「ありがとう、ヒマリ。お城に戻ったらさっそく試してみるわ」

「ヒマリ様、丁寧に説明していただきありがとうございます」

アリアとセラからも感謝されて、陽葵は照れ笑いを浮かべる。

「いえいえ、もし分からないことがあればいつでも聞いてくださいね」

アリアにも、メイクの仕方だけでなく落とし方まで説明できて良かった。メイクをしたまま寝てしまったら、肌荒れコースにまっしぐらだ。メイク後のお手入れ方法まで伝えられて一安心した。

スキンケアレッスンが終わった後は、アリアにクレンジングと洗顔石鹸を渡してお開きとなった。

「アリア様、社交界頑張ってくださいね」

「ありがとう、ヒマリ。ファンデーションがあれば、自信をもって参加できそうだわ」

そう話すアリアは、お店に来た時よりも晴れやかな表情をしていた。その姿を見られただけでも収穫だ。陽葵は社交界が上手くいくことを祈っていた。

アリアがコスメ工房にやって来てから一週間が経過した。

「アリア様、社交界上手くいったかな？」

陽葵は店番をしながら、アリアの心配をする。社交界は既に終わっているはずだが、アリアからの連絡はなかった。王族だから簡単にコスメ工房には来られないことは分かっているが、何の音沙汰がないというのは不安だ。

すると品出しをしていたティナが話に加わる。

「音沙汰がないってことは、上手くいった証拠だろう。問題が起こっていたら、今頃私達の首が飛んでいただろうからな」

「首が飛ぶ？　そんな大袈裟な！」

あははーと呑気に笑っていた陽葵だったが、ティナは深刻な顔で陽葵を見つめた。

「大袈裟なもんか。相手は第三王女だぞ？　万が一、肌荒れなんか起こしたら大問題になる」

その言葉で、自分がいかに恐れ多いことをしていたのか気付かされた。なんてったって第三王女を開発したばかりの化粧品の実験体にしたのだから。

「いやあああああ！　知らぬ間にとんでもないリスクを背負っていたってこと？」

陽葵は頭を抱えながら絶叫する。念のため、再度パッチテストを行ない、安定性試験を実施したが、何もないという保証はない。何か問題が起きていたらと考えるとゾッとした。

ガタガタ震えていると、入り口の扉がチリンチリンと音を立てる。現れたのはセラだった。凛々しい顔とスラリとした身体に見惚れていたのも束の間、腰に携えた剣が視界に入る。

「首ちょんぱ！」

「はい？」

陽葵が叫ぶと、セラは怪訝そうに眉を顰める。それから折り目正しくお辞儀をした。

「先日はアリア様のために化粧品を作っていただき、ありがとうございました」

「ああ、いえ！　その後はいかがでしたか？　その……肌荒れとかは……」

「問題ないようです。アリア様も喜んでおられました」

「それならよかったぁ」

何事もなかったようで安堵の溜息をつく。首ちょんぱは免れたようだ。

「それで、今日はどうした？」

ティナが用件を尋ねると、セラは片手に持っていたアタッシュケースをティナに差し出した。

「こちら、アリア様からお渡しするようにと」

「なんだこれは？」

「コスメ工房様への研究開発費です」

「はあ？　研究開発費？」

思いがけない言葉に、ティナは目を点にする。陽葵も何事かと思い、ティナのもとに駆け寄った。

「開けてもいいのか？」

「どうぞ」

ティナは恐る恐るアタッシュケースを開く。その瞬間、煌《きら》びやかな光に晒されて目を細めた。

「こ、これは……」

「金貨百枚です」

「なんだって!?」

セラは、しれっと中身を告げる。ティナはふらっと気絶しそうになっていた。

この国の通貨価値がいまいちピンとこない陽葵は、商品の値段を頼りに価値を割り出してみる。

「えーっと、化粧水が銀貨三枚でおおよそ三千円くらいの価値なんだよね。それで、金貨が銀貨の三十倍の価値があるから一枚三万円くらいとして、三万円×百枚ってことは……三百万円!?」

目の前には三百万円相当の金貨がある。その事実を把握すると、ティナが放心状態になるのも頷けた。セラは表情一つ変えず淡々と説明する。

「国としても、お二人の開発する化粧品には大きな可能性を感じています。更なる発展のため、国から投資をしようという結論に至りました。この先も成果を上げれば、研究開発費はさらに増額します」

まさか化粧品開発が国から認められるとは思わなかった。さらには研究開発費まで投資されるなんて……。あまりの事態に理解が追い付かない。

放心状態から抜け出せずにいると、お店の外から馬の鳴き声が聞こえた。その瞬間、セラはサッと顔を強張《こわば》らせる。

「まさか……」

セラは慌てたように店から飛び出す。陽葵とティナもその後に続いた。

店の外に出ると、白馬が一頭。その背中には、黒いローブを身に纏った人物が跨っていた。

「もしかしてあれって……」

背中に乗っていた人物は、軽い身のこなしで馬から飛び降りる。地面に着地した後、ばさっとローブを脱ぎ捨てた。

「久しぶりね。ヒマリ」

「アリア様！」

アリアはピンク色の髪を靡かせながら、陽葵の目の前にやって来た。その肌には、ファンデーションが塗られていた。

アリアの姿を見たセラは、がっくりと肩を落とす。

「アリア様……お城で待っていてくださいとお伝えしましたよね？」

「セラだけ抜け駆けなんてずるいわ！　私だってヒマリにお礼を伝えたかったんだから」

アリアはドパーズのような瞳で陽葵を見据え、堂々とした口調で語った。

「ヒマリの作ってくれたファンデーションのおかげで、自信を持って社交界に臨めたわ。お姉様よりも美しさで劣っているなんて、もう思わなくなったの。中には肌の色をとやかく言う貴族もいたけど、そんな人達にはこう言ってやったわ」

アリアは自信に満ちた瞳のまま、にっこりと微笑んだ。

「私は王様譲りの肌の色に誇りを持っています。私の肌の色を侮辱するということは、王様を侮辱しているのと同義ですよって」

アリアは当時を思い出すように、フフッと小さく笑った。

「そうしたら悪態をついていた人達はそそくさと逃げていったわ。それ以降、肌の色をとやかく言われることはなくなったの」

「アリア様、自信を取り戻したんですね！」

「ええ、ヒマリのおかげよ。ありがとう」

輝くような笑顔を向けられながら感謝をされると、胸の奥が温かいもので満たされていく。嬉しさのあまり、陽葵はアリアの手を握って上下に振り回した。

「良かったです、アリア様！」

「ちょっと、ヒマリ！　興奮しすぎよ」

されるがままに手を振り回されるアリアは、困ったようにセラに視線を向ける。するとセラがトンと陽葵の肩を叩いた。

「ヒマリ様、その辺で」

「そうだぞ、ヒマリ。王女様の肩を外したら、それこそ首ちょんぱだぞ」

「首ちょんぱやだ！」

ティナから注意をされると、陽葵は慌てて両手を離した。すぐさま三歩下がって九〇度に頭を下げる。

「調子に乗って申し訳ございません！　首ちょんぱだけは勘弁してください」

「しないわよっ！　そんなこと！」

断罪を免れてホッとしていると、アリアは何かを思い出したかのように斜め掛けのポシェットを漁った。

「そうだわ。今日はこれも渡したくて来たの」

「なんでしょう？」

何を渡されるのか首を傾げながら待っていると、アリアから一枚の紙を手渡された。

「これをあげるわ。この紙があれば、貴方達のお店ももっと繁盛するはずだから」

「んん？」

アリアの差し出した紙を覗き込む。そこには思いがけない内容が記されていた。

『王室御用達《ごようたし》　ティナとヒマリのコスメ工房』

お城のイラストと共に、宣伝文句が書かれた紙。これはもとの世界で言う広告だ。

「この紙をお店に貼り出したらどう？　ここ以外にも、中央広場の掲示板やレストランにも貼り出してもらうように交渉したから」

「アリア様、お店の宣伝をしてくれたんですか？」

「ええ、私も貴方達の役に立ちたかったからね」

王女様の宣伝とあれば効果は絶大だ。『王室御用達』という冠も町の女性達を惹きつける要因になる。

「ですが、王室御用達なんて称号を貰ってもいいんですか？」

「構わないわよ。事実なんだから。このお店の化粧水と乳液は、お母様もお姉様も使っているのよ。もちろんセラだってね」

「はい。アリア様に頂いてから、毎日使わせていただいております」

「そうだったんですね！」

まさか王室の方々にも愛用されているとは思わなかった。それならば、堂々と王室御用達の称号を名乗れる。陽葵は差し出された広告を有り難《あがた》く受け取った。

「ありがとうございます！　王室御用達の名に恥じないように、これからも素敵な化粧品を開発しますね」

「ええ、期待してるわ」

アリアは陽葵に激励を送りながら、嬉しそうに微笑んだ。

国から研究開発費を援助され、第三王女のアリアからは『王室御用達』との称号を貰ったことで、コスメ工房はさらなる発展の兆しを見せたのであった。

第七章　口紅を作りましょう

「すいませーん。クリームファンデのライトをください」

「こっちにはナチュラルを」

「はーい！　ただいま！」

コスメ工房のラインナップにクリームファンデーションが追加され、お店はさらに賑わいを見せた。クリームを塗るだけで肌が綺麗に見えるという役割だけでも珍しいが、そこに『王室御用達』という冠がついたことで商品は飛ぶように売れていった。

ちなみにファンデーションは、肌の色に合わせて三色から選べるようにしている。明るい肌におすすめの『ライト』、標準的な肌におすすめの『ナチュラル』、小麦色の肌におすすめの『ミディアム』の三種類だ。

この国の女性達は色白な人が多いためライトが売れ筋だが、ナチュラルやミディアムも一定数需要があった。

色を分けて生産するのは手間がかかるため、ティナからは「一番明るい色だけでいいんじゃないか」と助言された。だけど、肌に合ったファンデーションを使ってほしいという思いがある以上、一色のみに限定するわけにはいかない。むしろ需要があれば、さらに色数を増やすつもりだ。

もちろん、落とすケアに関しても余念がない。ファンデーションの発売と同時に、クレンジングと洗顔石鹸も発売した。

お客さんにも落とすケアの重要性を伝えたところ、ファンデーションとセットで購入してくれるようになった。

着々とラインナップを増やしているが、陽葵の野望は留《とど》まるところを知らない。

「いずれは口紅とかチークとかも作ってみたいなぁ」

店番をしながらぼんやり呟くと、ティナが首をひねる。

「なんだそれは？」

「唇とか頰に色を与える化粧品のことだよ。赤とかピンクとかオレンジにするの」

「色を与えると、どうなるんだ？」

「顔色が明るく見えるんだよ。あと楽しくなる」

「楽しくなるのか？」

「うん、楽しくなる」

陽葵のざっくりした説明では伝わらなかったのか、ティナは「意味が分からん」と両手を広げて肩をすくめた。

陽葵は改めて考える。口紅やチークは、カラーサンドがあれば作ることは可能だろう。しかし陽葵の知っている形状で販売をするには、どうしても足りないものがあった。

「型がないと繰り出し式の口紅は作れないよねー」

繰り出し式の口紅を作るには、筒状の型に材料を流し込み、固める必要がある。ティナのアトリエにはそんな道具は存在しない。

魔法でどうにかできるのではとも考えたが、基本的にティナの魔法はゼロからイチを生み出すことはできない。これは最近知ったことだ。

ティナが使えるのは、物の状態を変化させる魔法がほとんどだ。たとえば、お湯を沸かすのも、井戸から水を移動させ、瞬時に温度を上昇させているだけに過ぎない。何もないところからお湯を沸かしているわけではなかった。

防腐魔法も陽の光を反射させる魔法も、物の状態を変化させているだけに過ぎない。だから魔法で型を出してもらうことは不可能だった。

もっともゼロからイチを生み出す魔法が使えるなら、ティナが貧困生活に陥ることもなかった。魔法で肉でも野菜でも好きに出せば、空腹だって簡単に満たせる。それが叶わないから、バゲット三枚のひもじい生活を送っていたのだろう。

「魔法でなんでも解決……ってわけにはいかないんだよねー」

陽葵は溜息をつく。その直後、店の扉がチリンチリンと音を立てて開いた。やって来たのは、もふもふとした大きな尻尾を携えたリス族の少女、ロミだ。

「ロミちゃん、いらっしゃい！」

「こんにちは、ヒマリさん、魔女様。今日はご報告に来ました！」

「ご報告？」

「はい！　見てください！」

ロミは前髪をあげて額を見せる。つい先日まではポツポツとできていたニキビは、赤みが引いて目立たなくなっていた。

「おおー！　綺麗になってるね！」

「ヒマリさんから頂いた洗顔石鹸を使って正しいスキンケアを続けたら良くなりました」

ロミは嬉しそうに微笑む。ふさふさの尻尾も左右に揺れていた。スキンケアを見直して、肌荒れを改善させるという作戦は大成功だ。ロミの笑顔を取り戻せて安堵した。とはいえ、美肌を保つにはスキンケアを見直すだけでは不十分だ。

「あとは規則正しい生活を意識することも大切だよ。睡眠をしっかり取ること、バランスの良い食事を心がけること、ストレスを溜めないこと、これも意識しようね」

「はいっ！　先生！」

ロミはビシッと敬礼をする。その直後、左右に大きく揺れた尻尾が商品棚に激突した。

「あ」

ガシャーン。

棚に並んでいた化粧水が床に落下した。床に落ちた衝撃で瓶は粉々に割れ、中の化粧水は床にこぼれた。店内にいたお客さんも、何事かとこちらに注目する。

「あわわわわっ……ヒマリさん、スイマセンっ！」

ロミは怯えながら何度も頭を下げる。すると騒ぎを聞きつけたティナが飛んできた。

「おいっ、何があった……って、ああっ！」

瓶の破片が床に散らばった惨状を見て、ティナはキッと目を尖らせる。

「どっちがやった？」

「私がやりました。尻尾でガシャーンって……」

「また尻尾か！　どうにかできないのかソレ！」

「うう……興奮するとつい尻尾が疎かになってしまって……」

ロミは尻尾を両手で抱えながら涙目になる。陽葵だったらそんな可愛い仕草を見せられただけで許してしまうが、魔女さんには通用しなかった。

「で、どうするつもりだ？」

「べ、弁償します」

「割ったのは四個か。じゃあ銀貨十二枚だな」

「はい……」

ロミはポシェットから財布を取り出す。シュンとするロミを見ていると、可哀《かわい》そうに思えてきた。

「流石に四個分も弁償させるのは可哀そうだよ」

「じゃあどうするつもりだ？」

「それは……」

ティナにジトッとした視線を向けられたことで、陽葵は両腕を組んで解決策を考える。個人的には素直に謝ってもらえたからお咎めなしでも構わなかったけど、それでは魔女さんの気が収まらないらしい。何か別の解決策はないかと考えていた時、ピンとひらめいた。

「そうだ！　お金じゃなくて頭で返してもらえばいいんだよ！」

「頭で？」

「どういうことです？」

きょとんとする二人に、陽葵はみんなが得する解決策を提案した。

「コスメ工房で使う機械をロミちゃんに発明してもらえばいいんだよ！　そうすれば、もっと色々な商品を開発できるよ」

ちょうど口紅の型が欲しいと思っていたからちょうどいい。天才発明家のロミに協力してもらえれば万事解決だ。

「もちろん、機械を作ってくれたお代はちゃんと支払うよ。国から研究開発費を貰ってるからね」

アリアのお悩みを解決した際に、多額の研究開発費を受け取っていた。それがあればロミへのお代も支払える。

「それでどうかな？　ティナちゃん」

ティナに同意を求める。どうなるかとハラハラしたが、ティナの反応は好意的だった。

「確かに町一番の発明家が仲間になれば、これほどまでに心強いことはないな。商品ラインナップが増えれば、店の売り上げもアップするわけだし」

「ねっ！　悪くない提案でしょ？」

解決策が固まりつつあるところで、改めてロミに尋ねる。

「どうかな、ロミちゃん。コスメ工房の機械屋さんとして仲間になってくれないかな？」

「私が、ヒマリさんと魔女様の仲間に？」

ロミは驚いたように目を丸くする。陽葵とティナの顔を交互に見つめた後、ぎゅっと拳を握った。

「やります！　やらせてください！　私もお二人の役に立ちたいです！」

交渉成立だ。陽葵は瞳を輝かせながらロミの手を取った。

「ありがとう、ロミちゃん！　さっそく作ってほしいものがあるんだ！」

ロミがコスメ工房の機械屋として仲間に加わったことで、陽葵はさっそく口紅の型の相談をした。


「なるほど、カラーサンドを混ぜて液体状にしたものを固める装置ですね。それなら私でも作れるかもしれません」

「本当!?　さすが天才発明家！」

陽葵とロミはアトリエに移動して、口紅の型の製作依頼をする。口紅を作る工程と併せて機械の構造を説明すると、ロミはすぐにイメージを掴んだ。

陽葵は機械に関しては専門外だ。だけど入社一年目の工場研修で、現場のおじ様方に機械の構造を根掘り葉掘り聞いていた。工場の機械に興味を示す女性は珍しかったようで、おじ様方は懇切丁寧に説明をしてくれた。その時の知識が、今役に立ったのだ。

「あの時、色々聞いておいて良かった～」

当時を思い返しながら陽葵はしみじみと微笑む。好奇心旺盛な性格が思わぬところで功を成した。

「さっそく材料を調達して開発に取り掛かりますね」

「ありがとう、ロミちゃん！　助かるよ」

ロミとイメージを共有できたところで、打ち合わせは終了した。

陽葵達がお店に戻ると、ティナとリリーがお客さんの対応をしていた。陽葵が打ち合わせをしている間も、二人で回せていたようだ。

陽葵が戻って来たことに気付いたティナは、会計の列が途切れたタイミングでちょいちょいと陽葵を手招きする。

「どうしたの？　ティナちゃん」

「化粧品原料が少なくなってきたから、町で調達してきてくれないか？」

「それは大変だ！　今から行ってくるよ」

「それなら一緒に町に行きましょうか！」

「うん！　そうだね」

ちょうどロミも町に戻るところだったため、一緒に出掛けることにした。

「行ってきます。お店の方はよろしくね！」

「ああ、気を付けて行ってこいよ」

ひらひらと手を振るティナに見送られながら、陽葵とロミは店を出た。

「行きましょうか。ヒマリさん」

「うん！」

店を出ると、二人は森の中を歩く。視線を上げると、木の隙間から澄んだ青空が覗いていた。耳を澄ませると、鳥のさえずりが聞こえてくる。大きく息を吸い込むと、湿った土の匂いに包まれた。自然の中にいると、清々《すがすが》しい気分になる。東京で働いている時は、こんな感覚は味わえなかった。

ふと隣を見ると、ロミのふさふさとした尻尾が楽し気に揺れていた。ふわっと腕に触れると、くすぐったい感覚になる。ロミ本人は気付いていないようだが。

(もふもふしたいけど、今はやめておこう)

陽葵はもふもふ欲をグッと堪《こら》えて先を急いだ。

森を抜けると一本道が真っすぐ伸びている。両側にはラベンダー畑が広がっていた。一本道をひたすら進めば町に辿り着くのだけど、徒歩で行くのは少し時間がかかる。

「ずっと気になっていたんだけどさ、コスメ工房のお客さんってどうやって来てるの？　みんな頑張って歩いているのかな？」

「乗合馬車で行き来している方が多いですね。ラベンダー農家と町までの区間は、乗合馬車が行き来しているので。裕福なご家庭のお嬢さんは、自家用馬車で来ているようですが」

「そうだったんだ！　それなら行き来するのも大変じゃないんだね」

ラベンダー農家までの交通手段があるなら、お客さんが来られるのも納得できる。コスメ工房は森の入り口からそう遠くない場所に位置しているから、ラベンダー農家から徒歩で向かってもそれほど時間がかからない。

「乗合馬車に感謝だね」

「ですね！　今日も乗合馬車を使いましょう」

「賛成！」

交通手段が決まると、二人はラベンダー畑に佇む停留所で馬車を待つことにした。

木製ベンチに腰掛けて、お喋りしながら待っていると、遠くから車輪の音が聞こえてきた。

「馬車が来た！」

「乗りましょう」

馬車が停車すると、二人組の女性がお喋りをしながら降りてきた。

「こんにちはー」

声をかけると、彼女達も陽葵の存在に気付く。

「あ、コスメ工房のヒマリさん！　こんにちは！　化粧水いつも使ってます」

「私もです！　今日は新しく出たクリームファンデを買いに来たんですよ！」

「わぁ、そうだったんですね！　ありがとうございます！」

彼女達はコスメ工房のお客さんだった。名前を覚えてくれていたことも嬉しい。

楽しそうにお店へ向かうお客さんを見送った後、陽葵は馬車に乗り込んだ。

馬車に揺られながら、陽葵は外の景色を眺める。目の前には紫色の大地が広がっていた。やっぱりこの景色は美しい。

心地よい風を感じながら景色を眺めていると、農作業をしているロラン爺さんを発見する。陽葵は大きく手を振りながら声をかけた。

「おーい、ロラン爺さーん」

陽葵の声に気付いたロラン爺さんは顔を上げる。ゆっくりと腕を持ち上げながら、手を振り返してもらえた。「ふぉっふぉっふぉっ」という笑い声も一緒に聞こえてきたような気がした。

のんびりとした穏やかな時間が流れる。もとの世界にいた時は、こんな風にゆったりと景色を眺める余裕はなかったように思える。電車やバスに乗っている時は、すぐにスマホを開いていたから。

太陽の光や風の心地よさ、花の香りを感じながら、ぼーっとするのも悪くない。美しい景色を眺めながら、しみじみと感じていた。

ふと隣に座るロミに視線を向けると、本を開いていることに気付く。さりげなく覗いてみると、機械の設計図のようなものが書かれていた。

「ロミちゃんって、これまでどんなものを発明してきたの？」

興味本位で尋ねてみると、ロミは本から視線を上げて自慢げに答えた。

「よくぞ聞いてくれました！　私の発明品をヒマリさんにもご紹介しましょう！」

「うん！　教えて、教えて！」

堂々と胸を張るロミも可愛らしい。微笑ましく感じていると、ロミは発明品を紹介した。

「この間は、卵を割る機械を作りました！」

「卵割り機ってこと？」

「はい。町のお菓子屋さんから、大量の卵を手で割るのは面倒だから、どうにかならないかと相談されたので」

「なるほど！」

この世界にも卵割り機が存在するのは意外だった。だけど驚くのはまだ早い。

「それだけじゃありませんよ。その前は落ち葉を吸い取る機械、そのまた前はフルーツを入れるだけでジュースが作れる機械を作りましたの」

「凄い！　掃除機やミキサーまであるんだね」

ロミの頭脳があれば、もとの世界にある機械を次々と再現できるような気がした。まさしく天才発明家だ。

「なんでそんなに機械に詳しいの？　どこかでお勉強したの？」

独学で機械の知識を得たとなれば、異次元の天才だ。だけどそうではなかったようで、

「機械のことは、お祖父《じい》ちゃんに教わりましたの。私はお祖父ちゃんっ子だったので、いつも傍でお仕事を見ていたんですよ」

「ということは、お祖父ちゃんも発明家だったの？」

「はい！　と言っても、二年前に亡くなってしまいましたけどね」

元気に話していたロミは、寂しそうに眉を下げた。だけどそれはほんの一瞬で、すぐに太陽のようなキラキラとした笑顔を浮かべた。

「私はお祖父ちゃんから教わった知識を活かして、誰かの役に立ちたいんです」

眩しい笑顔を見て、陽葵は頬を緩める。

「素敵な夢だね」

夢に向かって頑張っている女の子を見ていると元気を貰える。自分も負けてはいられない。陽葵の心にもエネルギーが漲《みなぎ》った。


町の中央広場に到着すると、陽葵とロミは馬車から降りた。褐色屋根に白い石壁の建物が連なる町並みを見て、陽葵は瞳を輝かせる。

「何度見ても可愛い町だなぁ」

東京とは趣の異なる町並みを前にして心が躍る。明るい色彩の石畳も、町中に植えられた色とりどりの花も、広場に集う商人の横顔も、全部輝いて見えた。

陽葵がうきうきしながら町を眺めていると、ロミが小首を傾げながら尋ねてきた。

「ヒマリさんはどちらのお店に行くんですか？」

「えーっと、ティナちゃんから貰ったメモによるとー……月の砂が売っているお店かな。って、そんなのどこに売ってるの？」

「月の砂は、冒険者ギルドの隣にあるお店に置いていますよ。ご案内します！」

「本当！　助かるよ！」

ロミのご厚意に甘えて、店まで案内してもらうことにした。

カラフルな石畳を歩きながら、お店が立ち並ぶ通りを歩いていると、あることに気付く。前方を歩いていた女性がきらりと光る小さなものを落とした。

陽葵は急いで駆け寄って落としものを拾う。女性が落としたのは、青い宝石の付いた指輪だった。

「あの、落としましたよ！」

陽葵が声をかけると、女性が振り返る。その瞬間、陽葵は息をのんだ。

（わぁ、綺麗な人……）

目の前にいるのは、目鼻立ちの整った美しい女性。腰まで伸びた銀色の髪は、陽の光を反射しながら艶《つや》めいていた。

陶器のような滑らかな肌と、サファイアのような青い瞳にも惹きつけられる。すらりと伸びた手足は、まるでモデルのようだ。

あまりの美しさに見惚れてしまう。すると女性は、ハッとした様子で自らの指に視線を落とした。異変に気付くと、駆け足で陽葵もとまでやって来る。

「もしかして指輪ですか？」

「はい、落としましたよ」

「拾っていただきありがとうございます！　助かりました！」

陽葵が指輪を差し出すと、女性は両手で大切そうに受け取った。指輪を見つめる瞳は慈愛に満ちている。

「大切な人から誓いの印として頂いた物だったんです。失《な》くさないで良かったぁ」

「それって……」

婚約指輪なのでは……と勘ぐってしまったが、違っていたら失礼だから口に出すのはやめておいた。

「大事なものだったんですね。気付いて良かったです」

「本当に良かったです。素敵な指輪なんですけど、私の指には大きすぎて。落とさないように気を付けていたんですけどね」

「あー……お姉さんの指、細いですからね」

彼女の指は、小枝のように細くて繊細だった。一般的なサイズならブカブカになってしまうのも無理はない。

女性は受け取った指輪を、左手の薬指に嵌《は》める。それから陽だまりのような温かな笑顔で微笑んだ。

「ありがとうございます。では、私はこれで」

会釈をすると、女性は颯爽と立ち去った。その背中をぽーっと眺めていると、隣にいたロミに声をかけられる。

「聖女様ですね」

「ロミちゃん、知ってるの？」

「はい。この町の冒険者ギルドに所属している聖女様です。美人で有名なんですよ」

「そうなんだぁ」

聖女という称号は、美しい彼女にぴったりだ。聖女というからには、何か特別な力を宿しているのだろうか？

あれこれ思惑を巡らせていると、ロミがぴょんと陽葵の前に飛び出した。

「ヒマリさん、行きましょうか」

ぼんやり見惚れてしまったが、今は買い物の最中だ。気を取り直して、一軒目のお店に向かうことにした。

数日後。大荷物を抱えたロミが店にやって来た。

「ヒマリさん！　頼まれていたものが完成しましたよ！」

「本当!?」

陽葵は目を輝かせながらロミのもとへ駆け寄る。期待で胸を膨らませていると、ロミは持参した品物を自慢げに披露した。

「じゃじゃーん！　口紅を作る装置です！」

「わぁ！　待ってました！」

陽葵は拍手をしながら歓喜した。

「本当に作ってもらえるなんて驚きだよ！　やっぱりロミちゃんは天才発明家だね！」

「ヒマリさんの説明が丁寧だったからですよ！　どんな構造になっているのか細かく教えてくれたので、イチから開発するよりもずっとスムーズでした」

ロミが持ってきた装置は、陽葵のオーダー通りだった。液状にした口紅のベースを型に流し込んで、冷やして固める構造になっている。これさえあれば、もとの世界にもあるスティック状の口紅が作れるはずだ。

陽葵が感心していると、ロミはにやりと笑いながらもう一つの型を机に置く。

「それだけではありませんよ」

「ん？　どういうこと？」

首を傾げながら尋ねると、ロミはポケットからあるものを取り出した。

「じゃーん！　こっちは口紅の先端がリスの形になるようにアレンジを加えたものです。この型に流し込めば、リス型の口紅もあっという間に作れますよ！　今回はチョコレートで実験してみました！」

ロミが手に持っているのは、細長いチョコレートバーだ。先端はリスの頭の形をしている。耳、目、口もちゃんと付いていた。

「きゃわわわっ！」

あまりの可愛さに悶絶《もんぜつ》する。チョコレートも可愛いが、口紅で作ったらもっと可愛いに決まっている。

盛り上がる陽葵とは対照的に、近くで傍観していたティナは冷静にツッコミを入れた。

「いやそれ、使ったら耳とか取れるだろう」

冷めた反応をするティナを見て、陽葵は「やれやれ」と両手を仰ぎながら首を振った。

「ティナちゃんは、なーんにも分かってないんだね」

「は？」

意味が分からないと言いたげに眉を顰めるティナ。そこで陽葵は興奮気味に持論を展開した。

「化粧品……特にメイク用品はときめきも必要なの！　ネコの形をしたリップとか、花びらのチークとか、宝石箱のようなアイシャドウとか！　確かにティナちゃんの言う通り、使ったら形は崩れちゃうよ？　でもそんなのはどうでもいいの！　お店で見て、ときめいて、つい手を出してしまう。それがいいんだよ！」

「分かった……分かったから、そんなに熱くなるな！」

ヒートアップしていた陽葵は、ティナから宥められて冷静さを取り戻す。

「ロミちゃんは、その辺を理解してくれているようで安心した！　コスメ工房の機械屋さんとしては百点満点だよ」

「えへへ、せっかくなら可愛い方がいいですからね」

「その通り！　コスメは可愛くてなんぼ！」

「なんぼですの！」

高らかに宣言する二人を見て、ティナは頭を抱える。

「この二人が暴走すると、手に負えないな……」

陽葵だけなら対処できるが、ロミも加わってヒートアップしたらもう止めることはできない。二人一緒にどこまでも突っ走って行きそうだ。

「よーし、さっそくカラーサンドを使って口紅の試作品を作ろう！」

「そうしましょう！」

「おい、店番は？」

「あのー……休憩終わりましたー……」

「リリーちゃん、ちょうどいいところに！　店番は頼んだ！」

「ふえっ!?」

休憩から戻ったリリーに店番を託す。リリーはアワアワしながら、陽葵とティナを交互に見つめた。幸い今は、お客さんの波が落ち着いている。今なら二人だけでも対処できるだろう。

リリーが戻って来たことで、ティナも渋々頷いた。

「まあ、リリーも戻ってきたことだし、今ならアトリエに行ってもいいぞ」

「ありがとー！　ティナちゃん！」

ティナからお許しを貰い、さっそくロミとアトリエに向かおうとした。

そんな中、またしても入り口の鈴がチリンチリンと音を立てる。やってきたのは、アリアだった。

「ヒマリ、店の調子はどう？」

「アリア様！　どうされたんですか？」

陽葵が尋ねると、アリアは腕組みしながら得意げに笑う。

「抜き打ち視察よ。投資先のお店がきちんと営業しているか見に来たの」

「なんと！」

抜き打ち視察があるなんて聞いていない。国から援助を受けている以上、サボることは許されないということだろうか？

視察というだけあって、今日のアリアはフードを被っていない。お忍びで来たわけではなさそうだ。

「アリア様が来たということは、セラさんも……」

そう尋ねた直後、セラが店に入ってきた。

「こんにちは。ヒマリ様、魔女様。突然お邪魔してしまい申し訳ございません」

やはり専属騎士のセラも一緒だった。当然と言えば当然か。

「いえいえ、びっくりしましたけど、構いませんよ」

セラに折り目正しくお辞儀をされて、陽葵の方が恐縮してしまう。そんな中、アリアは澄んだ瞳でこちらを見つめた。

「そういえば、店の外まで賑やかな声が聞こえたけど、一体なんの騒ぎ？」

どうやら陽葵とロミの声は、外まで丸聞こえだったらしい。ちょっと恥ずかしい。

「あははは……新商品の試作をしようと思って、盛り上がってしまいました」

「新商品!?」

陽葵の言葉を聞いて、アリアは目を輝かせる。興味を示してもらえたようだ。

「ついこの間、ファンデーションを出したばかりなのに、もう新商品を作るつもり？　やるわねっ」

「お褒めいただき光栄です！」

陽葵が照れ笑いをしていると、アリアはウズウズとした表情で陽葵に詰め寄った。

「ちょうどいいわ。私にも見学させてちょうだい」

「ええっ!?　見学ですか？」

見学したいと言われるのは予想外だ。王女様が見学するとなれば、失敗するわけにはいかない。プレッシャーは計り知れないが、キラキラとした眼差しを向けられると断ることはできなかった。

「わ、分かりました。ぜひ見学していってください」

こうしてアリアの監視のもと、口紅作りがスタートすることになった。


アトリエには、陽葵、ロミ、アリア、セラの四人が集まった。陽葵は材料をテーブルに並べ、ロミは装置を準備している。その様子をアリアとセラが眺めていた。

「これから新しいコスメが生まれると思うとワクワクするわね」

「ええ。とても興味深いです」

「あははは。大袈裟ですよ〜」

アリアとセラから注目されて、陽葵は照れ笑いをする。期待されているのがヒシヒシと伝わってきた。

ロミが来ることを想定して、材料は十分に揃えておいた。アリアとセラが加わっても材料が足りなくなることはないだろう。

基本的に口紅は、顔料と油性成分で構成されている。手作り口紅では、マイカと呼ばれる鉱物に色を付けた顔料がよく用いられるが、この世界ではカラーサンドで代用できそうだ。

油性成分はミツバチの巣から採れるミツロウとキャンデリラ草の茎から抽出できるキャンデリラワックスを使う。その他にも、しっとり感を出すためのシアバターとホホバオイルを用意した。

せっかくなら唇に色を与えるだけでなく、保湿ケアもしたい。

「材料も揃ったことだし、さっそく始めましょう」

「おー！」

ロミは元気よく拳を突き上げた。ノリが良くて助かる。そんな中、アリアが盛り上がる二人を交互に見つめながら尋ねてきた。

「そういえば、まだ何を作るのか聞いていなかったわね」

「ああっ、そういえば説明してなかったですね。今日は口紅を作ります」

「口紅？」

口紅と聞いてもピンときていない様子だ。庶民の間では馴染みがなくても、貴族の間では流通しているのではとも考えていたが、そうでもないらしい。この世界では、身分にかかわらずコスメの存在を知らないようだ。

陽葵はアリアにも理解してもらえるように口紅の役割を伝える。

「口紅は唇に彩りを与えるコスメです。唇の色を明るくすることで、顔色を明るく見せる効果があるんですよ」

「唇の色を変えるってこと？　随分おかしなことをするのね。美容魔法でも唇の色を変えるなんてしないわ」

「へえー、そうなんですね」

それなら唇の色を変えるのはおかしな行動に思えるのかもしれない。これは言葉で説明するより、試してもらった方が良さそうだ。

「百聞は一見に如《し》かず。まずは試作してみましょう」

「そうね。続けてちょうだい」

「はい！　……と、その前に何色の口紅を作るか決めておく必要がありますね」

陽葵はカラーサンドの入った瓶をみんなに見せる。レッド、ピンク、オレンジ、パープルなど、さまざまな色が揃っている。これらを混ぜ合わせて自分好みの色に調合していくのだが、口紅作りは色を選ぶ段階が一番迷う。作りながら決めるよりも、先に決めておいた方がスムーズに進む気がした。

「うーん、何色で作ろうかなー」

無難にレッドで作るのもアリだけど、それではちょっと面白くない。せっかくならここにいるみんなに似合う色で作りたい。

「皆さんは自分に似合う色ってご存知ですか？　それに合わせて口紅の色を調合しようと思います」

自分に似合う色を教えてもらおうとしたが、三人は首を傾げるばかり。

「自分に似合う色ですか……。難しいですね」

「そんなの考えたことないわ」

「分かりかねますね」

三人とも自分に似合う色を把握していなかった。分からないのも無理はない。もとの世界でも、自分に似合う色を聞かれてすぐに答えられる人は少ない。自分の姿は鏡に映した時にしか見えないから、どんな色が似合うのかは主観ではなかなか判断できないからだ。

とはいえ、自分に似合う色を知っていることにはメリットがあるのも事実だ。化粧品はもちろん、洋服やヘアカラーを選ぶ時にも参考になる。

そこで陽葵はピンとひらめいた。

「そうだ！　せっかくなので、パーソナルカラー診断をしましょう！」

「ぱーそなるからー？」

聞き馴染みのない言葉に、一同は首を傾げる。そんな彼女達に、陽葵はパーソナルカラー診断の意義を説明した。

「パーソナルカラー診断とは、自分に似合う色を見つけるためのテストです。生まれ持った肌の色や瞳の色、髪の色にはそれぞれ違います。なので似合う色も違ってくるんです」

「私に似合う色とヒマリさんに似合う色は違うってことですか？」

「そういうこと！　肌や瞳や髪の色と調和が取れると、顔色が明るく見えたり艶があるように見えたりするの。反対に自分に似合わない色を顔周りに持ってくると、お肌がどんよりくすんで見えることもあるんだよ」

「色が違うだけで見え方が変わってくるんですね！　それなら似合う色と似合わない色を知っておいた方が良さそうです」

パーソナルカラーの意義については理解してもらえたようだ。陽葵とロミのやりとりを聞いていたアリアが話に加わる。

「自分に似合う色を探すのが大事ってことは分かったけど、具体的にはどうすればいいの？」

「いつくかの質問に答えて似合う色を導き出すやり方や、カラフルな布を顔周りに当てて見比べるやり方が一般的ですね」

いずれにしても準備が必要だ。陽葵はアトリエから飛び出した。

「準備してくるので少々お待ちを〜」

「ああっ、ヒマリさん！」

勢いのままに飛び出していった陽葵を、ロミ、アリア、セラは呆然と眺めていた。

パーソナルカラー診断の準備のためアトリエを飛び出した陽葵は、人数分の紙とカラフルなハンカチを持って戻ってきた。

「どうしたんですか？　そのハンカチ」

「ティナちゃんの魔法で、白いハンカチをカラフルに変えてもらったんだ」

「魔女様はそんなこともできるんですね！」

ロミはまじまじとハンカチを見つめながらティナの魔法に感心していた。その間に陽葵は、三人に紙を配り始める。

「まずはこのアンケートに答えてもらえますか？　自分の肌の色や瞳の色の状態をチェックしましょう」

三人は紙を受け取ると、さっそくアンケートに答え始めた。


当てはまる方に○を付けてください。

Q1　手のひらの色はどちらに当てはまる？
黄色もしくはオレンジに近い
ピンクもしくは赤紫に近い

Q2　手首の血管はどんな色に見える？
緑もしくは青緑
青もしくは赤紫

Q3　アクセサリーはどちらが似合う？
ゴールド
シルバー

回答を終えてから、各々陽葵に紙を戻した。

「書けましたの」

「私も書けたけど、これで一体何が分かるの？」

アリアから質問されて、陽葵はアンケートの目的を伝える。

「このアンケートで、イエローベースかブルーベースか判定できます」

「イエローかブルー？　どういうこと？」

「パーソナルカラーは、イエローベースとブルーベースに分類できます。どっちに当てはまるか分かることで、似合う色が判断しやすくなるんですよ」

陽葵は回答してもらったアンケートをもとに診断をする。

「アンケートによると、アリア様とロミちゃんがイエローベースで、セラさんがブルーベースですね」

ちなみに陽葵はイエローベースだ。アンケートには回答してもらっていないが、ティナとリリーは見た目の印象からブルーベースと判断できる。メンバー内でもちょうど良くタイプが分かれた。

イエベ・ブルベが分かったところで、今度はカラフルなハンカチを用意しながら解説を続ける。

「イエベ・ブルベの中でもタイプが分かれます。それを判別するためにこのハンカチを使いましょう！」

「ハンカチをどうするんですの？」

「カラフルなハンカチを顔の下で順番に当てて、顔色がどう変化するのかチェックするの。まずはロミちゃんからやってみよう！」

説明するよりも実践した方が早い。ロミを鏡の前で座らせて、陽葵は後ろから布を当てた。最初に当てたのは真っ白のハンカチだ。その下には、ピンク系統のハンカチを四枚重ねている。

「それじゃあ行くよ」

「お願いします」

陽葵はピンク系統の四枚のハンカチを順々に当てていく。淡いピンクから濃いピンク、黄みの強いピンクから青みの強いピンクなど、同じピンクでも微妙に違う色を当てて見比べてみた。

四枚のハンカチを比べてみると、顔色がよく見えるカラーが見つかった。

「ロミちゃんはサーモンピンクが似合うみたいだね。サーモンピンクを当てた時は、顔色が良く見える。反対に青みの強いローズピンクを当てた時は、どんよりくすんで見えるね」

「分かります！　サーモンピンクの時は健康そうでしたが、ローズピンクの時は具合が悪そうに見えました」

違いが分かってもらえて良かった。その後も黄色系統や青系統、緑系統などのハンカチを当てて、顔色の変化を観察した。すると、ロミのタイプが診断できた。

「ロミちゃんはイエベ秋だね」

「あき？　どういう意味です？」

ロミは不思議そうにぱちぱちと瞬《まばた》きをする。そこで陽葵は、この世界では四季の概念が存在しないことに気付いた。ここで四季の概念を説明するのもややこしくなりそうだったから、名称自体の説明は省いて特徴だけを伝えることにした。

「イエベ秋っていうのはね、深みのある温かい色が似合うタイプのことだよ。オレンジやサーモンピンク、ゴールド、ターコイズなんかが似合うタイプだね」

「あっ……言われてみれば、お洋服はオレンジを選ぶことが多いですね」

ロミが今日着ている服は、オレンジに細かな花の刺繍が入ったワンピースだ。顔色がパッと明るく見えて、ロミの雰囲気ともマッチしていた。

「それは直感的に似合う色を選んでいたんだね。さっすがロミちゃん！」

「えへへ、ヒマリさんに褒められると嬉しいです」

ロミは目を細めながら嬉しそうに笑っていた。パーソナルカラーが判明したところで、当初の目的であった口紅の話に戻る。

「イエベ秋に似合う口紅の色は、サーモンピンクやベージュ系だね。可愛い印象にしたいならサーモンピンクで、大人っぽい印象にしたいならベージュ系が無難だけど」

「可愛くしてください！」

「よし、じゃあサーモンピンクにしようか！」

ロミの口紅の色は、サーモンピンクに決定した。サーモンピンクは文字通り焼いた鮭《さけ》の身のようなオレンジがかったピンク色だ。口紅として取り入れることで温かみのある女性らしい雰囲気に仕上がる。可愛く見せたいという要望も叶えられそうだ。

一人目の診断が終わったところで、アリアがうずうずしながら拳を握る。

「なんだか占いみたいで面白そうね」

「確かに占いみたいですね！　次はアリア様を診断しますね」

「ええ。お願いするわ」

アリアにも先ほどと同じように順々にハンカチを当てていく。ハンカチの色と顔色を見比べていくと、ロミとは違う結果になった。

「アリア様はイエベ春ですね」

「私は、はるなのね」

アリアは興味深そうにうんうんと頷く。ファンデーション作りをしていた時から気付いていたが、やはりイエベ春のようだった。ちなみに陽葵もアリアと同じ、イエベ春に該当する。

「イエベ春は、春に咲く花のような可愛らしい色合いが似合うタイプです。コーラルピンクやアプリコット、アイボリーなどが似合いますね。口紅の色だと、コーラルピンクやクリアオレンジがおすすめですよ」

「それならクリアオレンジでお願いするわ」

「かしこまりました！」

アリアの診断結果を伝えたところで、今度はセラの診断に移る。セラは診断前からどこかソワソワしていた。

「私まで診断していただいてよろしいのでしょうか？　私はアリア様の付き添いなのに」

「何を言っているんですか、セラさん。ここまで来たんですから見ているだけなんてつまらないですよ！」

「で、ですが……」

セラはアリアをチラッと見つめる。視線に気付いたアリアは、何食わぬ顔で伝えた。

「せっかくだから診断してもらいなさいよ。付き添いだからなんて気にしなくていいわ。楽しいことはみんなで共有した方がいいじゃない」

「アリア様がそう仰るなら……お心遣い感謝します」

セラは胸に手を当てて、折り目正しくお辞儀をする。その流れで陽葵にもお辞儀をした。

「では、ヒマリ様。よろしくお願いいたします」

「セラさん、いいんですよ！　そんなに恐縮しなくても。とりあえず、ハンカチを当てていきますね」

陽葵はアワアワとしながらも、セラにハンカチを当てていく。ブルベに該当するセラだったが、その先の分類も簡単に判別できた。

「セラさんはブルベ冬ですね。ブルベ冬は、クールで凛《りん》とした雰囲気を持つタイプです」

「ほう。クールで凛と……」

そう呟くセラは、どこか嬉しそうだった。

セラがブルベ冬というのも納得だ。第一印象からして凛とした雰囲気だったから。

ちなみに、ティナもブルベ冬に当てはまると推測できる。わざわざハンカチを当てて確かめなくても、普段から見ているから分かる。

「ブルベ冬に似合う色は、マゼンタやワインレッド、ロイヤルブルーなどです。原色に近い鮮やかな色がお似合いですよ。口紅の色はローズピンクやワインレッドがおすすめですね」

「なるほど。それでしたらワインレッドでお願いします」

セラがそう答えた瞬間、アリアが口元に手を添えながらクスっと笑う。

「いつもは凛々しいセラが、真っ赤な口紅を付けたらどうなるのかしら。とても楽しみだわ」

「なっ……アリア様……」

「きっと、大人っぽくてセクシーな雰囲気になりますよー」

「ヒマリ様も揶揄《からか》わないでください！」

セラはいつになく取り乱した様子でアリアと陽葵を窘めた。

アリアの言う通り、中性的なセラは化粧をしたら絶対に化ける。美形騎士から色気のある美女に代わる姿も見てみたかった。

「口紅の色も決まったことだし、さっそくカラーサンドを調合していきましょう」

パーソナルカラー診断を終えて、口紅作りが始まろうとしたタイミングで、ティナとリリーがアトリエにやって来た。

「どうだー、順調かー？」

「お店の方は、何とか回せましたよ」

「二人とも店番ありがとう！　これから作り始めるところだから二人も一緒に作ろう！」

陽葵は二人の手を引いて、アトリエの中に招く。みんな揃ったところで、さっそく作業を始めた。

まず用意したのは、ミツロウ、キャンデリラワックス、シアバター、ホホバオイル。それぞれをビーカーに入れていった。全部入れたら、湯せんで溶かしていく。

「材料が溶けてきたら、カラーサンドで色を調合します」

溶けきった油性成分を人数分のビーカーに分けて、みんなに配布をした。

「せっかくなので色の調合は各々でやってみましょう！　口紅作りはここが醍醐味《だいごみ》なので」

「自分でやってもいいのですか？　それはワクワクです！」

ロミは嬉しそうに尻尾を左右に振る。その尻尾をティナがすぐさまキャッチ。そのおかげで、前回のような惨劇は免れた。

「ティナちゃん、ナイス瞬発力」

「アトリエで物を壊されたら堪《たま》ったもんじゃないからな」

「す、すみません……」

ロミは小さくなりながら尻尾を抱えていた。気を取り直して、色とりどりのカラーサンドをみんなの前に並べていく。

「カラーサンドで色の調合をしていってくださいね」

陽葵が指示すると、ロミ、アリア、セラは油性成分の入ったビーカーへ少量ずつカラーサンドを加えていく。

「サーモンピンクだと、イエローとピンクですかね？」

「クリアオレンジ……オレンジにちょっとレッドを足してみようかしら？」

「ワインレッドは、レッドにブラウンですかね？　ブルーも混ぜましょうか……」

三人とも真剣そのものだ。微笑ましい気分で眺めながら、ティナとリリーにも声をかける。

「二人はまだ色を決めてなかったから、三人が調合している間に決めようね」

「別に何色だって構わないが」

「そうはいかないよ！」

冷めた発言をするティナに、陽葵は活を入れた。

「口紅の色で見た目の印象は大きく変わるんだよ！　自分にどんな色が似合うのか、どんな印象に見せたいかで、選ぶべき色は変わってくるの！」

「お前はコスメの話になると急に熱くなるんだなっ！　分かった。ちゃんと選ぶから落ち着け」

「分かればいいんだよ、分かれば」

陽葵はやれやれと両手を仰いだ。ちゃんと色を選ぶ気になってくれたところで、さっそく決めていく。

「ちなみにティナちゃんは、自分をこんな風に見せたいっていう理想像はあるの？」

「理想か……」

ティナは考え込むように腕を組む。しばらく悩んだ後、ぽつりと呟いた。

「ミステリアスな印象……」

「ほう」

実に魔女さんらしい回答だ。ミステリアスな雰囲気に見せるなら、深みのある色を選ぶのが良いだろう。そこにティナのパーソナルカラーであるブルベ冬の要素を加えていくと、色が厳選されていく。

「それならバーガンディーがおすすめかな。ワインレッドよりも深みが強くて、ダークな印象になるよ。ティナちゃんの真っ白な肌にも映えると思う」

「ダーク……」

ティナは興味深そうに呟く。紫色の瞳は珍しく輝いていた。

「……それにする」

「うん！」

色が決まると、ティナも色の調合に取り掛かった。最後に残されたリリーは、うずうずしながら陽葵を見つめている。

「お待たせ、リリーちゃん。リリーちゃんは、パーソナルカラー診断から始めようか」

「はいっ。お願いします！」

パーソナルカラー診断の結果、リリーはブルベ夏と判明。肌の色が白く、優しげで上品な雰囲気を持つ人に当てはまるタイプだ。リリーの希望も取り入れながら口紅の色選びをしたところ、パステルピンクに決まった。

みんなの色が決まったところで、陽葵は先に色の調合を始めていたロミ達の様子を窺う。

「どうかな？　綺麗に混ぜられた？」

「どうでしょうか？」

「うんうん、いい感じだね！」

ロミが混ぜていた口紅のベースは、均一な色になっていた。

「肌に乗せて色味を確認してみようか」

「はい！」

手の甲にちょこんと乗せて色味を確かめる。指先で伸ばすと、やわらかなサーモンピンクに発色した。

「綺麗な色ですね！」

「だね！　きっとロミちゃんに似合うよ」

色の調合は上手くいったようだ。すると今度はアリアから呼ばれた。

「ヒマリ、こっちも見てちょうだい」

「はい！　わぁー、綺麗なクリアオレンジになっていますね。唇に付けたら絶対可愛いです！」

「あら、そうかしら？」

「はい！　きっとお似合いですよ。あっ、セラさんはどうですか？」

「こんな感じでよろしいのでしょうか？」

「はい！　バッチリです」

前半チームは、着々と色の調合を終えていった。色の調合が終わった後は、ロミの開発してくれた型の出番だ。

「調合が終わったら、こちらの型に流していきます」

先端が斜めになった筒の中に口紅のベースを流し、冷やして固めれば完成だ。

「ヒマリさん、ヒマリさん！」

「ん？　どうしたの？　ロミちゃん」

ロミは得意げに微笑みながら、特別な型を指さす。

「私はこっちのリスの型で作ってもいいですか？」

「もちろんだよ！」

ロミは通常の型とは別に、先端がリスの形をした型も開発していた。リス型で作ったら絶対に可愛い。完成が待ち遠しくなった。

ベースを流し込んだら、冷やして固めれば完成だ。

「どれ、魔法で固めればいいんだろ？」

いつも通りティナが魔法で対処しようとしたところで、陽葵とロミが「チッチッチ」と得意げな顔をしながら指を振った。

「ティナちゃん、ここでは魔法の出番はないんだよ」

「魔女様のお手を煩わせることはありませんの」

「どういうことだ？」

陽葵とロミは「フッフッフ」と勿体《もったい》つけるように笑う。ティナが訝し気に眉を顰めていると、ロミが胸を張って機械の性能を伝えた。

「実はこちらの機械、冷却機能が付いていますの。スイッチを入れれば三十分ほどで固まりますよ」

「なん……だと……」

ティナは恐れをなすように後退りする。そこにロミが追い打ちをかける。

「魔法に頼らなくても、科学の力で解決できることだってあるんですよ」

ショックを受けたティナは、ヨロヨロとアトリエの隅に移動し、膝を抱えて座り込んだ。

「天才発明家がいれば、私は用なしということか……」

あからさまに落ち込むティナ。いつもはクールなティナが凹《へこ》んでいるのはレアだった。陽葵は慌ててフォローする。

「用なしなんてことはないよ！　魔法じゃないとできないこともたくさんあるよ！　ほら、ものを腐らなくする魔法とか紫外線を反射させる魔法とか」

「そんなのも天才発明家にかかれば再現できるんじゃないか？」

「うっ……」

確かにその通りだ。もとの世界では魔法に頼らずとも、科学の力でどうにかできる。だけどそれを今のティナに告げるのは酷だ。

「流石にそれはできないよね？」

陽葵は話を合わせてもらえるようにウインクをする。陽葵の意図を瞬時に察したロミは、こくこくと頷いた。

「そうですね。私の専門分野は機械なので、ものを腐らなくさせるのは無理ですね。それができるのは魔女様くらいですの」

気遣いのできる子で助かった。おかげでティナの気力が少しずつ回復してきた。

「そうか。私にしかできないこともあるのか。それを聞いて安心した」

陽葵とロミは、ホッと胸を撫でおろす。その様子を傍観していたアリアとセラは、彼女達に聞こえない声量でボソッと呟いた。

「魔女様って、案外面倒くさい性格なのね」

「そのようですね」

口紅を型に流し込んでから、ここぞとばかりに防腐魔法をかけてもらい、口紅が固まるのを待った。口紅が固まるまでの三十分は、二階のリビングでお茶を楽しみ、時間が経った頃合いにアトリエに戻った。

「口紅が固まったら型から外して、繰り出し式の容器に差し込もうか」

「ええ。容器もちゃんとご用意してありますよ！」

ロミはシルバーとゴールドの容器を取り出した。

「どちらの色が良いのか分からなかったので、二種類ご用意しました」

「ありがとう、ロミちゃん！　二色から選べるのもワクワクするね！」

スタイリッシュなシルバーとゴージャスなゴールドはどちらも素敵だ。容器は十分な量を用意してくれていたため、みんなに色を選んでもらうことにした。

容器を選んだら、固まった口紅を容器にはめ込んでいく。折れないように垂直に力を加えていくのがコツだ。容器にセットすると、口紅が完成した。

「完成ですね！　みんな初めてなのに上手にできましたね」

「はい！　思っていたよりも簡単でした！」

ロミの言葉で、他のメンバーも頷く。一見難しそうに思える口紅作りだけど、材料と道具さえ揃っていれば案外簡単にできる。もとの世界でも、口紅作り体験ができるスポットはいくつか存在していた。

みんなは完成した口紅をまじまじと見つめている。キャップを開けて繰り出していると、アリアが尋ねてきた。

「これを唇に付けるの？」

「はい。ちなみにカラーサンドはクレンジングで落ちることも検証済みなのでご安心ください」

「それなら唇がずっとこの色になってしまうことないのね」

ちゃんと落ちると分かると、みんなは安心したように口紅を塗り始めた。そこで陽葵は、口紅の塗り方のワンポイントアドバイスをする。

「口紅を塗る時は、唇からはみ出さないように気を付けてくださいね。輪郭は口紅のエッジを使うと綺麗なラインが引けますよ。全体に塗ったら、上下の唇を合わせて馴染ませてくださいね」

みんなは鏡を凝視しながら口紅を塗っている。最初に塗り終わったのはロミだった。

「できました！」

「おおー！　可愛い色！　ロミちゃんによく似合ってるね」

「ヒマリさんの言う通り、お顔が明るくなった気がします」

「でしょう！　口紅の役割が伝わって良かったぁ」

「だけど、それだけじゃありません」

ロミは鏡に映った姿を、じーっと見ている。どうしたのかな、と様子を窺っているとパッとこちらに顔を向けた。

「私、今とっても楽しいんです！」

ロミは花が綻ぶように微笑む。すると口紅を塗り終わったアリアも賛同する。

「その気持ち分かるわ。なんだか楽しいし、元気が出る」

アリアの言葉に同意するように、セラとリリーも頷いた。

「アリア様の仰る通りです。唇の色が変わっただけで、不思議と高揚感に包まれます」

「いつもと違う自分になれたようで、ワクワクしますねっ」

みんなが楽しそうに笑う中で、陽葵はティナの反応も窺う。ティナは依然として鏡の前で固まっていた。

陽葵はティナの肩に手を添えて、後ろから鏡を覗き込む。

「お気に召しましたか？　魔女様」

「ああ、お前の言った通りだったな」

「ん？」

バーガンディーの口紅を引いたティナは、鏡から視線を逸らして陽葵と目を合わせる。

「楽しいな」

楽しい。それは一番伝えたかった感情だった。

ティナは目を細めながら笑っていた。その瞬間、陽葵の心は満たされていく。

顔色を明るく見せることも大事だけど、メイクをして楽しい思う感覚をみんなに伝えたかった。

それは理屈で説明しても伝わらない感覚的なものだから、実際に体験してもらうしかない。

口紅を使ってもらった結果、みんなは「楽しい」と言ってくれた。それが一番の収穫だった。

「楽しいっていう気持ちが伝わって、とっても嬉しい」

言葉にした瞬間、陽葵は初めて口紅を塗った日のことを思い出した。

小学生の頃、近所の男の子から地味子と揶揄われて泣きながら帰った日、十歳年上のお姉ちゃんが手招きしながら陽葵に言った。

『今から楽しくなる魔法をかけてあげる。じっとしててね』

お姉ちゃんが取り出したのは、ピンクにほんのりオレンジを混ぜたコーラルピンクの口紅だ。当時は『幸せリップ』と呼ばれる人気カラーだった。

陽葵は言われた通り、じっとして口紅を塗り終わるのを待つ。お姉ちゃんはブラシを使って丁寧に色を乗せてくれた。塗り終わると、手鏡を差し出される。

『どう？　可愛くなったでしょ？』

お姉ちゃんに促されて鏡を見た時、陽葵はハッと息をのんだ。鏡に映っているのは、むくれっ面の地味な女の子ではない。唇に幸せの色を添えた華やかな女の子だった。

『凄い……魔法にかけられたみたい……』

心が躍る。楽しいという感情が身体の奥底から湧きあがってきた。先ほど揶揄われたことなんて、もうどうでもいい。地味で可愛くない自分のことが、ほんの少しだけ好きになった。

お姉ちゃんは、陽葵の肩に手を添えながら言った。

『女の子はね、みんな可愛いの。だから自信を持って』

お姉ちゃんは、ぱちんとチャーミングにウインクした。

ここからだ。陽葵が化粧品を好きになったのは。楽しいという感情をもっと味わいたくて、色々な化粧品を試してみた。

それだけではない。化粧品は作るのも楽しかった。キッチンで初めて化粧水を作った時、胸の内に占めていたのは楽しいという感情だった。

社会人になってからは忙し過ぎて忘れていたけど、ようやく思い出した。

それもこれも、異世界に住む彼女達のおかげだ。彼女達が楽しいという感情を思い出させてくれたんだ。

「ありがとう、みんな」

言葉にした瞬間、じわりと視界が滲む。泣くつもりなんてなかったのにおかしい。急に泣き始めたら、みんなから心配されるに決まっている。

陽葵は慌てて涙を拭う。深く息を吸い込んでから、とびきりの笑顔を浮かべた。

「よしっ、試作品も上手くできたことだし、商品化に向かって動き出そう！　色数はいくつにしようか。せっかくだし、二十色くらい作っちゃう？」

その言葉に、すぐさまティナが反応する。

「そんなに作ったら手間がかかって仕方ない。初めは三色くらいが妥当だろう」

「えー、そんなにちょっとー？　まあ、初めは仕方ないかぁ」

まずは三色ということで妥協すると、ティナは商品化とは別のことを気にし始めた。

「そういえば、お前の分の口紅は作らなくて良かったのか？」

「ああ、そういえば……」

みんなに教えることで手一杯になっていたから、自分の分を作るのを忘れていた。だけど自分の分がなくたって構わない。

「みんなに喜んでもらえただけで私は十分だよ！」

「……そうか」

端的な返事をすると、ティナはそっぽを向いた。相変わらずクールな魔女さんだ。

「いや、今日はクールでミステリアスな魔女さんだね」

陽葵がにんまり笑いながら言うと、ティナはぴくっと反応した。

「ミステリアス……」

ティナは、ぎゅっと口元に力を込めている。にやけないように堪《こら》えているのかもしれない。

「なりたい自分になれたようで、何よりだよ」

しみじみと伝えると、ティナは再び陽葵と視線を合わせた。

「ありがとう、ヒマリ」

うんっと元気よく返事をしようとした時、ロミに呼びかけられた。

「ヒマリさん、見てください！　セラさんが大人の女って感じで素敵です！」

「ロミ様っ……いちいち騒がなくても……」

「ロミの言う通りだわ。セラ、大人っぽくて素敵よ。これからは毎日口紅を付ければいいじゃない」

「アリア様まで……揶揄わないでください！」

楽しそうなやりとりをする彼女達を見ていると、こっちまで楽しくなる。陽葵は笑顔を浮かべて輪の中に飛び込んだ。

「セラさん、私にもよく見せてくださいよ！」

みんなの笑い声が響き渡る。コスメ工房では、今日も楽しい時間が流れていた。

第八章 バスソルトを作りましょう

「ふぁぁ……ティナちゃん、おはよう」

「ん、おはよう」

眠たげな目を擦りながらリビングに向かうと、ティナがのんびりハーブティーを飲んでいた。手元には分厚い書物がある。ハーブティーを飲みながら読書をしているようだ。実に優雅だ。

いつもだったら開店準備をしている時間だが、今日はしなくてもいい。なんてったって今日は定休日だから。

お店をリニューアルしたばかりの頃は、休みなしで営業をしていたが、さすがに休みは必要だろうということで定休日を設定した。六日営業して一日休む勤務体系になっている。

週一休みと聞くとハードに思えるけど、実際はそこまで苦ではない。コスメ工房は日が落ちる前には閉店するから、一日の実働時間はそこまで長くないからだ。

週休二日制と銘打っておきながら、休日出勤がバンバンあって残業もたっぷりあったもとの会社に比べたら楽なものだ。あの頃と比べたら、体力的にも精神的にも余裕がある。

六日働いた今日は定休日、つまり思う存分のんびりしていても良い日だ。陽葵はバゲットにジャムを塗りながら、今日の予定を考える。

「今日は何しよっかぁ。せっかくのお休みだもんねー」

「何もしたくない。できれば家から出たくない」

「あはは、ティナちゃんらしいや」

家から出たくないという気持ちも分かる。最近は新商品の開発が立て込んで働き詰めだったから疲れが溜まっていた。

「じゃあ今日はお家でのんびりしようか」

「そうだな」

ティナは書物に目を向けながら頷いた。

リビングには、サクッとバゲットを齧《かじ》る音とページをめくる音だけが響く。スマホやテレビなど暇つぶしの道具がないこの世界では、どうにも暇を持て余す。二度寝をしようにも、すっかり目が冴《さ》えてしまった。

「何の本読んでるの？」

暇つぶしがてらティナに話しかけると、端的な返事が来る。

「魔導書だ」

「ふーん、面白いの？」

「まあ、それなりに」

ティナは再び書物に視線を落とす。会話が終わってしまった。サクッとバゲットを齧って咀嚼《そしゃく》してから、もう一度話かけた。

「お昼ご飯はどうしよっか？」

「今、朝ご飯を食べている奴が何を言ってるんだ」

「そうなんだけどさー」

「ハムとチーズがあるからサンドイッチでも作ればいいだろう」

「あー、そうだねー」

再び話が途切れる。沈黙が流れた後、陽葵は懲りずにティナに話しかけた。

「ねー、ティナちゃん」

「あー、もう鬱陶しいっ！　なんなんださっきから！」

ティナは苛立ちを露わにしながら書物を閉じた。ウザ絡みをしている自覚はあったが、何もせずにじーっとしているのは退屈だ。

「ティナちゃんは、お休みの日ってどうやって時間を潰してるの？」

参考までにティナの休日の過ごし方を尋ねてみる。ティナは顎に手を添えながら考え込んだ。

「読書をしていることが多いな。あとはのんびり風呂に入ることもある」

「お風呂!?」

「ああ、バスタブに飲み物を持ち込んで、長風呂するんだ」

「ほほう。それは良いご趣味をお持ちで」

ゆっくりお風呂に入るというのは、実に良い時間の潰し方だ。日頃の疲れも取れるから、一石二鳥だ。

「私も今日は、昼間からのんびりお風呂に入ろうかなぁ」

目を細めながらのんびりお風呂に浸かる自分を想像していると、あるアイデアが浮かんだ。

「そうだ！　バスソルトがあれば、もっとリラックスできるよ！」

「ばすそると？」

ティナは怪訝そうに眉を顰める。反応から察するに、この世界には入浴剤も存在しないのだろう。

陽葵はティナにも伝わるようにバスソルトの役割を伝えた。

「バスソルトはね、お風呂の中に入れる塩のことだよ。身体を温めたり、良い香りで癒されたりするの。要するにバスタイムをより上質にするための秘密兵器って感じかな」

「秘密兵器……それは凄そうだな」

ティナはごくりと生唾を飲み込みながら身構えた。実際には秘密兵器なんて大袈裟なものではないが、興味を示してもらうには十分な説明だったらしい。

「そのバスソルトとやらは、うちでも作れるのか？」

「天然塩と精油があれば作れるよ」

「どっちもアトリエにストックがある」

「さっすが！」

材料が揃っているなら、こっちのものだ。バスソルトの作り方はシンプルだから、今からでも作れる。陽葵は残りのバゲットを詰め込むと、椅子から立ち上がった。

「よーし、さっそくバスソルトを作ろう」

意気込みを見せると、ティナにふっと鼻で笑われた。

「ヒマリは休みの日でも化粧品を作るんだな」

ティナに指摘されてハッとする。確かにこれでは休みが休みでなくなってしまう。だけどそれでも構わなかった。

「いいの、いいの。化粧品作りは好きでやっているんだし。それにバスソルトは本当に簡単にできるからお休みの日でもすぐにできるよ」

「そうなのか。なら、私も手伝うとするか」

「いいの？」

休みの日にティナが手伝ってくれるのは意外だ。驚いていると、実に正直な答えが返ってきた。

「私も今日は、ゆっくり風呂に入りたい気分だったからな」

それなら手伝ってくれるのも納得だ。サクッとバスソルトを作って、のんびりバスタイムに興じよう。予定が決まると、二人はいそいそとアトリエへ向かった。


アトリエで材料を準備していると、ティナが腕組みをしながら尋ねてくる。

「で、バスソルトはどうやって作るんだ？」

「材料を混ぜるだけだよ」

「それだけか？」

「それだけ」

バスソルトの作り方は、化粧水と同じくらいシンプルだ。天然塩にオイルを混ぜ合わせるだけで完成する。

とはいえ、材料を選ぶのには少し悩む。塩の種類や精油の違いで完成するバスソルトは変わってくるからだ。

「ちなみにアトリエにはどんな天然塩があるの？」

「そうだなー……。コルド山脈で採れる岩塩とユーロ塩湖で採れる海塩ならあるな」

もとの世界で言うと、ヒマラヤ岩塩と死海の塩みたいなものだろうか？　いずれにしてもバスソルトに使えそうだ。

「そしたら今回は岩塩を使おうか。デトックス作用が期待できるよ」

「ん、その辺は任せる」

棚から取り出した瓶には、細かく砕かれた淡いピンク色の岩塩が入っていた。これならすぐに使えそうだ。

天然塩の種類が決まったところで、今度は精油を選ぶ。アトリエには、ラベンダーのほか、ゼラニウム、ペパーミント、ローズ、ネロリなど精油が数多くストックされていた。

「せっかくだし、いくつかの精油をブレンドしてみようか」

精油は単体で使ってもいいが、いくつかの精油をブレンドすると香りに深みが生まれる。せっかくなら自分だけのオリジナルの香りを楽しみたい。

「ティナちゃんはどんな香りにしたい？」

「そうだなぁ。爽やかな香りでリラックスできるものがいいな」

「爽やかな香りとなると、柑橘系が良いかな？」

陽葵はいくつかの精油を手に取って、香りを確かめていく。最終的に選んだのは、グレープフルーツとラベンダー、ペパーミントだ。柑橘系の爽やかな香りをベースとし、そこにラベンダーの上品な香りと、ペパーミントのスッとした香りをブレンドしていく。きっと素敵なバスソルトができるに違いない。

「岩塩と精油も選べたことだし、さっそくバスソルトを作ってみよう！」

まずはビーカーにホホバオイルを入れ、精油を順番に加えていった。グレープフルーツを五滴、ラベンダーを二滴、ペパーミントを一滴。それらをよく混ぜ合わせる。するとアトリエ内は、あっという間に爽やかな香りで包まれた。

「いい香りだねー」

「ああ、これだけでも癒される」

心地よい香りに、二人はうっとりしていた。精油とホホバオイルを混ぜ合わせていると、ティナから疑問が飛んでくる。

「なんで精油を植物油で混ぜているんだ？　そのまま岩塩に香り付けをするんじゃ駄目なのか？」

「いい質問だね。精油の原液は直接肌に触れると肌トラブルを起こす可能性があるの。だからこうして植物油で薄めているんだよ」

「風呂のお湯で薄めるのじゃダメなのか？」

「精油は油だから、お風呂のお湯に混ぜても分離しちゃうの。だから油に溶かして薄めるんだけど……」

そこまで説明してハッと気付く。ティナの魔法があれば、水と油を混ぜることだってできるから、お風呂のお湯に精油を溶け込ませるのも可能だろう。余計な工程を挟んでしまった。

「まあでも、商品化する時は植物油に混ぜるっていう工程は外せないか。一家に一台ティナちゃんがいるわけじゃないし」

「一家に一台って、物みたいに言うな」

「あはは、ごめんごめん」

精油を植物油で薄めたら、岩塩と混ぜ合わせていく。岩塩を大匙《おおさじ》ですくってビーカーに加え、香りが均一になるように、匙でよくかき混ぜる。これで岩塩への香り付けは完了だ。

「岩塩に香りを馴染ませるために、半日程度時間を置けば完成だよ」

「それならこの魔導書を読み終わったら入るとするか」

「うん。私もその間に食器洗いとか掃除とか家事を片付けておくね」

香りを馴染ませている間は、各々やるべきことをこなして時間を潰すことにした。

半日経過して香りが馴染んだ頃、二人はバスルームに移動した。バスタブにお湯を貯《た》めてから、サラサラとバスソルトを入れていく。するとバスルームいっぱいにグレープフルーツの爽やかな香りが広がった。

「わぁ、癒されるー」

「ああ、最高だな」

二人はバスルームの中で深呼吸をした。

「ティナちゃん流だと、ここに飲み物を持ち込むんだよね？」

「ああ、今日はレモンウォーターを持ち込もうと思う。蜂蜜をひと匙加えて」

「いいですね〜」

爽やかでほんのり甘い蜂蜜レモンを片手にお風呂に入る。想像しただけでもリラックスできる。

「私、飲み物を取ってくるね。ティナちゃんは先に入っていていいよ。私も後から行くから」

「ああ、ありがとう」

飲み物の準備を引き受けたところで、陽葵は二階のキッチンに向かおうとする。陽葵の背中を見送っていたティナだったが、先ほどの言葉に引っかかるところがあったようで、

「おい待て。『先に入ってて』『私も後から行くから』ってなんだ？」

不審がるティナに、陽葵は何食わぬ顔で告げる。

「せっかくだから一緒に入ろうよ」

「はあああ？　なんでそんなっ……。却下だ、却下」

「だって別々に入ると、最初に入った人が時間を気にしないといけなくなるよ？」

別々に入ることのデメリットを伝えると、ティナは腕組みをしながら「確かに……」と納得する。

魔女さんは意外と合理性を重視するらしい。

「まあ、そういうわけだから、先に入っててよー」

半ば強引に納得させると、陽葵は飲み物を取りに行くために二階に向かった。


「はあああ〜、良いお湯だねぇ」

「ああ、癒される」

陽葵とティナは、背中合わせになりながらバスタブに浸かっていた。グレープフルーツの爽やかな香りに包まれていると、清々しい気分になる。ほんのり漂うラベンダーの香りも癒し効果抜群だ。

お湯の温度は少しぬるめ。長風呂には適した温度だ。バスルームに持ち込んだ蜂蜜レモンを一口飲むと、いつまでもお湯に浸かっていられるような気がした。

振り返ると、長い黒髪をお団子にまとめたティナがいる。普段は隠れているうなじが見られて、なんだか得した気分になった。

「なにジロジロ見てるんだ」

「んー、ティナちゃんは白いなーって」

「まあ、ずっと森に引きこもってるからな」

「町に出てショッピングとかしないの？」

「人混みを歩くのは苦手なんだ。目が回る」

「えー、目は回らないでしょう」

陽葵はクスクスと笑った。どうやら魔女さんは人混みが苦手らしい。

陽葵は両腕を伸ばしながらうーんと伸びをする。のんびりお風呂に浸かっていると、日々の疲れがジワジワ取れていくような気がした。腕を下ろしながら脱力すると、頭がコツンとぶつかった。

「ああ、ごめん」

「平気だ」

怒られなかった。陽葵は体勢を起こしながら、ふうと息をついた。

誰かとお風呂に入るのは久しぶりだ。昔はよくお姉ちゃんと一緒に入っていたけど、大人になってからはそんな機会もなくなっていた。

お風呂に入ると、つい色々喋りたくなってしまう。昔からそうだ。普段は話さないような話もお風呂の中でなら自然と話せる。

多分、服を脱いだのと同時に、心も裸になるんだと思う。今日も普段はしないような話がしたくなった。

「ティナちゃんはさ、ずーっとこの森でお店をやってたの？」

「ああ、百五十年近くはやっているな」

「一人で？」

「そうだな」

「家族はいないの？」

ティナに家族の話を聞くのは初めてだ。気を悪くしないかと少し心配をしていたが、ティナは躊躇いなく話してくれた。

「魔女は十二歳を過ぎたら親元を離れる風習があるんだ。私もそれに倣って家を出た」

「十二歳？　そんなのまだ子供じゃん」

「魔女の世界ではもう大人だ。自分のことは自分で決められるし、基本的な魔法も習得している。私も十二歳になるまでに魔法薬の調合方法をみっちり仕込まれた」

「逞しいんだね、魔女さんは」

人間とは価値観が違うようだ。もとの世界では十二歳で独り立ちなんて考えられない。陽葵が十二歳の頃は、まだまだ親に甘えていた気がする。

「人間とは家族の概念が違うんだよ。魔女の親子は、人間のようにべったりしていない。どちらかといえば師匠と弟子のような関係だな。だから一人前になったら巣立っていく。そういうものだ」

「寂しくないの？」

「寂しいという感情自体がよく分からない。一人でいるのが当たり前だったからな」

「そっかぁ」

「ああ、ただ……」

「ただ？」

陽葵は聞き返す。数秒の沈黙が流れた後、ティナは答えた。

「退屈ではあったな」

退屈。そう感じてしまうのも無理はない。百五十年もの間、一人で店を切り盛りしていたのだから。

来る日も来る日も同じことの繰り返しで、変化のない毎日が単調に流れていく。そんなのは退屈に決まっている。想像するだけで気が滅入《めい》る。

だけどティナの話はそこで終わらなかった。

「まあ、最近はそうでもないけどな。ヒマリが来てから変わった」

「私が来てから？」

「ああ、ヒマリが来てからは毎日が賑やかになった。今はもう、退屈じゃない」

その言葉で胸が熱くなる。退屈だったティナの毎日に彩《いろど》りを与えられた。そう考えるだけで、この世界に来た意味があるように思えた。

「そういうお前はどうなんだ？」

「私？」

「ああ、今まではヒマリ自身の話は聞いたことがなかったからな。もとの世界の話とか」

「もとの世界の話かぁ……」

ティナには、もとの世界の話をしたことがなかった。隠しているというわけではなく、単純に話すタイミングがなかったからだ。

「お前はもとの世界に帰りたがらないが、お前のいた世界はそんなに劣悪な環境なのか？　自由に生きる権利がないとか、紛争が絶えずに命の危険に晒されているとか、明日の食べ物に困るくらい貧困に陥ってるとか、そういう世界なのか？」

陽葵は考える。確かにそういう状況に陥っている地域もあるけど、少なくとも陽葵の周りはそうじゃない。

「ううん。ここと同じくらい平和な世界だよ」

「じゃあ、どうして帰りたくないんだ？」

「うーん、どうしてだろうね」

陽葵は口元までお湯に浸かって、ぶくぶくしながら考える。考えてはみたものの、簡単には答えは出ない。陽葵はバシャンと水音を立てながら体勢を戻した。

「別にさ、もとの世界を嫌っているわけじゃないの。自分の居場所はちゃんとあるし、家族や友達もいる。好きなものだってたくさんある」

その言葉に嘘はない。もとの世界でも何不自由なく暮らせるし、それなりに楽しみもあった。絶望するような状況では決してない。それでも素直に帰りたいとは思えなかった。

「もとの世界での暮らしはね、ものすごく忙しいんだ。やらないといけないことに常に追いかけられている状況だったから。そんな毎日に疲れちゃったのかもね」

この世界に来る前、陽葵は疲れ切っていた。役に立っているのか分からない環境で、毎日毎日遅くまで働いている状況に。何のために頑張っているのか分からなくなっていた。

「じゃあ、もとの世界に帰る方法が分かったとしても、帰らないつもりか？」

帰るか、帰らないか。その選択肢があるとは思わなかった。帰る方法が分からない今の状況では、考えるだけ無駄なような気もするけど。

だけど、もとの世界に帰る方法が分かったとして、自分は素直に喜べるだろうか？　今すぐ帰りますと胸を張って言えるだろうか？

正直よく分からない。かといって、この世界で一生暮らしていくと宣言できるだけの覚悟もなかった。もう二度と家族や友達に会うことはできないと考えると、少し怖い。

「分からないや」

今はまだ、結論は出せない。帰りたいと思える何かも、ここに留《とど》まりたいと思える何かも見つかっていない。

「そうか」

曖昧な返事を非難されると思いきや、ティナは端的な言葉を残すだけだった。やっぱりクールな魔女さんだ。

「私がもとの世界に帰ったら寂しい？」

「どうだろうな」

試すような質問に、ティナは鼻で笑いながら答えた。相変わらずつれないなぁと思っていると、意外な言葉が返ってきた。

「だけど、退屈にはなるだろうな」

咄嗟に振り返る。ティナは背中を丸めながら膝を抱えていた。その姿はいつもよりずっと小さく見える。

はっきりとは言葉にしないけど、寂しいと言われているような気がした。そう考えると、胸の奥がぎゅっと切なくなる。

自分がいなくなれば、ティナは再び退屈な毎日を送ることになる。森の中で独りぼっちで……。

ティナが一人で店を営む姿を想像してみたが、すぐにそうではないと気付く。今はもう、昔とは違う。

陽葵は背中を合わせたまま、ティナにそっと寄りかかる。そして穏やかな口調で伝えた。

「大丈夫だよ。ティナちゃんはもう一人じゃない。リリーちゃんだって、ロミちゃんだって、アリア様とセラさんだっている。だから私が帰ったとしても、退屈にはならないよ」

コスメ工房を始めたことで、新しい繋がりができた。きっと陽葵がいなくなっても、この繋がりが途切れることはないだろう。

ティナは独りぼっちにはならない。そのことに気付いたことで、胸の内に潜んでいた切なさはスーッと消えていった。

「そうだな」

振り返ると、ティナは目を細めながら笑っていた。その笑顔を見て、胸の中が温かくなった。

お風呂から上がった陽葵は、バスタオルで髪を拭きながらティナに声をかける。

「良いお風呂だったね！　バスソルトを作って正解だった」

ティナは服を着ることなく、バスタオルを巻いた状態でフラフラとしている。

「ああ、むしろ良すぎるくらいだ」

「良すぎる？」

おかしなことを言うティナを見て、陽葵は首を傾げる。ティナの目は焦点が合わずに虚《うつ》ろになっていた。

「ティナちゃん、大丈夫？」

明らかに様子がおかしい。そう思った直後、ティナはバターンと床に倒れ込んだ。

「えぇー！　ちょっとティナちゃんどうしたの？」

慌てて駆け寄り身体を揺さぶると、弱々しい声が聞こえてきた。

「湯に浸かりすぎて、のぼせた……」

どうやら長風呂が過ぎたようだ。陽葵は急いで二階のキッチンへ走る。

「待っててねっ！　お水を持ってくるから！」

階段を駆け上りながら陽葵は思った。バスソルトの注意書きにも「長風呂に要注意」と書き加えておく必要がありそうだ。

第九章 ブライダルメイクをしましょう

化粧水と乳液の販売からスタートしたコスメ工房も、今では日焼け止めクリーム、ファンデーション、クレンジング、洗顔石鹸、口紅、バスソルトと続々とラインナップが増えていった。

その中でも一番人気は、やはり化粧水だ。肌を保湿するメリットを知ったお客さんからのリピートが絶えず、日に日に販売数を伸ばしていった。

次いで人気なのは口紅だ。レッド、ピンク、オレンジの三色展開で販売したところ、あっという間に話題になった。最近では口紅を目当てにお店にやってくるお客さんも少なくない。

新商品の売り上げも好調で、ティナとヒマリのコスメ工房は順調に営業を続けていた。

今日もコスメ工房は大盛況。陽葵はレジスターの前に立ち、会計待ちの列をテキパキ捌《さば》いていた。

そんな中、入り口の扉がチリンチリンと音を立てて開く。その瞬間、店内からわぁっと歓声が湧いた。

「聖女様よ」

「相変わらずお美しい」

お客さんは羨望の眼差しで入り口を眺めている。陽葵も彼女達の視線の先を追うと、見覚えのある人物が佇んでいた。

入り口にいたのは、艶やかな銀髪を携えた背の高い女性。瞳の色はサファイアのように澄んでいた。

彼女のことは陽葵も知っている。以前町で出会った聖女様だ。聖女様が落とした指輪を拾ったことがきっかけで、少しだけ会話を交わしていた。

(あれだけ綺麗なら、見惚れちゃうのも無理ないね)

うんうんと納得しながら、陽葵も聖女様のお美しい姿を目に焼き付けていた。

聖女様の隣には、金色の髪をした男性がいる。年齢は二十代半ばくらいだろうか？ 身長は聖女様よりも少し高く、顔立ちも整っており、王子様を彷彿させるような佇まいだった。

美男美女とも呼べる二人に圧倒されていると、聖女様が陽葵の存在に気付く。その瞬間、花が綻ぶような笑顔を向けられた。

「先日は指輪を拾っていただきありがとうございます。とても助かりました」

「いえいえ、大したことでは！」

陽葵は両手を振りながら謙遜する。聖女様から笑顔を向けられて、タジタジになっていた。同性とはいえ、あんなに愛らしい笑顔を向けられたらドキドキしてしまう。

聖女様は陽葵のもとまでやって来ると、両手を合わせながら話を切り出した。

「今日はコスメ工房様に折り入ってご相談があって参りました」

「相談、ですか？」

「はい。少しお時間をいただいてもよろしいでしょうか？」

陽葵は咄嗟にティナに視線を送る。ティナはこくこくと頷いていた。話を聞いてやれという合図だろう。ティナの意図を汲《く》み取《と》った陽葵は、力強く頷いた。

「分かりました。では、アトリエでお話ししましょう」

アトリエに移動すると、詳しい話を聞くために聖女様達と向かい合わせで座る。

打ち合わせ中は、リリーに店番を任せている。お客さんで賑わう中、リリー一人に任せるのは忍びなかったが、リリーは「任せてくださいっ」と意気込みを見せてくれた。

最近、リリーはとても頼もしくなった。かつての人見知りを感じさせることはなく、スムーズに接客できている。お客さんと関わることに慣れてきたのだろう。だからこそ安心して店を任せられる。

かしこまった雰囲気で二人に注目していると、聖女様が口を開いた。

「申し遅れました。私は町の冒険者ギルドに所属しているルナと申します。こちらは同じくギルドに所属している勇者ネロです」

「勇者様!?」

陽葵は思わず声を上げる。目の前の男性が勇者というのは意外だった。まさか魔女やエルフだけでなく、勇者にも出会えるとは。

驚きつつも、ある疑問が浮かんでくる。魔王討伐をした勇者はとっくの昔にいなくなっているはずだ。魔王討伐から四百年も経っているのだから、同一人物とは考えにくい。

「四百年前に魔王を討伐した勇者様とは別人ですよね？」

「もちろん。ネロは初代勇者の子孫です」

「子孫？　勇者様には子供がいたんですか？」

「ええ、勇者様は魔王討伐した後、二〇人の嫁を娶《めと》り、四八人の子を残したと聞いております」

「二〇人の嫁!?　やりたい放題だなっ、勇者様！」

いくら異世界とはいえ、二〇人の嫁を娶るなんて規格外だ。初代勇者は巨大なハーレムを形成していたということになる。陽葵が驚愕《きょうがく》していると、ルナが淡々と説明を続けた。

「初代勇者は魔王討伐という偉業を成し遂げたので、大勢の嫁を娶るのも必然でしょう」

「そういうもんなんですか……」

とんでもないチャラ男だなぁと思ってしまったのは、ここだけの秘密だ。するとルナから紹介された勇者は、人懐っこい笑みを浮かべながら挨拶を始めた。

「勇者のネロです。魔女様とお会いするのは二年ぶりですね」

「ああ、そうだな」

ネロとティナのやりとりを見て、陽葵は目を丸くする。

「あれ？　二人は顔見知りだったの？」

「はい。二年前にこちらに伺ったのですが、フラれてしまって」

「フラれた!?」

ネロの発言に驚いた陽葵は大声を上げる。ティナから恋愛絡みの話題が出て来るのは意外だった。

「ティナちゃんも隅に置けないね」

肘で脇腹を突きながら揶揄うと、ティナは鬱陶しそうに払った。

「フラれたって、そういう意味じゃないぞ。勇者パーティーの一員にならないかって誘われたから断っただけだ」

「なんだそういうことか」

紛らわしい言い方をされたから誤解してしまった。

確かにティナの魔法は勇者パーティーでも役に立つだろう。魔法薬の知識もあるから回復要員としても活躍できそうだ。陽葵が納得していると、ネロが補足をする。

「魔女様にはコルド山脈への遠征に同行して欲しかったんですけどね。ドラゴンの封印が弱まってきたので、再封印せよというクエストがあったんです。その出発が二年前で、最近ようやく役目を終えて王都に戻ってきたのです」

「ドラゴンの封印なんて凄い！　なんで断っちゃったの？」

聞くまでもないが、一応聞いてみた。すると予想通りの答えが返ってくる。

「面倒くさいから」

「ティナちゃんらしいや」

ティナは才能のある魔法使いだけど、旅をしながら敵と戦っている姿はどうにも想像できない。いつぞや本人も言っていたように、森で魔法薬を調合している方が性に合っているのだろう。

「そもそも私の魔法は戦闘向きではないからな。同行しても足手まといになるだけだ」

「足手まといなんてとんでもない。魔女様の力があれば、僕らの旅はもっと楽になっていたことでしょう」

「便利屋としてこき使いたいだけだろ。まあ、魔法うんぬんよりもお前と旅をすること自体が嫌だったんだけどな」

「ははは……。これは手厳しい」

ネロは苦笑いを浮かべる。ティナは勇者相手でも辛辣だった。

二人のやりとりを傍観していると、ネロは陽葵に視線を向ける。そのまま穏やかな笑顔を向けられた。

「こちらのお嬢さんは初めましてですね。お会いできて光栄です」

ネロは握手を求めるように手を差し出す。

「初めまして、佐倉陽葵です」

陽葵は促されるままに手を差す。サラッと握手を交わして終了と思いきや、勇者は陽葵の手を取ると指を絡めてきた。

「ヒマリ……まるでお日様を連想させる素敵な名前だね。いや、名前だけじゃない。貴方自身もとても魅力的だ。まるで野原に咲く花のような可憐さがある」

「はい？」

突然歯の浮くようなセリフを言われて、陽葵はキョトンとする。もしかしたらここはキュンとときめくシーンなのかもしれないが、あいにく陽葵は安易に靡くような乙女心は持ち合わせていなかった。

それよりもネロの隣で笑顔のまま口の端をヒクヒクさせているルナの方が気になってしまう。先程までは煌びやかなオーラを纏っていたが、今はどす黒いオーラを放っている。これはお怒りなのかもしれない。

「ネーロー……」

ルナはワントーン低い声で名前を呼ぶ。ただならぬ雰囲気を感じて、陽葵は急いでネロの手を振りほどいた。そこでようやく、ネロも異変に気付く。

「どうしたんだい、ルナ。そんなに怖い顔をして」

「貴方はまた、可愛い女の子を口説いて……」

「魅力的な女性を口説いて何が悪い？」

「もうっ……貴方って人はっ……」

ルナは膝の上でぎゅっと拳を握りながら俯いていた。明らかに不機嫌そうなルナにはお構いなしで、ネロは両手を広げながら嬉々《きき》として語る。

「それにしても、この店は素晴らしい！　まるでパラダイスじゃないか！　スタッフもお客さんも美人揃い。こんな素敵な店なら毎日通いたいくらいだ！」

「いや、来んな。動機が不純なんだよ、お前は」

キラキラと瞳を輝かせて歓喜するネロを、ティナが一蹴する。ここまで来ると、勇者の性格が何となく読めた。

「ねえ、ティナちゃん。この勇者様って……」

ティナは渋い表情をしながら頷く。

「ああ、こいつは無類の女好きだ。初代勇者の血を色濃く受け継いでいる。口説かれたくなかったら下手に関わらないことだな」

やっぱりと納得。陽葵は椅子を引いてネロと距離を取った。その間もネロは懲りずに「さっき店にいたエルフの少女も可愛かった。いっそのこと、この店を僕のハーレムに……」なんてとんでもないことを口走っていた。その言葉でルナがキレた。

「ネロ！　今すぐここから出て行きなさい！」

「ルナ、どうした急に？」

「ここは貴方がいて良い場所ではありません。一緒に来たいと言うから連れて来ましたが、こんなことになるなら連れて来るんじゃなかった。用事が済むまで外で待っていてください」

ルナはネロの背中を押してアトリエから追い出そうとする。

「待ってくれ。それじゃあ依頼は？」

「私一人で十分です」

「そ、そんなぁ」

温情の余地なく、勇者は店から叩《たた》き出《だ》された。

勇者を追い出したルナは、申し訳なさそうに陽葵とティナに頭を下げる。

「魔女様、ヒマリさん、お見苦しいところをお見せしてしまい申し訳ありません」

「いえいえ、構いませんよ！　それより私達への依頼って何でしょうか？」

本題を切り出すと、ルナは言葉に詰まらせる。二人から注目されていることに気付くと、おずおずと話を続けた。

「実は私、ネロと結婚することになりまして……」

沈黙が走る。無言のまま、陽葵とティナは顔を見合わせた。

結婚。聖女様はそう言ったのか？　先ほどのチャラ勇者と？　理解が追い付かないまま、二人は深刻そうな顔でルナに詰め寄った。

「正気か？」

「何か弱みでも握られてるんですか？」

本気で心配する二人を前にして、ルナは大きく両手を振って否定する。

「そういうわけではありません。私の意思でネロとの結婚を決めたのです」

「ええー……」

俄《にわ》かに信じがたいが、ルナが嘘をついているようには見えない。無理やり結婚を迫られているわけではなさそうだ。

陽葵の目にはチャラ勇者にしか見えなかったが、ルナには違った一面が見えるのかもしれない。お互いが納得して結婚を決めたのなら、外野が言うことは一つだ。

「おめでとうございます」

「ありがとうございます。……なんだかすごく複雑そうな顔をされていますが」

「お気になさらず」

あのチャラ勇者と結婚しても苦労するだけなんじゃ……という心の声が顔に出てしまったようだ。

「それで依頼というのは、私達の結婚式についてなのですが」

「結婚式？」

「ええ、町の教会で結婚式を挙げることになっています」

異世界の結婚式というのは興味がある。もとの世界のようにバージンロードを歩いたり、誓いのキスをしたりするのだろうか？　妄想を膨らませていると、ルナは依頼の詳細を明かした。

「結婚式には一番綺麗な姿で臨みたいと思っているのです。なので、お二人にお力を貸していただきたいのです」

そこまで聞くと、陽葵はピンときた。

「それって、ブライダルメイクを依頼したいということですか？」

「ぶらいだるめいく？」

「結婚式のためにお化粧をすることです。ウエディングドレスはとても華やかなので、普段のお顔だとドレス負けしてしまうんです。だからドレスに負けないようにお顔も華やかにするんですよ」

十歳年上のお姉ちゃんが結婚式を挙げた時も、華やかなブライダルメイクを施していた。その時の仕上がりがうっとりするほど綺麗だったのを覚えている。

陽葵の説明で納得したのか、ルナは大きく頷く。

「そうですね。ドレスに負けないくらい、華やかにしていただきたいです」

「分かりました！　せっかくの晴れ舞台ですからね。綺麗な姿で臨みたいという気持ちは分かります」

陽葵はグッと拳を握って意気込む。結婚式という晴れ舞台でメイクを任せてもらえたのは嬉しかった。これは失敗するわけにはいかない。

陽葵が気合を入れていると、ルナはどこか恥ずかしそうに視線を彷徨わせる。

「晴れ舞台だから綺麗にしたいというのもあるんですが、それだけじゃなくて……」

「ん？　どういうことです？」

陽葵がこくりと首を傾げながら尋ねると、ルナは頬を赤らめながら事情を明かした。

「ネロには私だけを見てほしいんです。他の女性に目移りしないくらい綺麗になって、堂々と彼の隣に立ちたいんです」

ぱちぱちと瞬きする陽葵。隣に視線を送ると、ティナも似たような反応をしていた。二人が固まっていると、ルナは俯き加減で話を続けた。

「お二人もご承知のように、ネロは無類の女好きです。旅の中でも立ち寄った村々で女性を口説いていました。その数は両手を使っても数えきれません」

「うわぁ……なんか想像できます」

陽葵はゾゾッと両腕を抱えながら想像する。あのチャラ勇者だったらやりかねない。

「聖女様がいながら他の女性にも手を出すなんて許せませんね」

つい思ったことを口にしてしまう。辛辣な言葉を聞いたルナは、気まずそうな顔をしながら静かに首を振った。

「この国では重婚が認められているので、何人もの女性を口説くことは咎められるものではありません。それに初代勇者の血を引く家系では、より多くの子孫を残すべきという考えが根付いていますからね。ネロ自身も多くの女性に言い寄ることに罪悪感は持っていないのでしょう」

「合法でハーレムを作れるってことですか？　とんでもない世界だ」

やはりこの世界は、もとの世界とは価値観が違うらしい。もとの世界の常識に当てはめて考えようとすること自体が無意味なのだろう。

とはいえ、一夫一妻が基本の日本で育った陽葵には、ハーレムを作るという感覚は理解できない。この世界の女性の価値観を知るためにも、ティナに意見を求めてみた。

「ティナちゃんはハーレムってどう思う？」

「なんで私に話を振る？　私は結婚なんてするつもりはないぞ」

「もしするとしたらの話だよ。一人の相手を独占したいか、ハーレムの一員に加わりたいか、ティナちゃんだったらどっちを選ぶ？」

「そうだなぁ……。一人からの愛を一手に引き受けるのは荷が重いから、ハーレムの方が気楽でいいかもな。いつもベタベタされるのは鬱陶しいし」

「そういう考えもあるのかぁ……」

ティナがハーレム賛成派なのは意外だった。この世界の女性はハーレムに寛容なのかもしれないと納得しかけたが、ルナは真逆の考えを持っていた。

「私はハーレムなんて絶対嫌です。ネロが他の女性を口説いている姿を見ると、嫉妬で狂いそうになります」

どうやら女性の間でも結婚に対する価値観は違うらしい。みんながみんなハーレムを受け入れられるわけではなさそうだ。ルナは力なく笑いながら話を続ける。

「こんなのは我儘《わがまま》ですよね。一人の男性を自分だけのものにしたいだなんて……」

そう話すルナは、とても悲しそうに見えた。テーブルの上に置かれた拳は、僅かに震えている。

陽葵は椅子から立ち上がってルナの肩に手を添えた。

「我儘なんかじゃありません。ルナさんはそれほどまでにチャラ勇者……いえ、ネロさんを愛しているということですから」

「ヒマリさん……」

ルナの青い瞳にじわっと涙が滲む。涙が零《こぼ》れ落《お》ちる前に、ルナは慌ててハンカチで目元を覆った。

こんな美しい聖女様を泣かせるなんて許せない。他の女性を口説く前に、まずは目の前の女性を幸せにしたらどうなんだ。陽葵はネロへの憤りを感じていた。

ルナは涙を拭った後、意志の籠った瞳で真っすぐ陽葵を見つめる。

「結婚式では、ネロに一番綺麗な姿を見てもらいたいんです。そうすれば、他の女性に目移りをせず、私だけを見てくれるかもしれないので」

そこでようやくルナの真意が伝わった。

大好きな人に振り向いてもらうために綺麗になりたい。それもコスメの持つ役割のひとつだ。その願いを叶えてあげたい。

ルナの思いを知った陽葵は、やる気が漲ってきた。胸の内でメラメラと炎が燃え上がる。

「ブライダルメイク、お引き受けします！　とびきり綺麗になって、チャラ勇者を驚かせてやりましょう」

ティナに視線を送ると、うんと小さく頷いていた。これはGOサインだろう。

二人が引き受けてくれると知ったルナは、再び花が綻んだような愛らしい笑顔を浮かべた。

「ありがとうございます。ヒマリさん、魔女様！」

その笑顔にキュンときめく。こんな愛らしい笑顔を間近で見られる立場でありながら、他の女性を口説く勇者はどうかしている。勇者への憤りも陽葵のエネルギーに変わった。

「最っ高に綺麗な状態で結婚式に送り出しますね！　打倒、勇者です！」

「いやそれ、お前が魔王みたいになってるぞ」

拳を突き上げて叫ぶ陽葵に、ティナは冷静にツッコミを入れた。

ブライダルメイクを引き受けると決めたは良いが、その前にいくつか確認しておきたいことがある。陽葵は紙とペンを用意して、ルナと向き合った。

「まずはブライダルメイクの指示書を作りましょう」

「指示書、ですか？」

聞きなれない言葉を聞いたルナは不思議そうに首を傾げる。そこで陽葵は指示書の必要性を伝えた。

「メイクのイメージって、言葉だけではなかなか伝わらないんです。たとえば『可愛くしてほしい』っていうオーダーでも、人によって可愛いの定義は異なります。ピンクのリップとチークを使ったふんわりしたメイクを可愛いと捉える人もいれば、オレンジラメのアイシャドウを乗せたフレッシュなメイクを可愛いと捉える人もいます」

「確かに……可愛いというだけでは漠然としていますね」

「そうなんです。イメージを擦り合わせるためにも、ルナさんがどんな姿になりたいのか言語化しましょう」

「分かりました。なるべくヒマリさんがイメージできるようにお伝えしますね」

ルナは力強く頷く。そんな二人のやりとりを見ていたティナが口を挟んだ。

「随分ブライダルメイクとやらに詳しいんだな。ヒマリは結婚式を挙げた経験があるのか？」

「そんなわけないでしょう。お姉ちゃんが結婚式を挙げる時に色々見学させてもらっただけだよ」

「なんだそういうことか」

ティナはフッと鼻で笑いながら納得していた。

当然のごとく、陽葵は結婚式を挙げた経験などない。ブライダルメイクに詳しいのは、お姉ちゃんのリハーサルメイクに同席したからに過ぎない。

お姉ちゃんは雑誌の切り抜きを用意して、ヘアメイクさんに細かく指示をしていた。口紅やアイシャドウの色、眉の書き方など事細かに。そうして出来上がったメイクは、イメージ通りに仕上がったようだった。

人生の晴れ舞台である結婚式。納得のいく状態で臨むためにも、イメージを共有する必要がある。

「ちなみにルナさんが着るウエディングドレスって、どんなデザインですか？　メイクもドレスに合わせた方がいいと思うので」

「そうですね……。素材はサテンで、スカートは裾に向かってふんわり広がっていますね。あとは襟元を折り返して、肩が見えるデザインになっているのが特徴ですね」

「襟元を折り返してということは、ロールカラードレスですかね？　お姉ちゃんが着ていたドレスと一緒だ。上品なルナさんのイメージにぴったりですね！」

ルナから聞いた情報をもとに、手元の紙にドレスの絵を描いていく。肩の部分で布地を折り返してオフショルダーにして、スカートの部分はふわっと自然に広がるAラインにする。

「そうそう、こんな感じです」

ルナは陽葵の書いた絵を見ながら頷いていた。ドレスのイメージは共有できたようだ。

「ドレスがシンプルなロールカラーでしたら、メイクも上品なイメージにした方がいいですかね？」

「そうですね。あまり派手にはせずに上品で落ち着きのある雰囲気が良いですね。その方が……」

「その方が？」

陽葵が続きを促すと、ルナは恥ずかしそうに視線を彷徨わせながら白状した。

「……ネロの好みだと思うので」

その言葉を聞いた瞬間、陽葵は「はあぁぁ」と大きく溜息をついた。

「おい、なんだその溜息は？」

「べーつにー」

ティナに指摘された陽葵は、頬杖《ほおづえ》をつきながら視線を逸らした。

婚約者の好みに合わせようとするなんて、どこまで健気《けなげ》なんだ。ルナの素敵な一面が浮き彫りになるたびに、チャラ勇者への苛立ちが増した。

「あのー、ヒマリさん？」

「ああ、失礼しました。話に戻りますね。上品なイメージにしたいなら、メイクは派手な色使いは避けて、穏やかなトーンでまとめましょうか」

「はい。お願いします！」

その後もメイクの詳細を決めていく。同時にルナのパーソナルカラー診断をして、似合う色を判定した。打ち合わせを続けていくと、メイクのイメージが固まってきた。

「イメージは摑めました！　あとは本番前にリハーサルメイクをしましょう」

「事前にメイクの練習をするということでしょうか？」

「その通りです！」

ぶっつけ本番というのは陽葵も不安だった。本番前に一度練習をしておきたい。

「いいのでしょうか？　お忙しい中、わざわざ私のために時間を作ってくださるなんて」

ルナは申し訳なさそうに陽葵とティナの顔を交互に見る。そんな不安を吹き払うように陽葵は笑った。

「そんなの気にしないでください！　最高に美しい花嫁さんに仕上げるための労力だったら惜しみ

ませんよ」

「まあ、ぶっつけ本番でヒマリが大失敗したら笑うに笑えないからな」

「おやおやティナちゃん。私のメイクの腕を信用していないようだね。それならルナさんの前にティナちゃんにメイクをしてあげようか？」

「別に構わないが、私の評価は厳しいぞ」

「ほほう、それは挑戦しがいがあるねぇ」

さりげなくディスってくるティナに、陽葵は対抗する。そんな二人のやりとりを見たルナは、クスッと可笑《おか》しそうに笑った。

「お二人は仲が良いんですね。相性抜群です」

「いやぁ、それほどでも～」

「相性抜群は言い過ぎだろ」

デレデレ笑う陽葵とは対照的に、澄ました表情で指摘するティナ。相変わらず温度差があるが、仲の良さを認めてもらえたことは嬉しかった。

その後、ルナに正しいスキンケア方法を伝授して、本番までに肌の状態を整えるように促した。

そこで今日の打ち合わせは終了する。

「今日はありがとうございました。リハーサルメイクの日にまた来ますね」

「はい！　それまでに必要なものは揃えておきますね」

嬉しそうな表情で店を出るルナを二人で見送る。チリンチリンと音を立てながら扉が閉まった途端、ティナが陽葵に尋ねた。

「さっきの話だと、頬や瞼《まぶた》にも色を塗るようだったけど、どうするんだ？　顔中にカラーサンドを塗りたくるつもりか？」

「あー、それね」

ティナから聞かれたことで、陽葵は計画を明かした。

「マルチフェイスカラーパレットを作ろうと思うの！」

意気込む陽葵とは対照的に、ティナは怪訝そうに眉を顰める。

「なんだそれは？　呪文か？」

「瞼に色を乗せるアイシャドウと、頬に血色感を出すチークと、顔の立体感を出すハイライトをひとまとめにしたパレットだよ」

アイシャドウやチーク、ハイライトなどは本来別々で販売されているが、今回は利便性を考えてルナが使う色をひとまとめにしたパレットを作ることにした。

陽葵の計画を聞いたティナは、フッと鼻で笑った。

「また忙しくなりそうだな」

打ち合わせをした翌日、陽葵はロミの家を訪れた。マルチフェイスカラーパレットを作るための

機械を依頼するためだ。町の一角にある褐色屋根の小さな家が、ロミの自宅兼作業場だ。

「こんにちはー、陽葵です」

声をかけると、バタンと大きな音を立てながらロミが飛び出して来た。

「ヒマリさん、どうしました？　とりあえず中へどうぞ！」

ロミは楽し気に尻尾を揺らしながら、陽葵を地下の作業場へ案内した。

ロミの作業場には、物珍しい機械や設計図で溢れている。いかにも発明家の作業場といった雰囲気でワクワクした。

「うわぁ、凄い……。色んなものがあるんだね」

「ご自由に見学してくださいね」

「いいの？　ありがとー！」

これまで開発したものや試作段階の機械を一通り見せてもらってから、本題に移る。

「実はね、ルナさんの結婚式に向けて新しいコスメを開発したいんだ」

陽葵は口紅の時と同様に、作り方や機械の構造を説明する。ロミは陽葵の話をもとにさらさらと設計図を書き始めた。

「要するに、色の付いた粉をプレスして固める機械を作ればいいんですね？」

「そうそう。出来るかな？」

「はい！　お任せください！」

ロミはトンと胸を叩きながら引き受けてくれた。これで機械に関してはクリアだ。

機械と一緒にパレットの開発依頼をしてから、陽葵はロミの作業場を後にした。

「とりあえずメイクは何とかなりそうだなぁ。問題はヘアセットかぁ……」

メイクに関しては、道具さえ揃えば陽葵でも対応できるが、ヘアセットに関しては正直自信がなかった。最低限のアレンジはできるけど、結婚式にふさわしい華やかなアレンジができるほどのテクニックはない。

誰かヘアセットが得意な人はいないかなぁとぼんやり考えていた時、路地裏で黒いローブを纏った人物が周囲の様子を窺っていた。この姿には見覚えがある。陽葵は彼女に声をかけた。

「何をしているんですか、アリア様」

「ひゃっ！」

アリアは驚いたように肩をビクンと跳ね上がらせる。フードを少し上げてこちらを確認すると、安堵の溜息を漏らした。

「なんだ、ヒマリね。驚かせないでちょうだい」

「申し訳ございません。それより、またお城から抜け出したんですか？」

ローブを纏ってコソコソしている姿から、お忍びで来ていることが伺える。案の定というべきか、アリアは小さく頷いた。

「そうよ……」

「どうして何度もお城から抜け出すんです？　今頃セラさんが町中を探し回っていますよ？」

探索に明け暮れるセラを想像すると不憫《ふびん》に思えてきた。するとアリアは、むっとした表情を浮かべる。

「私だってセラを困らせようとして抜け出しているわけじゃないのよ。王女の私が町に出るには物《もの》凄《すご》く面倒な手続きがあるの。正規の手筈《てはず》では自由に町を探索することもできないから、こうして抜け出しているのよ」

確かに面倒な手続きがあるのなら、正規の手順をすっ飛ばしてお城を抜け出したくなる気持ちも分かる。行動範囲も限られているのなら尚更だ。とはいえ納得できない部分もある。

「アリア様はどうして町に降りて来ているんですか？」

何気なく尋ねると、アリアは当然のことのように胸を張って答えた。

「そんなの決まっているじゃない。町の人々の暮らしが見たいからよ」

「町の人々の暮らし？」

「ええ、国を良くするためには町の人の暮らしを知る必要があるでしょ？　実態を知らなければ、どんな政策を打てばいいのか分からないものね。私は王女として町の人のためにできる限りのことをしてあげたいの」

その言葉を聞いて、アリアの印象が変わった。単に町で遊びたくて抜け出していると思っていたが、アリアなりの目的があったらしい。

「アリア様は国民想いの王女様なんですね」

「そ、それは褒め過ぎよ」

アリアは恥ずかしがるように頬を染めながら視線を逸らした。

考えてみればコスメ工房に投資をしてくれたのだって、アリアがお城から抜け出したのがきっかけだ。中央広場で化粧品の存在を知り、その後お店まで足を運んで来てくれたから、今のような繋がりができた。アリアの行動力がなければ、コスメ工房は今ほど発展していなかったのかもしれない。

ふと町を見渡すと、町を行き交う人々の中に、ちらほらと口紅を塗っている女性がいた。口紅が浸透しつつある今の状況も、アリアの投資がきっかけだ。資金がなければ、ロミに機械の設計依頼をすることだってできなかったのだから。

「アリア様、今更ですけどコスメ工房に協力していただいてありがとうございます」

陽葵が改めてお礼を伝えると、アリアは恥ずかしそうにそっぽを向きながら言葉を返した。

「私にできることなら何でも言ってちょうだい。コスメ工房のファンとして、できる限りのことはしたいと思っているから」

心強い言葉に勇気づけられる。同時に何でも言ってちょうだいという言葉で、今抱えている問題も思い出した。陽葵は思い切って、アリアに頼ってみる。

「さっそくで申し訳ないのですが、ひとつご相談が……」

ルナの結婚式でブライダルメイクをすることになったこと、ヘアセットをできる人物を探していることをアリアに相談した。王宮であれば、妃《きさき》や王女の髪を結う人物がいてもおかしくはない。そういう人物を紹介して欲しかった。

話を聞いたアリアは、すぐに解決策を上げてくれた。

「それなら適任がいるわよ」

そう告げた直後、またしても見知った人物が現れた。

「見つけましたよ、アリア様」

セラが音もなくアリアの背後に立つ。いつもであれば逃げ出すところだったが、今日のアリアは違う。逃げるどころか、セラの手を引いて陽葵の前に押し出した。

「セラに任せたらどう？　こう見えてセラはヘアセットが得意なの。私の髪も毎日セラがブラッシングしてくれるし、社交界の時は綺麗に結ってくれるのよ」

「セラさん……そんな特技があったんですね」

陽葵はまじまじとセラを見つめる。突如羨望の眼差しを向けられたセラは、驚いたように目を丸くした。そんなセラの両手を陽葵がガシっと掴む。

「セラさん。結婚式の日にルナさんの髪をセットしていただけませんか？」

「ヘアセットですか？　アリア様にお許しいただけるなら構いませんが……」

セラはチラッとアリアの様子を窺う。その視線に気付いたアリアは、さも当然と言わんばかりに許可を出した。

「もちろん許すわよ。ヒマリに力を貸してあげてちょうだい」

「かしこまりました」

「ありがとうございます、セラさん、アリア様！」

こうして結婚式当日のヘアセットはセラに任せることになった。

アリア達と別れてから、陽葵は不足していた化粧品原料の買い出しをすることにした。あれこれまとめ買いをしたせいで、荷物の量が多くなってしまった。

両手に荷物を抱えながらヨロヨロと歩く。まとめて買い過ぎたことに後悔していると、またしても見知った人物が現れた。

「お嬢さん、荷物お持ちしますよ」

顔を上げると、ネロが穏やかに微笑みながら手を差し伸べていた。陽葵は思わず「げっ……」と顔をしかめる。

人の良さそうな笑顔を浮かべているが、この男はどうにも信用ならない。荷物を持つと申し出てくれたが、丁重にお断りした。

「お気遣いありがとうございます。ですが、これくらい問題ありませんので」

会釈をして通り過ぎようとしたところ、ひょいっと荷物を奪われた。

「遠慮しなくていいよ。重い荷物を持っているレディを放っておくわけにはいかないからね」

穏やかに微笑むネロからは、下心は感じられない。善意からの行動なのだろう。

「どこまで運べばいい？」

陽葵が固まっている隙に、もう一つの袋も奪われる。ここまで来ると、わざわざ断る方が面倒だ。

「中央広場の馬車乗り場まで」

「了解」

荷物が重かったのは事実だ。ここは素直に厚意に甘えることにした。

距離を取りながらネロの隣を歩くと、先日の話題を振られる。

「この間はルナの相談に乗ってくれてありがとう。迷惑じゃなかったかい？」

「迷惑なんてとんでもない。私もルナさんに協力したいと思っているので」

「そうか、ヒマリは優しいいんだね」

しれっと呼び捨てにされたことに引っかかったが、指摘はしないでおいた。ネロは人と距離を詰めるのが異様に上手い。やはりこの男は油断ならない。

警戒しながらネロの隣を歩いていると、二人組の子供が陽葵の隣を追い越した。五歳前後の男の子と女の子が手を繋いで走っている。

元気だなぁと思いながらしみじみ眺めていると、男の子が石畳に躓《つまず》いて派手に転んだ。膝を擦りむいたのか、男の子は大通りの真ん中で泣き始める。

「大変！」

陽葵が駆け寄ろうとした途端、ネロが先に男の子のもとへ駆け寄った。男の子のもとまでやって来ると、ネロはその場でしゃがんで声をかける。

「大丈夫かい？　派手に転んだね」

「ふぇぇぇぇ！　痛いよぉ！」

男の子は地面に転んだ状態で泣きじゃくっている。隣にいた女の子はオロオロしていた。

「あー、膝を擦りむいているね。これは痛いね」

怪我《けが》の具合を見たネロは、男の子をひょいっと持ち上げて、道路の脇に移動させる。懐から白いハンカチを取り出すと、怪我をした箇所に巻き付けて止血をした。

「とりあえず、これで大丈夫」

ネロはにっこり微笑みながら男の子の頭をポンと撫でる。男の子は膝とネロを交互に見つめながらお礼を言った。

「ありがとう、ネロ」

「うん、どういたしまして」

応急処置を終えると、子供達は「ネロ、ばいばい」と手を振りながら去っていった。一部始終を見ていた陽葵は、ネロに近付く。

「意外と優しいんですね」

「意外と？」

「ああ、いえ。優しいんですね」

陽葵が言い直すと、ネロはクスクスと可笑しそうに笑った。女好きのチャラ勇者かと思いきや、優しい一面もあるらしい。

とはいえ油断は禁物だ。再び歩き出したタイミングで、陽葵は気になっていたことを尋ねてみた。

「聞いてもいいですか？」

「なんだい？」

「ルナさんのことをどう思っているんですか？」

「そりゃあ、愛しているよ」

即答された。ネロは表情一つ変えず、当然のことのように答えた。

「でも、他の女性も口説いてるそうじゃないですか」

ルナのことを愛しているなら、他の女性を口説くことなんて軽率な真似はしないはずだ。そんな常識に捉われながら尋ねると、意外な言葉が返ってきた。

「昔から素敵な女性がいたら口説けと教えられてきたからね」

ネロは悪びれる様子もなくサラッと答えた。そこで陽葵はルナの言葉を思い出す。

ネロは初代勇者の血を引いている。あちこちの女性に言い寄っているのは、初代勇者の血を絶やさないためなのかもしれない。

だけど事情を知ったからとはいえ、簡単に納得できるものではない。ネロの行動が原因でルナが傷ついているのは紛れもない事実なのだから。

「ルナさん言ってましたよ。あなたが他の女性を口説いている姿を見ると嫉妬してしまうって」

「ルナがそんなことを……」

どうやら気付いていなかったらしい。鈍感なのもそれはそれで問題だが、自覚がなかったのなら話し合いの余地はありそうだ。ネロは深刻そうな表情をしながら腕組みをする。

「そうか、ならばこれからは、ルナに見えないところで口説くとしよう」

「いやいや、余計にたちが悪い！　本当に嫌われますよ？」

斜め上の発想に、陽葵は頭を抱えた。呆れる陽葵とは裏腹に、ネロは穏やかに微笑んだ。

「そうならないように努力するさ。もし逃げられたとしても、全力で追いかける」

陽葵は顔を上げる。ネロは迷いのない瞳で言葉を続けた。

「僕はルナのことを世界で一番愛している。だから誓ったんだ。この身が朽ち果てるまで彼女を守ると」

歯の浮くようなセリフだ。だけど好きな相手からそんな言葉をかけられたら、舞い上がってしまうのかもしれない。

ほんの少しだけネロに対する印象が変わった。言動はチャラいけど、ルナのことはちゃんと愛しているようだ。根本的に悪い人ではないのだろう。ただ、陽葵とは価値観が大きく違うだけだ。

小さく溜息をつきながら歩いていると、ネロは何気なく呟いた。

「君は不思議な子だね」

「そうですか？」

「この国にはない不思議なものを発明するし、他の女性とは少し違った考え方をする。君みたいな子には初めて会った」

一体何が言いたいのだろう？　チラッと表情を窺うと、ネロににっこりと微笑みかけられた。

「だけどなぜだろう。君は僕と同じ匂いがする」

「同じ匂い？」

「うん、もしかして故郷が一緒なのかな？」

この国で生まれ育ったネロと故郷が一緒なんてことはあり得ない。陽葵は大きく首を振った。

「そんなはずはありません。私は『東京』という場所で生まれ育ったんですから」

ネロは驚いたように息を呑《の》む。かと思えば、目を細めてどこか嬉しそうに微笑んだ。

「トウキョウ……そうか。だからか……」

どういう意味かと聞き返そうとした時、背後から聞き覚えのある声が聞こえた。

「ネロ……貴方という人は、ヒマリさんにまで手を出すなんて……」

振り返ると、ルナがプルプル震えながらネロを睨みつけていた。陽葵とネロが一緒にいる現場を目撃して、おかしな誤解をしているのかもしれない。

「ルナさん、誤解です！　これはそういうのではなくて……」

「ヒマリの言う通りだ。まだ手は出してない」

「まだ？」

ネロの余計な一言を、ルナは聞き逃さなかった。マズイ、と思った時にはルナの怒りは頂点に達していた。

「貴方はいつもいつも……。もう、知りませんっ！」

潤んだ瞳でキッと睨みつけると、ルナは踵を返して走り出した。

「待って、ルナさん！」

「ルナ！」

陽葵はネロから荷物を奪い取り、ルナの後を追いかけた。

ルナは銀色の髪を揺らしながら大通りを走る。通りを歩いていた人々は、何事かとルナに注目した。陽葵も見失わないように必死で追いかけた。

大通りを曲がって小道に入ったところで、陽葵はようやくルナに追いつく。

「ルナさん！」

陽葵の声でルナが振り返る。青色の瞳には、涙が滲んでいた。

「ヒマリさん……」

「あの、誤解ですよ！　勇者様とは偶然会って、荷物を運んでもらっていただけですから！」

やましいことはないとはっきりと伝えると、ルナはハンカチで涙を拭いながら頷いた。

「分かっています。ヒマリさんがネロに靡くはずがないってことは……。二人の関係を本気で疑っているわけではありません」

「それじゃあどうして……」

誤解をしていないのなら、わざわざ逃げる必要なんてないはずだ。ルナの真意が知りたくて、理由を尋ねた。

「二人が話している時、ネロがヒマリさんに笑いかけたでしょう？　その表情を見た時、抑えきれないほどの嫉妬心に支配されたんです」

陽葵は先ほどの出来事を振り返る。確かにネロからは笑いかけられたけど、それはほんの一瞬の出来事だ。お互い特別な感情を抱いていたわけではない。

陽葵からすれば気に留《とど》めることのないひとコマでも、ルナにとっては嫉妬してしまうような出来事だったようだ。

「こんな自分が情けなくて。このままではいつかネロを縛り付けてしまいそうで怖いんです」

聖女様の愛は、陽葵が想像していた以上に重いようだ。一歩間違えば、破綻に繋がりかねないほどに。

そんな自分の一面に気付いてしまったからこそ、不安に駆り立てられているのだろう。真面目過ぎる性格も、深刻に考えてしまう原因なのかもしれない。

陽葵には、ルナのように誰かを深く愛した経験がない。だから本当の意味でルナの悩みに寄り添ってあげることはできなかった。

それでもルナの心に潜む不安を、ほんの少しでも振り払ってあげたかった。何かいい方法がないかと考えた時、ふとあるアイデアが浮かんだ。

「ルナさん、もしよろしければ、今夜コスメ工房に遊びに来ませんか？」

「今夜ですか？　随分急ですね。何をなさるんですか？」

「みんなでお泊まり会……いや、バチェロレッテパーティーをしましょう」

「ばちぇろ……なんですかそれ？」

陽葵の唐突な提案に、ルナはきょとんとしながら首を傾げる。戸惑うルナに、陽葵は熱を持って伝えた。

「結婚前に友達同士で集まってパーティーをすることです。みんなで美味しいものを食べて、お喋りしながら楽しく過ごすんですよ！」

もとの世界にいた頃、海外の映画でバチェロレッテパーティーを開くシーンを見たことがある。

女同士で集まって楽しく過ごしているシーンを見て、いつかやってみたいと思っていた。本来は独身最後の夜に開くものだが、前倒しでやっても問題ないだろう。

今回はルナを元気づけることが一番の目的だ。みんなとお喋りをする中で不安を吐き出したら、少しは心が軽くなるかもしれない。

「どうですか？　ルナさん」

「パーティーというのは楽しそうですが、急にお邪魔したらご迷惑では？」

「気にしないでください！　私ももっとルナさんとお話したいと思っていたので、ちょうどいいです」

ティナに相談せずにパーティーの開催を決めたら文句を言われそうだけど、事情を話せば分かってくれるはずだ。素っ気ないように見えて、根は優しい魔女さんなのだから。

歓迎モードの陽葵を見て、ルナの表情が和らいだ。

「では、お言葉に甘えさせていただきます」

「じゃあ決まりですね！　せっかくなので、みんなにも声をかけてみましょう！」

陽葵はよしっと意気込みを見せる。せっかくパーティーを開くなら、賑やかな方がいいだろう。

陽葵は軽やかな足取りで大通りを歩いた。

「まったく……。お前のやることは、いつも突拍子がないな」

ティナから呆《あき》れ顔《がお》を向けられた。にこにこと呑気に笑う陽葵の後ろには、ルナとロミがいる。

あの後、ロミをパーティーに誘ったところ、二つ返事でオーケーしてくれた。店に戻ってから、ティナに事情を説明し、店番をしていたリリーにも声をかけて参加者をもう一人確保。あっという間にメンバーを集めた陽葵を見て、ティナは呆れたように溜息をついた。

できればアリアとセラもお誘いしたかったが、わざわざ王宮まで誘いに行く勇気はなかった。王女様を一晩おもてなしする自信もない。

全員集合することは叶わなかったが、陽葵、ティナ、ルナ、ロミ、リリーの五人でパーティーをすることになった。

お店を閉めてから、さっそく準備を始める。夕食の材料は町に出た時に調達してきた。みんなで手分けをしながら料理を始めた。

「あの、ヒマリさん。サラダは私が盛り付けますね」

「ありがとー！　リリーちゃん。助かるよ」

「パスタの味付けは、これで大丈夫でしょうか？　ロミさん、味見してみます？」

「はい！　あむ……んんっ！　美味しいです！　聖女様はお料理もお上手なんですね！」

「お口に合って良かったです！」

「おおっ、今日のメインディッシュはローストビーフか！」

「ティナちゃんはお肉が食べたいかなって思ったから、お肉屋さんで買ってきたんだよ」

キッチンに集まって、料理をしている時間は楽しい。みんな手際が良いこともあり、陽が落ちる頃にはテーブルには色とりどりの料理が並んだ。

「わぁ！　美味しそう！」

「だな」

両手を合わせながら楽しそうに笑う陽葵の隣で、ティナがごくりと喉を鳴らした。ジュースの入ったグラスを配ってから、さっそくパーティーを始める。

「ルナさんの幸せを祈って、カンパーイ」

「カンパーイ！」

ロミが元気よくグラスを掲げる。ルナとリリーも控えめにグラスを持ち上げた。

美味しい食事を囲みながら、ガールズトークに花を咲かせる。話題の中心は、本日の主役であるルナだった。

「聖女様！　勇者様との馴《な》れ初《そ》めを聞かせてください！」

ロミがうずうずしながらリクエストする。陽葵もキランと目を輝かせながら手を挙げた。

「それ、私も聞きたいです！」

二人から期待の眼差しを向けられると、ルナはおろおろと狼狽える。

「ええ!?　馴れ初めですか？」

ルナは助けを求めるようにティナに視線を向けたものの、あいにくローストビーフに夢中で気付かれることはなかった。リリーもわくわくした眼差しでルナを見つめている。みんなから期待されると、ルナは覚悟を決めたかのように話し始めた。

「少し長くなりますが、聞いてもらえますか？」

「聞きます、聞きます！」

夜はまだまだ長い。二人の馴れ初めをじっくり聞く時間は十分ある。

陽葵が促すと、ルナは自身の生い立ちから話を始めた。

「私は王都より西にある田舎町の教会で生まれました。生まれつき癒しの能力を宿していたため、町の人々からは聖女と呼ばれていました」

「癒しの能力!? 凄い！ 怪我とか病気とか治せるんですか？」

またしてもファンタジー要素満載の話が飛び出して、陽葵は目を輝かせる。陽葵から尊敬の眼差しを向けられると、ルナは遠慮がちに微笑んだ。

「まあ一応。何でも治せるわけではないんですけどね」

「だとしても凄いです！」

陽葵が感心していると、ルナはどこか影を含んだ表情で視線を落とした。

「今でこそ勇者パーティーの回復要因として重宝されていますが、故郷にいた頃は擦り傷を癒す程度の小さな能力しかなかったんです。一方、二つ年下の妹は、私よりも強い力を持っていました。そのせいで、私は無能扱いをされてきました」

「無能って、そんなの酷《ひど》い……」

話の雲行きが怪しくなってくる。重い話が飛び出して、陽葵達は笑顔を引っ込めた。

才能ある妹と比べられ、霞《かす》んでしまう姉。ファンタジー世界だけでなく、もとの世界でもよく聞く話だ。身近な場所に比較対象がいれば、比べられてしまうのは仕方ないのかもしれないが。

「周りからはいつも比べられて、私はいらない子だと言われてきました。あの町には、私の居場所なんてなかったんです」

能力が低いだけでいらない子扱いは酷い。当時のルナの心境を想像すると胸が痛んだ。

「そんな状況から救い出してくれたのが、ネロだったんです。あれは私が十五歳の時でした。旅の途中で私の故郷に立ち寄ったネロは、会って早々私にこう言いました。『君のような美しい女性は初めて見た。僕と一緒に旅をしてくれないか』って」

「あははは……あの人なら言いそうですね」

初対面のルナを口説いているネロの姿は容易に想像できる。あの男なら、速攻口説きに行くに違いない。

「初めは断りました。見知らぬ人と旅なんてできませんからね」

「ですよね」

当然だ。相手が胡散臭《うさんくさ》いチャラ勇者なら尚《なお》のこと。だけど、そんな考えを変えるような出来事が起こった。

「そんな中、事件が起こりました。妹が大切にしていた水晶のペンダントが紛失したのです。家族からは、私が犯人なんじゃないかと疑われました」

「え!?　ルナさんがそんなことするはずないじゃないですか」

「もちろん私は盗んでいません。ですが何故《なぜ》か私の部屋から水晶のペンダントが出てきました。今考えれば、あれは妹の自作自演だったのでしょうね。私がいくら弁解しても誰も聞き入れてもらえませんでした。最終的に盗人《ぬすっと》扱いされた私は、家から追い出されました」

「ひどいです……」

リリーが気の毒そうに眉を下げる。その隣でロミも頷いていた。

二人の反応を見て、ルナは力なく笑う。重苦しい空気が流れたが、ここから話の流れが変わり始めた。

「行き場を失った私は、ネロと再会しました。ネロは落ち込んだ私を励ましてくれて、もう一度一緒に旅をしないかと誘ってくれたのです。とても悩みましたが、行き場を失くした私は彼を信じて一緒に旅をすることに決めました」

家から追い出されたなら、そうする他ないのかもしれない。陽葵が同じ立場だったとしても、似たような選択をすると思う。

「それからです。私の才能が開花したのは」

「才能？」

「ええ。私の癒しの能力は愛情に比例することが分かったのです。対象者に深い愛情を抱いていれば、大きな力を発揮できることが判明しました」

つまりネロに愛情を抱いたことで、ルナは才能を開花させたというわけか。ルナは穏やかに微笑みながら話を続ける。

「それからは勇者パーティーの一員として旅をしました。ご存知の通り、ネロは綺麗な女性を見つけると口説きに行きますが、困っている人を放っておけなかったり、仲間がピンチに晒された時には身を挺《てい》して守ったりと、素敵なところもたくさんあるんです」

「ちゃんと勇者をやってたんですね」

「ええ。私にとっては尊敬できる人です」

そう話すルナは、恋する乙女だった。美しい聖女様にこんな表情をさせるネロは、ただのチャラ勇者ではなさそうだ。

「それから先日のお話にもあがったコルド山脈のクエストに行きました。ドラゴンが目覚める前に再封印をする予定だったのですが、予想よりも早く封印が解けてしまって、ドラゴンが復活してしまいました」

「それって大変なことなんじゃ……」

「ええ。私達はドラゴンを食い止めようと闘いました。ですがドラゴンの力があまりに強大で劣勢に追い込まれました。そんな状況でも、ネロは諦めずに最前線で闘ったのですが……」

ルナは言葉に詰まらせる。どうしたのかと様子を窺うと、ルナは視線を落としながら小さく震えていた。

「ネロは不意を突かれて瀕死《ひんし》の状態に陥りました」

当時の記憶を思い出したのか、ルナの手は震えていた。当然だ。目の前で仲間が死にかけたなら。

「ネロに死んでほしくないという一心で、私は癒しの力を送り込みました。私の持てる力を全て使ってでも、ネロを助けたかったのです」

「力を送り込むってどうやって？」

疑問を口にすると、ルナは視線を泳がせる。それから小さな声で白状した。

「その……口付けで」

「………わお」

思いのほか情熱的な蘇生《そせい》方法で驚いた。陽葵が驚く一方で、ロミは尻尾をブンブン振り回しながら「きゃー！」と悲鳴を上げていた。その尻尾がリリーに激突している。

聞いている側ですら気恥ずかしいのだから、当事者であるルナはもっと恥ずかしいに違いない。

案の定、両手で顔を覆いながら悶えていた。

「ええっと、ネロさんが健在ということは、無事に蘇生できたんですね」

陽葵が尋ねると、ルナは顔を覆っていた手を離して頷いた。

「はい。無事に蘇生させることができました。その後は、応援に駆けつけてくれた隣国の騎士団の助けもあり、ドラゴンの封印に成功しました」

「それならよかったぁ」

決着が付いたようで、胸を撫でおろした。だけど話はまだ終わりではないようで、ルナは躊躇いがちに話を続ける。

「全て決着がついた後に、ネロから言われたんです。『僕と結婚してほしい。この身が朽ち果てるまで君を守ると誓うよ』と。私の瞳の色と同じ、サファイアの指輪を差し出しながら」

ルナは左手の薬指に嵌められた指輪を見せる。それは以前陽葵が拾ったものだった。

「ブカブカなんですけどね」

ルナは茶目っ気のある表情で笑う。ルナの笑顔につられるように、陽葵も微笑んだ。

「素敵な馴れ初めですね。ネロさんのこと、ちょっとだけ見直しました」

「あら、ちょっとだけなんですね」

「ええ、ちょっとだけ」

陽葵が言い切ると、リビングは笑い声で包まれた。

ルナの話を聞いて、二人が強固な絆《きずな》で結ばれていることが分かった。だからこそ、言えることがある。

「苦難を乗り越えたお二人なら、夫婦になっても上手くやっていけるはずです。自信を持ってください」

当初は心配していたルナの結婚だが、今は二人の結婚を心から祝福している。二人にはこの先も幸せになってほしいと願っていた。

「ね、ティナちゃん」

「んぐ？」

黙々とローストビーフを食べていたティナが顔を上げる。

「あのー……ティナちゃん。ルナさんの話聞いてた？」

「何の話だ？」

陽葵はガックリ肩を落とす。肉に夢中で聞いていなかったようだ。どうりで会話に入ってこなかったわけだ。魔女さんは恋愛トークにはあまり興味がないらしい。

「ごめんなさい、ルナさん」

「いえいえ、いいんですよ！　魔女様には退屈な話だったようですね」

陽葵が代わりに謝ると、ルナは遠慮がちに手を振った。気を遣われていることに気付き、余計に申し訳なくなった。

食事を終えてからは順番にお風呂に入り、まったりとした時間を過ごしていた。パステルカラーのパジャマに身を包んだ陽葵とルナは、ハーブティーを片手にお喋りをする。

「ヒマリさん。今日はお誘いいただき、ありがとうございました。皆さんとお話して、少し気が楽になりました」

「それは良かったです！　今日のお話でルナさんがネロさんのことを心から愛していることが伝わってきました」

「心から愛しているなんてっ、人から指摘されると恥ずかしいですね……」

ルナは赤くなった頬を押さえながら恥じらっていた。そんな姿も可愛いなと思いながら、陽葵は伝える。

「ルナさんが悩んでいるのは、ネロさんの幸せを心から願っているからだと思います。だから、自分の存在が幸せの妨げにならないか不安になってしまったんですよね？」

「そう、なのかもしれませんね……」

大好きだからこそ、幸せになってもらいたい。だけど自分が幸せを与えられる存在なのか分からなくなってしまったのだろう。そこでふと、過去のやりとりを思い出した。

『こんな私でいいのかな？』

結婚式を挙げる直前、お姉ちゃんがそう呟いていた。いつもは自信に満《み》ち溢《あふ》れたお姉ちゃんが、そんな後ろ向きな発言をするのは意外だった。

『マリッジブルーね』

お母さんは達観した口調で言い当てる。そのまま三人分のコーヒーをテーブルに置いた。

確かあの時、お母さんはこんな風に言っていた気がする。

「なるようになるよ」

陽葵の言葉に、ルナは驚いたように目を見開いた。

本来であれば、もっと建設的なアドバイスをした方が良いのかもしれない。だけど恋愛経験の乏しい陽葵にはアドバイスなんてできないし、夫婦関係のアドバイスなんてもっとできない。そもそも未来のことなんて誰にも分からないのだから。

上手くいくと確信していたのに、思いもよらない場所で躓いてしまうこともある。反対に、先行きが不透明だったのに、いつの間にか上手くいっていることもある。かつての陽葵がそうだったように。

何も起こっていないうちから思い悩むのはナンセンスだ。考えすぎて前に進めなくなるよりは、なるようになるとドンと構えながら進んだっていい。

こんなアドバイスが役に立つのかは分からないが、陽葵は自分なりの考えを伝えた。

「結婚って人生を左右する大きな出来事なので、不安になってしまう気持ちも分かります。だけどルナさんがネロさんの幸せを心から願っているのであれば、きっといい意味でなるようになると思います」

「いい意味で、なるようになる」

ルナは陽葵の言葉を繰り返す。心の中に渦巻いた不安が、ほんの少しでも晴れればいいと願っていた。

しばらく考え込んでから、ルナはどこか吹っ切れたように微笑んだ。

「ヒマリさんの言う通りですね。考えすぎても苦しくなるだけですね。なるようになると、気楽に考えてみます」

ルナの表情に笑顔を戻って安心した。どんなに美しいドレスや化粧で着飾っても、花嫁が暗い顔をしていたら台無しだ。ルナには最高の笑顔で結婚式に臨んでもらいたかった。

「その意気です！　結婚式では、ネロさんが目移りしなくなるくらい綺麗になりましょうね！」

陽葵は拳を握って意気込みを見せる。力強く宣言する陽葵を見て、ルナは目を細めながら嬉しそうに微笑んだ。

「はい！」

方向性が定まったところで、ルナはハーブティーを一口含む。カップをテーブルに置くと、しみじみと話した。

「それにしても、ヒマリさんは不思議な方ですね。この国に存在しないものを次々と発明されているんですから。ヒマリさんの発想力には驚かされるばかりです」

そこまで賞賛されるようなものではない。陽葵だってイチから全て考えているわけではないのだから。陽葵は謙遜するように、自らの事情を明かした。

「実は私、異世界転移者なんです。もとの世界での知識をこの世界で活かしているだけなんですよ」

異世界から来たことは、別に隠しているわけではない。さらっと告げると、ルナからは特段驚かれることなく受け入れられた。

「あら、そうだったんですね。もとの世界には、いつお帰りに？」

「それが、帰る方法が分からなくてー……」

「何を仰っているんです？　満月の夜に光のゲートに飛び込めばいいのでは？」

「…………ん？」

今さらっと衝撃的なことを言われた気がする。真相を確かめるべく、陽葵は聞き返す。

「ルナさん、今なんて？」

「だから、満月の夜に光のゲートに飛び込めばいいと」

陽葵は固まる。理解が追い付かない。しばらく沈黙が流れた後、陽葵は叫んだ。

「えぇー!?　ルナさん、もとの世界に帰る方法をご存知なんですか!?」

ルナはもとの世界への帰り方を知っていた。さらっと軽く、誰もが知っている常識のように告げた。

陽葵は口をあんぐり開けて固まる。その反応を見て、ルナはハッと思い出したかのように言葉を続けた。

「この話を知っているのは初代勇者様の一族と王宮の方々だけでしたね。ヒマリさんがご存知ないのも無理はありません。私もネロから聞いて、初めて知ったことですし」

「どうしてそこに初代勇者が出て来るんですか？」

「過去に魔王討伐をした勇者様も異世界転移者でしたからね」

「なんと！」

異世界転移からの魔王討伐。そんなファンタジー小説の王道のような展開が本当に起きていたなんて信じられない。情報量が多すぎて、頭がパンクしそうだ。

「どうしました？　ヒマリさん」

「何か事件でも……？」

お風呂から上がったロミとリリーがリビングにやって来る。わなわなと震える陽葵を見て、心配そうに首を傾げた。

突如帰り方が発覚して驚きを隠せないが、いつまでも呆《ほう》けているわけにはいかない。陽葵はロミのもとに駆け寄って尋ねた。

「ティナちゃんは！　ティナちゃんはどこに？」

「ええっと、魔女様なら寝室で魔導書を読んでいましたよ」

「ありがとう！」

ロミから居場所を教えてもらうと、陽葵はリビングから飛び出した。

「ティナちゃん！」

体当たりするように寝室の扉を開けると、ティナは肩が飛び上がらせた。

「なんだ急に？」

「分かったの！」

「はあ？　何が？」

ティナは怪訝そうに眉を顰める。興奮が冷めぬまま、陽葵は事実を伝えた。

「もとの世界に帰る方法が分かったんだよ！」

アメジストの瞳が大きく見開かれる。瞬《まばた》きもせず、時が止まったかのようにフリーズしていた。


寝室にみんなが集まったところで、陽葵は改めて自身の境遇を語った。

この世界とは違う世界で生まれ育ったこと、光に吸い込まれてこちらの世界にやって来たこと、森でティナと出会って居候することになったこと。たったの数ヶ月前の出来事なのに、なんだか遠い昔の話をしているような気分になった。事情を知ったロミとリリーも心底驚いていた。

「まさかヒマリさんが異世界転移者だったなんて」

「全然気付きませんでした……」

「話すのが遅くなってごめんね。隠していたわけじゃないんだけど、言うタイミングがなくて」

化粧品作りに夢中になって、自身の境遇について話すことを忘れていた。本来であれば、もっと早く伝えておくべきだったと反省した。

「ルナさんの仰っていた光のゲートって何ですの？」

ロミが小さく手を挙げて尋ねると、ルナはあっさりと教えてくれた。

「光のゲートとは、二つの世界を繋ぐ扉です。こちらの世界とあちらの世界が同時に満月になった時に光のゲートが開きます」

「ゲートが開く場所はどこなんですか？」

「そこまでは分かりかねます。光のゲートが開く地点は毎回変わりますし、どこに開くのかは国の機密事項ですから。王宮の方々しか知り得ないかと」

「王宮の方々？」

ルナの話を聞いて、第三王女のアリアのことを思い出した。

「アリア様に聞いたら、光のゲートが開く日時も分かりますかね？」

「その可能性は高いでしょうね」

ルナは頷く。もとの世界に帰ることが現実的になってきた。

そんな中、リリーがおずおずと尋ねる。

「あの、ヒマリさんは、もとの世界に帰ってしまうのですか……？」

陽葵は返答に詰まる。すぐに肯定することはできなかった。

もとの世界に帰る方法が分かったことは嬉しい。正直、ホッとしている。だけど、いざ帰る方法が分かると足踏みしてしまう自分もいた。この世界での生活があまりに楽しかったからだ。

陽葵はふとティナに視線を向ける。みんなの輪から少し離れた場所で座っていたティナは、陽葵の視線に気付いた。言葉を発することはなく、素っ気なく視線を逸らされる。ティナが何を考えているのか分からなかった。

「とりあえず、アリア様に会って光のゲートが開く日時を聞いてみるよ……」

まずは情報を集めることにした。それからのことは、じっくり考えればいい。


翌日。陽葵とティナは、王宮へ向かった。アポなしで会えるか不安だったが、コスメ工房の名前を出すと、あっさりと通してもらった。

シャンデリアが煌めく絢爛豪華《けんらんごうか》な客間に通されてガチガチに緊張していると、すぐにアリアがやって来た。さっそく事情を説明すると、アリアは椅子から飛び上がりながら叫んだ。

「ええー！　ヒマリって異世界転移者だったの？」

「なるほど。この国にはない不思議なものを発明していると思ったら、そういう事情があったのですね」

納得しているセラの隣で、アリアはむっとしながらヒマリを咎めた。

「もうっ！　そういう大事な話は、最初に言うべきでしょう？」

「うう……そうですよね。スミマセン……」

アリアと出会った時に異世界から来たことを話していれば、もっと早く帰り方が判明していた。

それ以前に、この世界に来た段階で王宮に足を運んでいれば、すぐにでも帰れたのかもしれない。

それにもかかわらず、陽葵は森に留まり、ティナの家に居候していた。

ＲＰＧで例えるなら、チュートリアルを無視して、勝手に冒険を始めた状況だ。やはりチュートリアルは無視してはいけない。

陽葵は改めてアリアと向き合って、本題に入る。

「突然お邪魔したのは他でもありません。アリア様には、光のゲートが開く場所と日時を教えていただきたいんです」

ここに来た目的を明かすと、アリアはすぐに頷いた。

「ええ、確認してみるわね。すぐに分かると思うから、ここで待っていてちょうだい」

「ありがとうございます！」

陽葵がお礼を告げると、アリアとセラは慌ただしく客間から出て行った。

しんと静まり返る中、陽葵は出された紅茶に口を付ける。もうすっかり冷めてしまった。ふうっと一息ついてから、陽葵はティナに話を振った。

「まさかこうもあっさり、もとの世界に帰る方法が見つかるなんてね」

「こんなことなら、もっと早く相談していれば良かったな」

「だね」

やはり考えていることは同じだったらしい。コスメのことで頭がいっぱいで、随分遠回りをしてしまった。

「だけど、良かったじゃないか。帰る方法が見つかって」

ティナは何食わぬ顔で紅茶を飲む。カップをソーサーに置くと、淡々とした口調で続けた。

「店のことなら心配するな。今販売しているコスメのレシピは全部頭に入っている。私とリリー、それにロミの手伝いもあれば、回していけるだろう」

ティナは、この世界から陽葵がいなくなることを受け入れている。引き留めようという素振りは見せなかった。それはティナがクールな魔女さんだからだろうか？

寂しくないの、と尋ねようとしたところで、客間の扉が開く。

「光のゲートが開く場所と日時が分かったわよ！」

アリアとセラが客間に戻ってきた。宣言していた通り、すぐに判明した。

ごくりと身構える陽葵に、アリアは告げた。

「次に光のゲートが現れるのは、ラベンダー農園よ。日時は十日後の満月の夜」

「十日後!?」

予想以上に日時が迫っていて驚いた。十日後にはみんなとお別れしないといけないということだ。

そう考えると、手放しには喜べない自分がいた。

王宮から帰った後は、いつも通り夕食を済ませて、お風呂に入り、ベッドに潜った。普段ならすぐに眠れるのに、今日は目を閉じても一向に寝付けなかった。頭の中では、同じような問いが何度も繰り返される。

(私はもとの世界に帰りたいのかな?)

陽葵は迷っていた。もとの世界に帰ることは、自分にとって最善の選択なのだろうか? 役に立っているのか分からない職場で、夜遅くまでヘトヘトになりながら働く日々。そんな生活に戻りたいのだろうか? いっそのこと、この世界に留《とど》まっていた方が幸せな気がした。

だけどそんなのは我儘だ。いつまでもティナの家に居候していたら、迷惑に決まっている。『もとの世界に帰るまで』という期限付きで居候させてもらっていたのだから。

帰るか、帰らないか。その二択を突きつけられたら、帰るのが妥当なんだろう。この世界は、本来自分がいるべき場所ではないのだから。

陽葵はベッドから起き上がり、窓辺に移動する。夜風に当たろうと窓を開けた。

夜空には無数の星が輝いている。東京では見ることのできない満天の星をぼんやりと眺めていた。

冷たい夜風を受けながら夜空を眺めていると、お風呂から上がったティナが寝室に入ってきた。

「何やってるんだ?」

「んー? 寝付けないから夜風に当たっていたの。ほら見て、星が綺麗だよ」

「どれ」

ティナが隣にやって来て、夜空を見上げる。

「本当だ。今日は一段と綺麗だな」

アメジストの瞳に星が宿る。夜風が吹き込むと、長い黒髪がふわっと揺れた。その姿は息をのむほど美しい。

「うん、綺麗だね」

陽葵はティナの横顔を眺めながら呟いた。するとティナは、何かを思いついたかのように、両手を前にかざす。

「どれ、もっと近くで見るとするか」

どういう意味か分からずに瞬きをしていると、ティナは呪文を唱えた。

「アピュアブルーム」

手元に箒を召喚したかと思うと、窓枠に足をかける。その直後、軽い身のこなしで窓の外に飛び降りた。

「ええー！　ティナちゃん!?」

突如飛び降りたティナに驚き、陽葵は窓から身を乗り出す。重力に従って落下したティナだったが、地面に落ちる直前に箒に跨り、ふわっと浮遊した。箒に跨ったティナはぐんぐんと上昇し、二階の窓の高さまで戻ってきた。

そこで陽葵は思い出す。魔女さんは箒で空を飛べることを。

「はあ……びっくりしたぁ」

大事に至らず、ほっと胸を撫でおろす。そんな陽葵を見て、ティナはおかしそうに笑った。

「驚きすぎだ」

「だって急に飛び降りるから」

「箒で飛べることは知ってただろう？」

「そうだけどさー」

　飛べることは知っていたけど、予告なしで窓から飛び降りたら誰だって驚く。小さく息をつきながら、陽葵は屋根の高さまで浮遊したティナを見上げた。

　箒に跨り夜空に浮かぶ光景は幻想的だ。だけど特等席を独り占めしているみたいで、ちょっとずるい。

「ティナちゃんばっかりずるーい」

　窓から身を乗り出しながら抗議をすると、ティナはクスッと笑いながら陽葵を見下ろす。

「悔しかったら、ここまで飛んでこい」

「できるわけないでしょ？」

「だろうな。ただの人間だもんな」

　なんだか馬鹿にされた気がする。陽葵がむっとしていると、ティナが肩を竦めながら窓辺まで降りてきた。

「そんな顔するな。ほら、こっちに来い」

「え？」

　ティナはこちらに手を差し伸べている。手のひらと顔を交互に見ていると、意外な言葉をかけられた。

「乗せてやる」

箒の後ろに乗せてくれるということだろうか？　それはいい！

陽葵は窓枠によじ登ってティナの手を取ると、勢いよく箒に飛び乗った。

「おい、急に飛び乗るな！」

「わあっ！」

陽葵が箒に飛び乗ったことで、ティナはバランスを崩す。重力に従って急降下し、地面すれすれを低空飛行した。そこで何とか体勢を立て直す。

「お前はもっと慎重に行動しろ！　一歩間違えば大怪我をしていたぞ！」

「あははー、ごめんごめん。箒に乗せてもらえるって思ったら嬉しくって」

一瞬ヒヤッとしたけど、無事に箒に乗れた。

二人を乗せた箒は、屋根を越え、木々を越え、高く上昇する。気付いた時には、遮るものは何もない星空の中にいた。まるで宇宙空間に放り出されたような感覚だ。

「魔法って、やっぱり凄い」

素直に賞賛すると、ティナは前を向いたまま肩を震わせて笑う。

「喜んでもらえて良かった」

少し冷たい夜風が頰を撫でる。陽葵は星空を眺めながら、これからのことを考えていた。

もとの世界に帰るとなれば、ティナともお別れしなければならない。それはとてつもなく寂しいことだ。できることなら、ずっと一緒にいたい。だけど、もとの世界にも少なからず未練があった。

「迷っているのか？」

ティナから尋ねられる。心を見透かされたようで驚いた。魔法の力かとも疑ったが多分違う。店に戻って来てからずっと浮かない顔をしていたから、気付かれてしまったのだろう。

「分からなくなっちゃったんだ」

胸の内に渦巻いていた不安を明かしてみる。ティナがどんな反応をするのか興味があった。

クールな魔女さんのことだから、素っ気なくあしらわれてしまうと思いきや、ティナは寄り添ってくれた。

「お前のいた世界は、物凄く忙しいんだったな」

「うん。覚えていてくれたんだ」

「まあ、それくらいは」

もとの世界の話は、以前明かした。適当に聞き流されていたように思えたけど、覚えていてくれたようだ。

「忙しいのは面倒だな。誰かにこき使われて、休む間もなく働かされるのはごめんだ。私だったら速攻逃げ出すだろうな」

「ティナちゃんは社畜耐性なさそうだもんね」

「なんだ、それは？」

「こっちの話。気にしないで」

ティナから同情されているのは分かる。だけどそこに付け入るのは、ずるいような気がした。いつまでもティナに甘えているわけにはいかない。

「また忙しい生活に戻るのは憂鬱だけど、いつまでもご厄介になっているわけにはいかないもんね。仕方ないから、もとの世界に帰るよ」

明るく振る舞いながら伝えたものの、ティナからは返事がない。話は終わりかと思いきや、そうではなかった。ティナは背中を向けたまま、ぽつりと呟く。

「別に、ここにいたって構わない」

「え？」

意外だった。ティナからは、さっさと帰れと言われるとばかり思っていたから。

「私がいたら、迷惑じゃないの？」

「迷惑ではあるな。お前がいるだけで騒がしいし、次から次へと人を呼び寄せるから堪ったもんじゃない。これじゃあ、のんびり読書もできない」

「それならどうして？」

迷惑なのに家に置いておく意味が分からない。ティナの真意を知りたくて尋ねてみる。

しばらく沈黙が続いた後、ティナはぽつりと答えた。

「ヒマリがいると、退屈ではないからな」

その一言で、ティナの境遇を思い出す。陽葵がこの世界にやって来る前は、ティナは一人で魔法薬店を営んでいた。そんな日々は、陽葵がやって来たことで変わった。

コスメ工房を始めてからは、次から次へと依頼が飛び込んできて慌ただしく過ごしてきた。依頼を通して、たくさんの繋がりもできた。そんな日々をティナは案外気に入っていたのかもしれない。

それならいっそ、この世界に留《とど》まっていた方がいいのでは？　その方がティナのためになるなら、これからもコスメ工房を営んでいた方が良いのかもしれない。そう結論付けようとしたものの、ティナの言葉はそこで終わりではなかった。

「ここにいたっていい。ヒマリがそれで後悔しないならな」

「後悔？」

「ああ、お前はもとの世界でやり残したことはないのか？」

陽葵は言葉を詰まらせる。戸惑う陽葵を説得するように、ティナは続けた。

「ヒマリはコスメを作り出して、この世界に大きな影響を及ぼした。それは簡単にできることではない。そんな凄い奴なんだから、もとの世界に戻ったってなんでもできるはずだ」

もとの世界でもなんでもできる。そんなのは買いかぶり過ぎだ。できないことばかりだったから、散々悩んでいたのだから。

だけど不思議だ。ティナから「できる」と言われると、勇気が湧いてきた。

ティナの言うことには一理ある。化粧品の概念すら無かった世界で、イチから作り出して、販売を始めた。その結果、たくさんの人から感謝されて、今では町の女性達の必需品として扱われるようになった。

この世界での経験を通して自信が生まれた。流石に「なんでも」はできないだろうけど、もとの世界でもできることはあるような気がしてきた。

「やり残したことがあるなら、戻った方がいい。そうじゃないと、いつか後悔する」

ティナの言葉は、心の隙間を突いた。沈黙が続いた後、陽葵は頷く。

「ちゃんと考えてみるよ」

それ以上、言葉を発することはなかった。だけど頭の中ではずっと考えていた。

もとの世界でやり残したこと……。それは確かにある。たくさんの女の子を笑顔にする化粧品を作りたい。その夢はこの世界では叶えることはできたけど、もとの世界ではまだ叶えられていない。

本当の夢を叶えることなく生涯を終えたら、いつか後悔するような気がした。

この世界での暮らしを手放すのは惜しい。せっかくお店も軌道に乗り始めて、みんなとも仲良くなれたのに。できることなら、これからもみんなとコスメ工房を続けていきたい。だけど――。


朝が来る。陽葵はいつもより早く起きて、ハーブティーを淹れていた。

リビングはカモミールの香りで包まれている。柔らかな香りに誘われるように、ティナがリビングにやって来た。

「おはよう」

「おはよう、ティナちゃん」

ティナは眠たそうに目を擦る。テーブルについたところで温かいハーブティーを差し出し、陽葵は正面に座った。ティナがお茶を一口飲んだ後、陽葵は昨夜下した結論を伝えた。

「私、もとの世界に帰るよ」

ティナはシバシバしていた瞳を大きく見開く。アメジストの瞳にじっと見つめられた。

本気であることが伝わるように、静かに見つめ返す。沈黙が続いた後、ティナはふっと小さく笑った。

「そうか」

たった一言、呟いただけだった。ティナは相変わらずクールな魔女さんだ。

もとの世界に帰ることは決めたけど、このまま帰るわけにはいかない。この世界でまだやり残していることがあるからだ。陽葵は拳を握って、意気込みを露わにした。

「みんなと笑顔でお別れするためにも、ルナさんのブライダルメイクを成功させよう！」

ルナの結婚式は、光のゲートが開く三日前だ。結婚式を見届けてからもとの世界に帰ることができる。最後の大仕事として、ルナのブライダルメイクを成功させたかった。

張り切る陽葵を見て、ティナの表情に笑顔が浮かぶ。

「ああ、そうだな。一緒に頑張ろう」

やるべきことが定まると、視界がクリアになる。昨日まで悩んでいたのが嘘のように、晴れやかな気持ちに包まれた。


数日後。ロミがマルチカラーフェイスパレットを作るための機械を持って、コスメ工房へやって来た。

「ヒマリさん！　完成しましたよ！」

「わぁー！　待ってました！」

ロミは軽い足取りで陽葵の前までやって来ると、持ってきた機械をお披露目した。

「ここに金皿を置いて、上からプレスすれば、粉体がぎゅっと圧縮されて固まります」

「おおっ……工場で見た機械とそっくりだ！」

この機械があれば、アイシャドウやチークも作れそうだ。さっそく作りたくてウズウズしていると、ティナから呆れ顔で声をかけられた。

「その様子だと、コスメ作りのことで頭がいっぱいなんだろう」

「あ、バレた？」

「今ならアトリエにこもっても構わないぞ」

「いいの？」

「ああ、店番は私とリリーで何とかする。結婚式の日程も迫ってきているんだから、そっちを優先してやれ」

「ありがとー！　ティナちゃん」

ティナにお許しを貰ったところで、陽葵はロミと共にアトリエに向かう。

「よーし、さっそくマルチフェイスカラーパレットを作ろう！」

「わくわくっ」

ロミからの期待に満ち溢れた眼差しを受けながら、陽葵は試作品づくりを開始した。

マルチフェイスカラーパレットは、アイシャドウ、チーク、ハイライトが一つになったパレットだ。どれも別々の用途の化粧品だけど、色の付いた粉体を混ぜて固めれば完成する。

発色させるための粉体は、口紅を作った時と同様にカラーサンドを使用すればいい。カラーサンドの色を使い分ければ、アイシャドウもチークもハイライトも作れるはずだ。

「まずは瞼に色を付けるアイシャドウから作ろう！」

アイシャドウは、ベージュと淡いラベンダーの二色を作る予定だ。先にラベンダーカラーから作ることにした。赤、青、白のカラーサンドを器に入れて、混ぜ合わせていく。

「瞼の上でふわっと発色するようにしたいなぁ」

本物のラベンダーよりも淡い色に調整していく。その方が真っ白なルナの肌に馴染むはずだ。少量ずつ白を足していくと、透明感溢れる淡いラベンダーカラーに発色した。

「わぁー、可愛い色ですね！」

ロミからも可愛いとお墨付きを頂いたところで、色の調合は完了。その後、ビーカーにホホバオイルとエタノールを入れて混ぜ合わせ、粉の中に少量ずつ加えていった。粉っぽさがなくなるまで混ぜたところで、金皿の上に乗せた。

「ここでロミちゃんの開発したプレス機の出番だよ」

「はい！　準備はできていますよ」

機械に金皿をセット。上から平らな板で圧をかけてプレスした。

「バシュン！」

均等に圧をかけたことで、ギュッと圧縮された。

「おおー！　いい感じ！」

「これで完成ですか？」

「エタノールを飛ばすために乾燥させておけば完成だよ」

他の色も同様の手順で作り、プレス機で固めていった。四色作り終えたところで、一段落する。

あとは乾燥するのを待つだけだ。

「乾燥したらパレットにセットしていくんだけど、パレットも一緒に作ってくれたんだよね？」

「はい！　こっちもいい感じにできましたよ」

ロミは鞄《かばん》の中から手のひらサイズのパレットを取り出した。

「聖女様のイメージに合わせて、シルバーで作ってみました。蓋の表面にはラベンダーの彫刻を施しているんですよ！」

「はわあああ！　可愛すぎる！」

光沢のあるシルバーのパレットの蓋に、繊細なラベンダー模様があしらわれている。パレットだけでも十分可愛いけど、パカッと開けた時に四色のカラーが現れたら、さらに可愛くなるに違いない。いまから完成が待ち遠しくなった。

陽葵が興奮気味に叫んだせいで、アトリエにティナが飛んできた。

「おい、何の騒ぎだ？」

トラブルが起きたと勘違いをしているのか、ティナは深刻そうな顔をしている。そんなティナに陽葵はへらっと笑いながらお願いをした。

「あ、ティナちゃん、ちょうどいいところに！　この金皿に入った粉を乾燥させてくれないかな？」

「ああ、別に構わないが……」

ティナに魔法をかけてもらうと、金皿に入った粉は乾燥して固まった。

「ありがとー！　ティナちゃん」

「それは構わないが、一体何の騒ぎだったんだ？」

「パレットがあまりに可愛かったから叫んじゃっただけだよ」

正直に明かすと、ティナは「なんだ……」と呆れながら店に戻っていった。

それから各色の金皿をパレットの窪《くぼ》みにぴたっと収まって固定していく。四色を固定すると、

「わぁ！」と歓声が上がった。

「これは想像していた以上に可愛いですね！」

「だね！　商品化したら絶対売れる！」

「ですね！　私絶対買いますもん！」

完成したマルチフェイスカラーパレットを前にして、陽葵とロミははしゃいでいた。

今回はルナのイメージに合わせて色を選んだが、商品化する時には別のカラーバリエーションで展開してもいい。色の組み合わせを考えるだけでワクワクした。

「そういえば、口紅はどうするんですの？　聖女様用にカラーを調合するんですよね？」

「ふふふっ。実は既に用意しているんだ」

陽葵は完成したルナ用の口紅をお披露目した。ナチュラルな印象に仕上がるピンクベージュだ。

「さすがヒマリさん！　仕事が早い」

「えへへ、それほどでも～」

マルチフェイスカラーパレットができたことで、必要なコスメは揃った。達成感に浸っていたところで、ロミからおずおずと尋ねられる。

「あの、ヒマリさん。聖女様の結婚式が終わったら、もとの世界に帰るって本当なんですか？」

どうやらロミにも話が伝わっていたようだ。陽葵は静かに頷いた。

「うん。もとの世界でやり残したことがあるの。それをやらずにこの世界に留《とど》まっていたら、きっと後悔するから」

「そうですか……」

ロミはしゅんと尻尾を下げた。陽葵だって寂しくないわけではない。だけど、決断が揺るぐことはなかった。

陽葵は寂しそうに目を伏せるロミの手をそっと握る。

「ロミちゃん、お願いがあるの」

「お願い、ですか？」

きょとんと目を丸くするロミに、陽葵は伝えた。

「この先も、ティナちゃんを助けてあげてほしいの。私がいなくなっても、コスメ工房を続けていけるように」

　これはロミだけでなく、リリーやアリアにも伝えようと思っていたことだ。ティナと陽葵の二人で始めたコスメ工房だけど、今ではたくさんの人の力を借りてお店が成り立っている。陽葵がこの世界からいなくなっても、繋がりを断ち切りたくなかった。みんなでコスメ工房を営めば、きっとティナも退屈ではなくなるはずだから。

　陽葵の想いは、ロミにもしっかり伝わっていた。

「分かりました！　これからもコスメ工房の機械屋として、魔女様をお助けしますね！」

　笑顔を浮かべながら宣言するロミを見て、陽葵は微笑む。ロミならそう言ってくれると信じていた。

「ありがとう、ロミちゃん」


　結婚式の朝は、雲一つない晴れやかな空が広がっていた。陽葵とティナは、メイク道具一式を持って教会へ向かう。

「いよいよルナさんの結婚式だね！　なんだか私までソワソワしちゃうよ」

「落ち着け。私達はあくまで裏方だぞ」

「そうだよね。平常心、平常心」

事前にリハーサルメイクは行ったものの、本番となるとどうにも緊張してしまう。大きく深呼吸をしながら控室に向かうと、ルナとネロが既に到着していた。

それだけではない。アリア、セラ、ロミ、リリーも勢揃《せいぞろ》いしていた。

「どうしてみんながここに？」

ヘアセットをお願いしたセラがいるのは分かる。だけど他のメンバーまで集まっているのは意外だった。

みんなの顔を見ながらぱちぱちと瞬きをしていると、アリアが堂々とした佇まいで答える。

「私達も結婚式に招待されているからよ。せっかくだから、ヒマリがメイクをする姿を見学しようかと思って」

ルナへのブライダルメイクは、この世界での最後の依頼だ。みんなからも期待されていることが伝わって来た。

「ご期待に添えるように、精一杯がんばりまっしゅっ」

緊張のあまり肝心なところで噛んでしまった。そんな陽葵を見て、みんなが笑った。

「そう気負わずに、いつも通りのヒマリさんでいいんですよ」

ルナからフォローされると、少し気が楽になった。

控室の隅には、ソワソワしているネロがいた。ティナはネロを一瞥《いちべつ》すると、襟首を掴んで扉の方へ連れて行く。

「お前は出ていけ」

「魔女様！　別に追い出さなくたっていいじゃないですか」

この場に居座ろうとするネロを見て、陽葵は子供に言い聞かせるように忠告する。

「ここからは男子禁制です。終わったらお呼びするので、大人しく待っててくださいね」

「そんなぁ……」

「ほら、出てけ出てけ。その間にお前も着替えてろ」

渋るネロをポイッと追い出す。ここでネロの同席を許可するわけにはいかない。新郎にお披露目するのは仕度が終わってからだ。

控室が女性陣だけになったところで、陽葵は元気よく拳を突き上げた。

「よーし！　ルナさんを素敵な花嫁さんに変身させましょう」

「よろしくお願いします！」

こうしてみんなから見守られながら、ルナのお仕度がスタートした。


「うわぁ！　ルナさん、ドレスがとってもお似合いですね！」

「ありがとうございます」

最初にウエディングドレスに着替えてもらったのだが、これが想像を遥かに上回るほどに似合っていた。

純白のロールカラードレスは、ルナの上品さを見事に引き出している。襟もとからは、肩やデコルテが露出していて大人の色気を醸し出していた。透き通るような肌の白さにも目を奪われる。

ヘアメイクを施さなくても十分魅力的だ。ここからさらに磨きをかけていくと考えると腕が鳴る。

「先にヘアセットから始めていきましょうか」

「かしこまりました。ルナ様、打ち合わせ通り、シニヨンでよろしいですね」

「はい。よろしくお願いします」

セラはルナの後ろにまわると、銀色の髪を丁寧に梳《と》かし、編み込みも交えながら結っていった。

王女様のヘアセットを担当しているだけのことはあり、見事な手捌きだ。

真剣に髪を結うセラの横顔は、見惚れてしまうほどカッコいい。視線に気付いたセラは居心地の悪そうにちらっと陽葵を一瞥した。

「あの……何か？」

「いえ、お気になさらず！」

セラの邪魔をしてしまったら大変だ。集中力を削《そ》がないように、少し離れた場所で見守った。

しばらくすると、ヘアセットが完了する。

「こちらでいかがでしょうか？」

「まあ、素敵です！」

低い位置でまとめられた編み込みシニヨンは、可愛らしさと上品さを併せ持った仕上がりだ。ルナの雰囲気にもよく似合っている。キラキラと輝くティアラも華やかさを引き立てた。

「よくお似合いですよ、ルナさん」

「ありがとうございます！」

やはりヘアセットはセラに任せて良かった。陽葵だったらここまで華やかには仕上げられない。ヘアセットが済んだら、陽葵の出番だ。ドレスに着替える前にファンデーションは済ませてもらったから、ここからは新しく開発したマルチフェイスカラーパレットを使っていく。

「では、メイクを始めていきますね」

「はい、お願いします」

ルナは緊張した面持ちで陽葵と向き合った。

ルナの肌を見ると、肌荒れひとつなく滑らかに整っている。陽葵の教えたスキンケア方法を実践してくれたのだろう。

整った顔にメイクを施すのは緊張する。陽葵は「よし」と気合を入れてからブラシを手に取った。

メイクブラシ一式は、ロミに開発してもらった。山羊《やぎ》の毛を加工して作ったものだ。

「ルナさん、目を閉じてもらってもいいですか?」

「はい」

ルナに軽く目を閉じてもらってから、アイメイクを始めた。

まずはパレットからベージュのアイシャドウを取り、アイホールに全体に馴染ませていく。今回のアイメイクはラベンダーが主役だけど、ベージュを仕込むことで発色を引き出す作戦だ。

ベージュを乗せた後は、二重瞼《ふたえまぶた》に淡いラベンダーカラーを乗せた。派手になり過ぎない絶妙な色合いのアイシャドウは、女性らしい柔らかな雰囲気に仕上がった。

「目を開けてください」

ゆっくり瞼を上げると、ラベンダーカラーが二重ラインで淡く発色する。目を開けている状態ではそこまで主張は強くないが、目を伏せた途端にラベンダーカラーが際立つ。その時の色気といったら計り知れない。見ているだけでうっとりした。

「アイメイクは、これで完了です」

本来であれば、アイラインやマスカラで目元を際立たせたいところだが、流石にそこまでは準備できなかった。それにルナはメイクを施さなくても目が大きく、まつ毛もくるんとカールしている。そのままでも十分華があった。

アイメイクを終えると、次はリップに移る。ピンクベージュの口紅を小さなブラシに含ませてから、丁寧に塗っていく。色素の薄い唇が、柔らかなピンクベージュに発色した。

今回のメイクは目元に重点を置いているため、リップはあえて控えめなカラーを選んだ。そのおかげで派手になりすぎず上品な印象に仕上がった。

リップを塗り終えると、大きなブラシに持ち代えてチークを差していく。チークの色は青みのあるローズピンク。内側からふんわり色付いたような優しいカラーだ。

「うんうん。花嫁さんの幸せオーラが出ているね」

「本当ですか？」

「はい、ばっちりですよ！」

最後にパールを含んだハイライトを、額と鼻筋に乗せていく。周りの肌よりもワントーン明るくすることで、立体感を演出した。

ルナはもともと目鼻立ちが整っているが、ハイライトを仕込んだことでさらにメリハリが生まれた。目元、口元、頬に色を添え、ハイライトで立体感を出したらメイクは完了だ。

「ルナさん、終わりましたよ」

「はいっ」

陽葵は正面の鏡を見るように促す。

「いかがでしょう？」

ルナは鏡の中の自分を見つめると、驚いたように息をのんだ。

「凄い。いつもよりずっと華やかになっています」

全体的に色素の薄いルナに、メイクで色を添えたことで華やかさが増した。花嫁らしい幸せオーラを見事に表現している。我ながらなかなかの仕上がりだ。

「ご満足いただけましたか？」

「ええ。大満足です。ヒマリさんに頼んで良かったです！」

ふわりと笑顔が零れる。その表情を見ただけで、心が満たされた。

ブライダルメイクという大役を果たして達成感に浸る陽葵だが、ここで終わりではない。むしろ本番はこれからだ。

「では、ネロさんをお呼びしましょう」

「あっ……それはえっと……まだ心の準備が……」

「大丈夫です！　今のルナさんは最高に綺麗なので、ネロさんの心を射止められますよ」

「そうでしょうか？」

「はい！　自信を持ってください！」

ブライダルメイクを施した真の目的は、結婚式でネロに一番綺麗な姿を見てもらうことだ。その目的を果たす時が来た。

「ティナちゃん、ネロさんを呼んできて」

「ああ、分かった」

ティナは控室から出て、ネロを呼びに行く。これから新郎と対面すると分かると、ルナはワタワタと慌て始めた。

「緊張してきました。本当に大丈夫でしょうか？　変に思われたりしないでしょうか？」

「大丈夫ですよ。ルナさん、椅子から立ち上がって扉の前で立ってください」

「わ、分かりました！」

ルナは椅子から立ち上がり、ドレスの裾を持ち上げながらゆっくりと扉の前に移動する。相当緊張しているのか、ドレスの裾を持つ手は震えていた。

ルナは胸に手を添えて、大きく深呼吸する。何度か深呼吸を繰り返してから、そっと目を伏せた。

しばらくすると、トントンと扉をノックする音が響く。ネロが到着したらしい。

「どうぞ」

陽葵が合図をすると、ゆっくりと扉が開く。扉の向こうには、真っ白なタキシードに身を包んだネロがいた。目を伏せていたルナは、そっと顔を上げる。

ハッと息をのむ音が聞こえる。ネロは微動だにせず、その場で固まっていた。言葉すら失っている。いつものような浮ついた台詞《せりふ》も出てこなかった。

沈黙が走る。二人はじっと立ち尽くしながら、互いを見つめていた。

沈黙に耐えきれなくなったのか、ルナがおずおずと尋ねる。

「どう、でしょうか？」

止まっていた時間が動き出す。ネロはカアアッと頬を赤く染め、落ち着きなく視線をあちこちに彷徨わせていた。その姿は、意中の女性に声をかけられた初心《うぶ》な少年のようだ。明らかにいつもとは違う姿を見て、ルナは不安に駆られる。

「変でしょうか？」

不安そうに眉を下げるルナに、ネロはすぐさま否定した。

「違うっ！　そうじゃない！」

赤くなった顔を隠すように、両手で口元を覆う。それから恥ずかしそうに白状した。

「あまりに綺麗過ぎて、言葉を失っていた」

その言葉を聞いた瞬間、ルナの表情に安堵の笑みが浮かぶ。

「良かったぁ」

瞳は潤んでいて、今にも泣き出しそうだ。

ネロはいまだにルナのことを直視できていない。そんなネロを鼓舞するように、ティナがバシンと背中を叩いた。

「ほら、もっと言うべきことがあるだろう」

勢いよく背中を叩かれたネロは、フラッとよろける。一歩足を踏み出した後、緊張した面持ちでルナと向き合った。緊張を纏いながら想いを伝える。

「初めて君を見かけた時から、美しい女性だと思っていた。だけど今日は、今まで見てきた中で一番綺麗だ」

いつもの歯の浮くような台詞とは違う。本心から溢れ出した言葉だった。

ルナの青い瞳がじわりと滲む。溢れ出した涙が、真っ白な頬に伝った。

「本当ですか？」

「ああ。君を伴侶に迎えられた僕は、世界一の幸せものだ」

「もう、他の女性に言い寄ったりしませんか？」

「君以上に美しい女性は見つかりそうにないよ」

「その言葉が聞けて、安心しました」

ネロは涙で濡《ぬ》れたルナの頬に手を添える。視線を合わせると、ルナはとびきり愛らしい笑顔を浮かべた。

「ネロ、私を見つけてくれてありがとう」

それは、今まで陽葵達に見せていた表情とは違う。愛おしい人に向ける特別な笑顔だった。

ルナの笑顔を真正面から受け取ったネロは、背中に手を回して熱の籠った瞳で見つめ返した。

「愛してるよ、ルナ」

「ええ、私も愛しています」

二人の距離が近付く。互いの愛を確かめるように、口付けを交わそうとしていた。

その瞬間、陽葵が二人の間に入る。

「ストップ、ストーップ！　そこまでです！」

陽葵の声で我に返ったルナは、慌てて距離を取る。

「も、申しわけございません！　こんなところで……」

恥ずかしそうに頭を下げるルナとは対照的に、ネロからは不服そうな視線を向けられた。

「ヒマリ、なんで止めるんだい？」

「キスをしたら、口紅が落ちてしまいます！」

「そんなのまた塗り直せばいいじゃないか！」

確かにその通りだ。だけど理由はそれだけではない。

この場でイチャイチャされるのは、こっちの心臓が保《も》たない。陽葵だけでなく、他のメンバーも気まずそうに顔を背けていた。

そんな彼女達の反応を見たネロは、諦めたように溜息をついた。

「分かったよ。今はお預けだね」

残念そうに肩を落としているが、これぱっかりは仕方ない。そういうのは二人きりの時まで我慢してもらうことにした。

教会の鐘が鳴る。勇者ネロと聖女ルナの結婚式は、町中の人々に祝福されながら執り行われた。ウエディングドレス姿のルナに、誰もが魅了されている。彼女の隣に立つネロも、見劣りしないほどに凛々しく見えた。

「ルナさん。幸せになってくださいね～」

フラワーシャワーを浴びる新郎新婦を、泣きじゃくりながら見守る。そんな陽葵の姿を見たティナは、呆れたような口調で言った。

「感情移入し過ぎだろ」

「だって～」

「あー、もう泣くな。鬱陶しい」

泣きじゃくる陽葵と煙たがるティナを、みんなが笑いながら見守っていた。ハンカチで涙を拭っていると、ロミがひょこっと陽葵の前に飛び出した。

「ブライダルメイクは大成功でしたね」

ロミの言葉でハッと気付く。これが異世界での最後の仕事だったことを。

ブライダルメイクを施して、ルナを最高に綺麗な状態で送り出すことができた。それは誇れることだ。

だけど同時に、寂しさも襲ってくる。もとの世界に戻る日が、刻一刻と近付いているからだ。

(もう、お別れなんだね……)

フラワーシャワーに包まれる新郎新婦を、陽葵はぼんやりと眺めていた。

第十章 佐倉陽葵はもとの世界に帰還します

朝日を浴びながら、陽葵は寝室の窓を大きく開ける。見上げると、雲一つない澄み切った青空が広がっていた。

柔らかな風に乗って、薔薇の香りが漂ってくる。庭にはとんがり帽子を被ったティナが花の手入れをしていた。

今日もこの世界は平和だ。魔王に襲撃されることも、モンスターに襲われることもない。怖い先輩に怒られることも、深夜まで残業を強いられることもない。のんびりゆったりした時間が流れていた。

そんなスローライフも今日でおしまいだ。今夜、陽葵はもとの世界に帰る。

自分で帰ると決めたけど、いざ帰るとなると寂しさが押し寄せてくる。長いバカンスが終わろうとして、部屋で粛々とパッキングをしているような気分だ。

子供の頃だったら、帰りたくないと駄々をこねていたかもしれないが、そんなみっともない真似をするつもりはない。帰ると決めたのだから、潔くこの世界に別れを告げよう。

光のゲートが現れるのは月が昇ってからだ。つまり陽が昇っているうちは、この世界に留《とど》まっていられる。

陽が落ちたらみんながラベンダー畑に集まって、お見送りをしてくれる。最後にちゃんとお別れができるのは有り難かった。

陽が落ちるまではティナと二人で過ごせる。みんなが気遣って、二人でゆっくり過ごす時間を作ってくれたからだ。

今日はお店も休みにしたため、時間はたっぷりある。何をしようかと予定を考えながら、陽葵は階段を下りて庭に出た。

「ティナちゃん、おはよう」

花の手入れをしているティナに声をかける。

「ああ、おはよう」

いつもと変わらない挨拶が返ってくる。素っ気ないように思えるが、変にしんみりしない方がやりやすい。陽葵もいつもと変わらない口調でティナに尋ねた。

「今日はどうしよっか？」

「それなんだけど、やりたいことがある」

「やりたいこと？」

ティナから提案されるのは意外だった。何を提案されるのかと待ち構えていると、ティナはあっさり計画内容を明かした。

「餞別《せんべつ》として、ヒマリの口紅を作ろうと思う」

「私の口紅!?」

「ああ、前にみんなで作った時は、お前の分は作らなかっただろう？　餞別として渡したいから一緒に作ろう」

それは素敵だ。口紅をプレゼントしてくれるのも嬉しいし、一緒に作るのもワクワクする。最後に特別な思い出ができそうだ。

「いいね！　一緒に作ろう！」

乗り気な陽葵を見て、ティナは安堵したように頬を緩める。

「ああ、それじゃあさっそくアトリエで作ろう」

予定が決まると、二人はアトリエに向かった。


アトリエに置かれた木製のテーブルには、色とりどりのカラーサンドが並べられている。ティナは小瓶を手に取りながら、陽葵に尋ねた。

「ヒマリは何色の口紅を作りたいんだ？」

「そうだねー……」

自分に似合う色を思い浮かべる。ナチュラルで愛らしいピーチピンク、活発なイメージのコーラルオレンジ、女性らしさが際立つアプリコット。どれも捨てがたいけど、一つ選ぶならやっぱりこの色だ。

「コーラルピンク」

ピンクにほんの少しだけオレンジが混ざった色。幸せを象徴するような温かみのある色。陽葵の一番好きな色だ。

「コーラルピンクか。分かった。それにしよう」

色が決まったところで、さっそく口紅作りが始まった。

ビーカーの中に、ミツロウ、キャンデリラワックス、シアバター、ホホバオイルなどの油性成分を天秤《てんびん》で計りながら入れていく。全部入れ終わったら、湯せんにかけながら混ぜ合わせた。

化粧品作りの工程の中でも、材料を混ぜ合わせている時が一番楽しい。まるで魔女が魔法薬を調合しているような高揚感に包まれる。

まさか本当に魔女と出会って、魔法薬ではなく化粧品の作り方を伝授することになるとは思わなかった。人生何があるか分からないものだと、しみじみ感じていた。

材料が溶けきったところで、色の調合をしていく。ティナはピンク色のカラーサンドを匙ですくって慎重にビーカーへ加えていった。

クルクルと混ぜ合わせると全体がピンクに染まっていく。これでも十分可愛いけど、陽葵の肌に似合うようにオレンジをほんのひと匙加えた。

さらに混ぜ合わせると、ピンクとオレンジが混ざり合って温かみのあるカラーに変化していく。唇に乗せたら自然な血色感を引き出せそうだ。

「色はこんな感じでどうだ？」

「うん！　いい感じだね」

ダマにならないように混ぜ合わせたら、手元で色を確かめてみる。手の甲にちょこんと乗せてから広げると、淡いコーラルピンクに発色した。

「私の好みのど真ん中！」

手元に塗っただけでも気分が上がる。唇に塗ったら絶対可愛い。

ベースが出来上がったところで、型に流し込んでいく。零さないように慎重に筒の中に流し込んでから、冷却スイッチを入れた。

「三十分置けば完成だね！」

待ち時間はノートを広げてコスメのレシピを書いていた。レシピがあれば、誰でもコスメを作れる。引継ぎノートとして役立ててもらうつもりだ。

これさえあれば、きっと大丈夫。お店を離れることには不安があったが、作り方がきちんと伝わっていれば、これまで通り営業していけるだろう。

コスメブームは、簡単に消えることはない。美しさを探求する心は、一時のブームでは消え失《う》せたりしないからだ。コスメを愛用してくれるお客さんも、今後もリピートして買いに来てくれるはずだ。

そんな中、あることを思い出す。

「お店の看板には、もう『ヒマリ』はいらないかもね」

看板には『ティナとヒマリのコスメ工房』と記されているが、これからは変えなければならない。『ヒマリ』はもういなくなるのだから。

「いや、看板は変えないつもりだ」

「え？　なんで？」

「コスメ工房を始めたのはヒマリだ。もとの世界に帰ったとしても、その事実は変わらない。看板にもヒマリの名前は残すつもりだ」

じーんと胸が温かくなる。この世界に留《とど》まっていた印を残してもらえるようで嬉しかった。

「ありがとう、ティナちゃん」


三十分経過すると、口紅が固まった。型から取り出して、ゴールドの繰り出し容器に差し込んだ。

「完成！」

「ああ、無事にできて良かった」

陽葵が初めて口紅を塗ったのもコーラルピンクだ。コスメを好きになった日の記憶が蘇《よみがえ》る。

「さっそく塗ってみていいかな？」

「ああ」

陽葵は鏡の前に移動して、口紅を繰り出した。斜めになった面を唇の中央に乗せて、ゆっくりと滑らせる。輪郭の部分はエッジの部分を使って、はみ出さないように丁寧に塗った。

鏡を見ると、パッと顔色が明るくなったのが分かる。唇に幸せを象徴するようなコーラルピンクを乗せて、華やかさがアップした。この色はやっぱり好きだ。

「綺麗だな」

ティナからも褒められる。それは口紅の色に対して言っているのか、陽葵に対して言っているのかは分からないけど、嬉しいことには変わりない。最後の最後で特別な思い出ができた。

「ティナちゃん。一緒に作ってくれてありがとう」

「ああ、だけどまだ終わりじゃないぞ」

「え？　どういうこと？」

「口紅を貸してみろ」

素直に口紅を手渡すと、ティナは口紅を手のひらに乗せて呪文を唱えた。

「オンリールド・ヒマリ」

ポンッとシャンパンの蓋を開けたような音が響く。パッと見た限りでは、何が起こったのか分からない。

「何の魔法をかけたの？」

「見てみろ」

手渡された口紅をまじまじ見ると、ある変化に気付いた。

「表面に何か彫ってある！」

口紅の蓋の部分にこの世界の文字が彫られている。

「ヒマリ……って、私の名前を彫ってくれたの？」

「ああ、これでお前だけの口紅になったな」

目を細めながら微笑むティナを見て、胸の奥が熱くなった。

「改めて礼を言わせてもらう。ヒマリ、私と一緒にコスメ工房を開いてくれてありがとう。お前のおかげで貧困生活から脱出できたし、たくさんの繋がりができた。これからはもう、昔ほどは退屈しないだろう。全部お前のおかげだ」

目頭が熱くなる。泣くつもりなんてなかったのに、これでは我慢できそうにない。溢れ返った感情をぶつけるように、ティナの胸に飛び込んだ。

「ティナちゃん！」

勢いよく飛び込んだせいで、ティナは一歩、二歩と後ろによろける。後ろに倒れるのを踏みとどまったところで、華奢な肩をぎゅっと抱きしめた。

「お礼を言いたいのはこっちの方だよ。ティナちゃんと出会って、一緒にコスメ工房を開いたことで私は変われたの。もとの世界にいた時は、仕事をこなすのに精一杯で、コスメが好きって気持ちも忘れていた。だけどこの世界でコスメ作りをして、楽しいって感覚を思い出したの」

みんなで口紅作りをした時に、忘れかけていた『楽しい』という感情を思い出した。口紅を塗って楽しそうに笑っているみんなの姿が、かつての自分と重なったからだ。そのおかげで、陽葵はもう一度コスメを好きになれた。

「それだけじゃないよ。私の作ったコスメでみんなが笑顔になるのを見て、こんな自分でも誰かの役に立てるんだって勇気が湧いたの。だからこそ、もとの世界でもう一度頑張ってみようって思えたんだよ」

厳しい現実に打ちのめされて転んでしまった陽葵に、立ち上がるチャンスを与えてくれた。コスメ工房という活躍の場を与えてもらえたことで、陽葵は再起できたのだ。

「全部ティナちゃんのおかげだよ。ありがとう。大好きだよ」

泣きじゃくりながら、ティナの肩をぎゅっと抱きしめる。ティナの身体は相変わらず細くて華奢だ。小さな魔女さんと今日限りでお別れだと思うと、余計に涙が溢れ出した。

だけどちゃんとお別れをしなければ。やり残したことを果たすためにも、もとの世界に帰るんだ。

正直、不安もたくさんある。もとの世界に帰ったからといって、劇的に仕事ができるようになるわけではない。企画部のお姉様に怒られてしまうかもしれないし、残業だって急には減らない。不安はたくさんあるけど、「ヒマリならなんでもできる」という言葉を信じてみたかった。

一方的に抱きしめていた陽葵だったが、ティナからもおずおずと手を回される。

「応援してるぞ。ヒマリならなんでもできる」

その言葉は、魔法のように陽葵を奮い立たせた。ティナの言葉を思い出せば、何度転んでも立ち上がれそうな気がした。

「私、頑張るよ」

小さなアトリエに二人分の涙が零れ落ちる。それは別れを惜しむだけの悲しい涙ではない。感謝の気持ちと前に進む勇気を含んだ涙だった。

陽が落ちて、夜空に満月が浮かんだ頃、陽葵とティナはラベンダー畑に向かった。

紺色のジャケットを羽織った陽葵の表情は、緊張したように強張っている。ポケットに手を忍ばせてティナと一緒に作った口紅を握ると、ほんの少しだけ緊張が和らいだ。

ラベンダー畑に到着すると、見知った顔が揃っていた。大きく手を振るみんなのもとに陽葵は駆け出した。

「みんな、お見送りに来てくれてありがとう！」

最初に飛び出して来たのはロミだった。

「ヒマリさーん！　今日でお別れなんて寂しいです」

「ロミちゃん、泣かないで。最後は笑顔でお別れしよう」

「うう、そうですよね」

泣きじゃくるロミの肩に触れながら、陽葵は感謝の気持ちを伝える。

「ロミちゃんには、機械作りを通してたくさん助けてもらったね。メイク用品を開発できたのは、間違いなくロミちゃんのおかげだよ。やっぱりロミちゃんは天才発明家だね」

「ううー……お役に立てて何よりです。私もヒマリさんとコスメ作りができて、楽しかったです。もとの世界に戻っても、お元気で……」

ロミは涙を拭いながら別れの言葉を伝える。尻尾は元気をなくしたようにシュンとしていた。しんみりした空気でお別れするのは残念だと思っていたところで、陽葵はあることに気付く。まだ重大なことを果たしていないじゃないか。

「ロミちゃん、最後に一つだけお願いしてもいいかな？」

「はい、何でしょう？」

ロミから尋ねられると、陽葵はキラキラした眼差しで訴えた。

「尻尾をもふもふさせてください！」

唐突なお願いに、ロミは驚いたように目を丸くしている。陽葵の勢いに押されると、クスッと笑いながら許可してくれた。

「どうぞ、お好きなだけもふもふしてください」

これまでタイミングを逃していたが、ようやく叶う。陽葵はごくりと生唾を飲みながら、尻尾に触れた。

ふわふわとした柔らかな感触が伝わる。滑らかな手触りで、触れているだけで癒された。きっと毎日手入れをしているに違いない。いつまでも触っていたい気分になった。

「はわあああ、幸せ〜」

「尻尾ごときで大袈裟な」

ティナから冷静に突っ込まれる。もふもふの素晴らしさが分からないとは、人生損している。もふもふの素晴らしさを解き明かしたい勢いだったが、時間がないのでやめておいた。

気の済むままもふさせてもらってから、陽葵は尻尾から手を離す。

「ありがとう、ロミちゃん。満たされたよ」

「それは良かったです」

ロミはいつもと変わらない明るい笑顔で微笑んだ。それでいい。最後は笑ってお別れがしたかった。

そんな中、くいっとジャケットの裾が引っ張られる。視線を向けると、リリーが遠慮がちにこちらを窺っていた。

「ヒマリさん、私からもお礼を言わせてください」

「リリーちゃん！」

リリーと向き合うと、恥ずかしそうに頬を染めながら話を始めた。

「コスメ工房に誘っていただいて、本当にありがとうございます。私、人と関わるのが苦手だったのですが、ヒマリさん達と働くようになって変わりました。今はお客さんとお話するのがとても楽しいんです。植物の知識が誰かの役に立てると知って自信が付きました」

リリーと初めて出会った時は、人見知りで気弱な印象だった。だけどコスメ工房で働き出してからは、積極的にお客さんと関わろうとしていた。そんなリリーの変化は、陽葵にとっても喜ばしいことだ。

「こちらこそありがとう！　これからも植物博士として活躍してくれると嬉しいな」

「はいっ。もちろんです」

リリーは意気込みを露わにするように、ぎゅっと拳を握った。

「ヒマリさんと出会えたことも忘れません。二千年くらい」

「二千年は長いなぁ。流石エルフちゃん」

二千年も覚えていてくれるなんて光栄だ。エルフの寿命の長さに感心させられた陽葵だった。

「ヒマリ、私からも挨拶させてちょうだい」

次に声をかけてきたのはアリアだ。両腕を組みながら、陽葵の前に立った。

アリアも初めて出会った時とは印象が変わった。最初にお店に来た時は、こんなに堂々とした佇まいはしていなかった。その変化に驚かされている。

「私、貴方のおかげで自信が持てたの。これまではお姉様の後ろに隠れているだけの第三王女だったけど、今は堂々と前に立てる。お父様譲りのこの肌にも、誇りを持っているのよ。そう思わせてくれたのは、ヒマリ、貴方よ」

トパーズのような瞳に真っすぐ見つめられる。アリアからの感謝の気持ちも、陽葵の胸に深く刺さった。

「アリア様は可愛い。そのことが伝わって良かったです」

「それ、まだ言うのね。まあでも、可愛いって思っていた方が前向きになれるから、そう思うようにしているわ。ヒマリのそういう考え方も、私は好きよ」

「もったいないお言葉です！」

嬉しさを噛み締めていると、隣に控えていたセラからも声をかけられた。

「私からもよろしいでしょうか？」

「セラさん！　どうぞどうぞ！」

「アリア様のためにご尽力いただき、ありがとうございました。私一人ではアリア様を勇気づけることはできませんでした。ヒマリ様と出会って、コスメを知って、アリア様は少しずつ本来の強さを取り戻しました。本当に感謝しております」

セラは胸に手を添えて頭を下げる。仰々しい振る舞いに恐縮してしまう。

「セラさん、頭を上げてください！　お気持ちは十分伝わっていますから」

「それなら良かったです」

「心残りなのは、セラさんにメイクをして美女に変身させたかったということですね。セラさん、メイクをしたら絶対綺麗なのに」

凛々しくてカッコいいセラにメイクを施して、美女にしてみたいというのが密《ひそ》かな企みだった。それを果たせずにもとの世界に帰るのは残念でならない。

「何を仰っているんですか!?　私にメイクは不要ですよ」

セラは珍しく取り乱していた。頬を染めながら両手を振る姿は可愛らしい。隣にいるアリアもニヤニヤしていた。

それからまたしても別の人物に声をかけられる。

「ヒマリさん、ブライダルメイクの際はお世話になりました」

「ルナさん！」

ルナから神々しい笑顔を向けられる。光に吸い寄せられるように、陽葵はルナに駆け寄った。

「結婚式では私の願いを叶えていただきありがとうございました。おかげ様で、順調に新婚生活を送っています」

「おお！　それは良かったです」

ルナの隣には、勇者ネロがいる。これだけ美人が集まっているにもかかわらず、ネロは他の女性にうつつを抜かすことなく、ルナだけを見ていた。

念のため、ネロにも釘《くぎ》を刺しておく。

「ネロさん、ちょっと」

「なんだい、ヒマリ？」

ネロを呼び寄せると、こそっと忠告した。

「あんなに綺麗な聖女様ですから、狙っている人は大勢いるはずです。他の女性にうつつを抜かしていたらあっという間に奪われてしまいますよ」

「奪われる⁉」

ネロの顔がサッと青ざめる。危機感を煽《あお》って浮気を阻止する作戦だ。

「そうならないためにも、一途《いちず》にルナさんのことを愛してあげてくださいね」

「ああ、肝に銘じておくよ」

笑顔で忠告をすると、サッとネロのもとから離れた。

「お二人とも末永くお幸せに」

祝福の言葉を伝えると、二人はどこか恥ずかしそうに顔を見合わせて微笑み合った。

ブライダルメイクという大役を果たしたことは、陽葵の自信に繋がっている。その機会を与えてくれたルナにも感謝していた。

みんなとお別れができて良かった。残るは一番お世話になったティナだ。陽葵は地面を蹴ってティナのもとに走った。

「ティナちゃん！」

目の前までやって来ると、とんがり帽子を被った魔女さんは、ふっと小さく笑った。

「お前は最後まで騒がしいな」

呆れられているのが伝わってくる。それでいい。騒がしくて周りを振り回すのが陽葵なのだから。

陽葵はティナの手を取って両手で包み込む。温《ぬく》もりに触れた瞬間、これまでの記憶が蘇った。

森の中でティナと出会ったこと、アトリエで化粧水作りをしたこと、町で商品を売ったこと、異世界の女の子達のお悩みを解決したこと、星空の下で箒に乗せてもらったこと、アトリエで口紅を作ったこと……。

どれも特別な思い出で、忘れることなんてできそうにない。この先もずっと、心の一番深いところに刻まれていくことだろう。

陽葵はティナの手を握り直す。

「ティナちゃん、元気でね」

「ああ、ヒマリもな」

ティナとお別れをするのは寂しいけど、もう泣かない。最後は笑顔でお別れするって決めたから。

陽葵が精一杯の笑顔を浮かべると、つられるようにティナも笑った。

和やかな空気に包まれていると、紫色の大地に金色の球が現れた。この世界に来る前に見たものと同じだ。月の光よりもずっと眩しい光の球が、暗闇を照らした。

光のゲート。二つの世界を繋ぐ扉だ。

バレーボールサイズだった球は次第に大きくなり、あっという間に人が通れるサイズに広がった。

お別れの時がやって来たらしい。

陽葵は光に向かって駆け出す。最後に笑顔で振り返った。

「みんな、ありがとう。さようなら」

みんなは笑顔を浮かべながら大きく手を振っている。その姿を脳裏に焼き付けながら、陽葵は光の中に飛び込んだ。

目を覚ますと、見慣れた風景が広がっていた。アパートの近くの公園だ。どうやらもとの世界に帰ってきたらしい。
陽葵は砂場の中心で横たわっている。その近くには鞄が転がっていた。
向こうの世界に行った時は夜だったはずなのに、もうすっかり陽が昇っている。雲一つない澄んだ青空が広がっていた。

急に現実に戻って来たせいで、心が追い付かない。なんだか長い夢を見ていたようだ。

もしかしたら全部夢だったんじゃないかと疑う。疲れ切った会社員が、疲労のあまり公園で昏倒《こんとう》して夢を見ていたなんてオチもあり得る。

ふとジャケットのポケットに手を忍ばせると、ヒヤッとした何かに触れた。取り出してみると口紅だった。ゴールドの容器の蓋には、日本語ではない文字で『ヒマリ』と書かれていた。

「夢じゃなかったんだ……」

コスメ工房のみんなはちゃんと存在している。そのことが分かってホッとした。

安心したのも束の間、別の問題が浮上する。

今日は何月何日の何時だ？　状況によっては、とても面倒なことになりそうだ。

陽葵は鞄の中からスマホを取り出して、恐る恐る触れる。画面を開いて日付を確認すると、異世界に転移した翌日であることが発覚した。浦島太郎状態になっていないことに安堵した。

しかし安心するのはまだ早い。今の時刻を確認して、サッと青ざめた。

「七時三十分⁉」

今日は平日、つまり会社に行かなければならない。会社の始業時間は九時。自宅から会社まで三駅しか離れていないとはいえ、悠長に過ごしている時間はなかった。

「えーっと、今から家に帰ってシャワー浴びて、パンを食べて、メイクして……って仮眠を取る時間もないよ！」

陽葵は鞄を掴んでアパートまで走る。異世界から帰還した余韻に浸る間もなく、慌ただしい日常が始まった。

第十一章　新卒三年目に突入しました

ルピナスコスメ株式会社　研究開発部　佐倉陽葵。
なんとか新卒三年目に突入しました。

二十一時過ぎの電車に揺られながら、陽葵は窓の外を眺める。通り過ぎていくビルの隙間から、見事な満月が覗いていた。

視線を落とすと、窓ガラスに映った自分と目が合う。今日の陽葵は背筋がしゃきっと伸びていた。それだけでちょっと誇らしい。

異世界から帰還して一年の月日が流れた。ある程度予想はしていたけど、もとの世界に戻ったからといって、生活が劇的に変わるわけではない。相変わらず慌ただしい日々を過ごしていた。

残業は多いし、企画部のお姉様からは詰められるし、先輩はちょっと頼りない。コストや納期も常に付きまとってくる。コスメ工房にいた時のように「魔法でなんでも解決！」というわけにはいかなかった。

だけど悲観することばかりではない。少しずつ変わり始めていることもある。

陽葵はこの一年で起こった出来事を振り返った。

陽葵の担当していた化粧水は、度重なるモニターとフィードバックを経て、処方が確定した。何度もダメ出しをされて、途中で投げ出したくなることもあったが、なんとか最後までやり遂げた。

『ヒマリならなんでもできる』

その言葉が陽葵を奮い立たせた。

何度目かの試作品を提出して結果を待っていると、カツカツとヒールを鳴らしながら企画部の木島さんが研究室にやって来た。

「処方、今回ので確定ね」

OKを出された安堵感から、陽葵はヘナヘナとその場で崩れ落ちた。

「よ、良かったです〜」

床でしゃがみ込む陽葵を見て、木島さんは腕を組みながら目尻を下げた。

「お疲れ。よく頑張ったね」

木島さんは陽葵を労《いたわ》った後、どこか申し訳なさそうに視線を落とした。

「今までキツイ言い方してごめん。佐倉さんにも負担をかけたよね」

「いえ……」

急になんだろう、と思いながらも小さく首を振る。木島さんは小さく溜息をついてから事情を明かした。

「私さ、妥協できない性格なんだ。任されたからには、絶対良いものが作りたいの」

そんな話を聞かされたのは初めてだ。陽葵は立ち上がって、真面目に話を聞く態勢になった。

「今回の化粧水もさ、最初は全然基準を満たしてなかったけど、佐倉さんの頑張りのおかげで目的とする処方になった。モニターの結果も結構良かったんだよ」

「モニターは私も見ていたので、分かります」

商品化にあたり、モニターを複数回実施している。テクスチャーや保湿力、匂いなどを五段階で評価するテストだ。

最初は芳しくない結果だったが、改良を重ねていくうちに評価が上がっていった。ものが良くなっているのは数字としても見てとれた。

陽葵としてもベストを尽くした。限られた条件の中で、よくやったと思っている。もちろんそれは陽葵だけの力ではなく、ＯＪＴ担当の村橋先輩や部長のサポートがあってのことだ。

処方を褒められて安堵していると、木島さんは口の端を上げてにやりと微笑んだ。

「今回の商品は売れるよ。勘で分かる」

「本当ですか？」

長年企画に携わってきた木島さんが断言するのだからよっぽどだ。本当に売れるような気がしてきた。

「処方確定のお祝いで、今夜飲みにでも行く？」

突然のお誘いに驚く。木島さんから飲みに誘われたのは初めてだった。今までは怖いとばかり思っていたお姉様と距離が縮まった気がした。

「ぜひ！　あ、でも私、お酒飲めないので、ご飯だと嬉しいです！」

元気よく返事をする陽葵を見て、木島さんは可笑しそうに笑った。

「おっけー。じゃあ、恵比寿《えびす》の肉バルにでも行こうか」

「肉バル……」

肉と聞いて咄嗟にあの子の顔が浮かんでしまった。思わず笑みが零れる。

「良いですね、お肉！」

先輩とお食事をするのは緊張するが、誘ってくれたのは嬉しかった。今日は残業するわけにはいかない。

その日は定時で仕事を終わらせて、木島さんと食事に行った。

分厚い牛ハラミのステーキにうっとりしながらも、木島さんとの会話に花を咲かせる。話してみると、彼女も筋金入りのコスメオタクであることが判明した。

嬉しくてつい化粧品の成分について語り出すと、木島さんは赤ワインの入ったグラスを持ったまま固まった。

「佐倉さん、化粧品の成分に詳しいんだね。なんで今まで隠してたの？」

「隠していたわけじゃありませんよ。ただ、そういうお話をする機会がなかったので」

陽葵が謙遜していると、木島さんはそっとグラスを置いてから、神妙な表情で詰め寄った。

「化粧品の成分のこと、もっと教えて。私、トレンドには強いけど、成分には疎いんだよね」

先輩である木島さんから「教えて」なんて言われたのは意外だった。戸惑いはあったけど、自分の知識が認められたようでちょっと嬉しい。

「私で良ければ、お教えしますよ」

「ありがとう！　陽葵ちゃん！」

木島さんはキューッと頬を持ち上げながら、嬉しそうに微笑んだ。

この日を境に、木島さんへの認識が変わった。ヴィランズの一味にしか思えなかった怖いお姉様は、コスメ愛が強すぎるだけのお姉様だった。


処方が確定してからも、すぐに発売されるわけではない。工場と連携して量産化に向けた試験を重ねた。基準をクリアした後は、工場でたくさんの人の手が加わりながら製造されていく。コスメ工房のように魔法でオート生産していたのとはわけが違った。

商品ができても、すぐにお店に並ぶわけではない。営業が問屋や小売店に赴き、お店に並べてもらえるように商談をかけていく。こちらも作ったらすぐにお店に並べられるコスメ工房とはわけが違った。

陽葵の担当した化粧水は、たくさんの人が関わって発売に向けて動き出した。商品がお店に並ぶまでに、こんなにも多くの人が関わっていることをようやく理解した。

だからこそ、自分の役割を果たさねばと強く感じた。

工場で見本品が生産され、商談も佳境に入った頃、嬉しいニュースが届いた。企画部のスペースで木島さんと打ち合わせをしていた時のことだ。

恰幅《かっぷく》の良い営業部長が企画部にやって来て、高らかに報告する。

「新作の化粧水、MARTで全店配荷が決まったぞ！」

わっと歓声が上がる。木島さんはその場で立ち上がり、悲鳴を上げていた。

「MARTに全店配荷って、うちの会社では初ですよね？」

「そうだ。バイヤーが商品を気に入って今期の棚割りに入れてくれたんだ。ものが良かったからだね」

営業部長は陽葵を見て、誇らしそうに笑う。周りの先輩達は盛り上がっているが、陽葵には何が何やら……。

「全店配荷って何ですか？」

木島さんにこそっと尋ねると、すぐに何が起きたのか教えてくれた。

「陽葵ちゃんの担当した化粧水が、全国のMARTのお店で並ぶってこと！」

MARTは全国に百店舗以上あるバラエティショップだ。木島さんの話が本当なら、全国どこのMARTに行っても、陽葵の担当した化粧水が購入できることになる。これは凄いことだ。

「本当、ですか……」

自分の担当した商品が、馴染みのお店に並ぶ。現実味がなさ過ぎて放心していた。

ぽかんと口を開けている陽葵のすぐ脇では、木島さんをはじめとする企画部の面々が歓喜している。

「よーし、今日は祝杯だ！　焼肉行きましょう！　営業部長のおごりで」

「俺か!?　けどまあ、今日はいいだろう！」

「せっかくだし研究開発部も誘いましょうよ。佐倉さん、みんなに声をかけておいて」

「ふぁい、分かりました」

陽葵は放心しながら頷いた。


そして迎えた発売日。陽葵は朝からソワソワしていた。

ＭＡＲＴに自分の担当した商品が並んでいるなんて信じられない。本当に並んでいるか確かめるためにも、今日は定時で仕事を切り上げてＭＡＲＴに行こうと決意していた。

落ち着かないまま仕事をしていると、村橋先輩から声をかけられる。

「佐倉さん、そんなに気になるなら、今からＭＡＲＴに行ってくれば？」

「今からって、まだ就業時間ですよ？」

「店舗視察ってことにしておけばいいよ。部長、良いですよね？」

村橋先輩が確認すると、部長は「行っておいで」と手を振っていた。

部長にも許可してもらえた。ならばこうしてはいられない。陽葵は白衣を脱いで、ジャケットを羽織った。

「店舗視察に行ってきます！」

電車を乗り継いで、新宿のＭＡＲＴにやって来る。文具コーナーを早足で通り過ぎて、化粧品売り場に直行した。基礎化粧品の棚を覗いてみると、最上段に目的の品があった。

「本当にあった」

半信半疑だったけど、目の前に並んでいる商品を見てようやく現実味が湧いた。苦労して開発した商品は、本当にお店に並んでいた。達成感に満たされて、泣きそうになる。

するとブレザーを着た二人組の女子高生が、基礎化粧品の棚に近付いてくる。陽葵は邪魔にならないように棚の端に避けた。女子高生達は棚を眺めながらお喋りする。

「ねえ、見て。この化粧水初めて見た。新商品だって」

「パッケージ可愛い。『魔法をかけられたようなうるつや美肌』ってなんか良さそう」

「買っちゃう？」

「買っちゃおう」

女子高生達は、陽葵の担当した化粧水を手に取った。まさか目の前で買ってもらえるとは思わなかった。嬉しさが溢れ返って仕方がない。陽葵は咄嗟に声を上げた。

「あのっ、ありがとうございます！」

突然声をかけられた女子高生は、不審そうに陽葵を見つめている。彼女達には何が何だか分からないだろう。怪しい人だと思われたのか、二人はそそくさと商品をレジに運んだ。

「買ってもらえた……」

女子高生達の後ろ姿を眺めながら、陽葵は放心したように呟く。

たくさんの女の子を笑顔にできる化粧品を作りたい。その夢のスタートラインに、ようやく立てたような気がした。

ここまでが、この一年で起こった出来事だ。陽葵の担当した化粧水は、今日も全国のお店に並んでいる。そして現在は、乳液の開発を進めていた。

商品の売れ行きも良く、先輩とも良好な関係を築けている。最近は仕事を心から楽しいと思っているくらいだ。

毎日が充実している。胸を張ってそう言えるはずなのに、心の奥では物寂しさを感じていた。その原因には心当たりがある。

電車が最寄り駅に到着すると、陽葵は椅子から立ち上がる。電車から降りると、心地よい夜風に包まれた。

改札を通り抜けて、すっかり眠りについた商店街を眺める。心の中で「今日もお疲れ様」と夜の町を労った。

商店街を抜けて、しんと静まり返った住宅街を歩く。満月が視界に入ると、不意にあの子の姿を思い出した。その瞬間、目頭が熱くなる。

(あれ、私泣いてる?)

乾いた頬に涙が伝う。泣くつもりなんてなかったから驚いた。

周りに人がいなくて良かった。泣きながら歩いている姿を見られたら、おかしな人に思われるだろう。

涙の理由は分かっている。陽葵は瞳の中に涙を溜めながら夜空を見上げた。

（ようやく夢に一歩近付けたのに、一番報告したい人が傍にいないなんてね……）

もう二度と会えなくなることを覚悟してもとの世界に戻って来たけれど、やっぱり会えないのは寂しい。陽葵は涙を鎮めるように大きく息を吸い込んだ。

泣いたせいで、マスカラもファンデも落ちてしまっているに違いない。早く家に帰るためにも、今日は公園を突っ切ってショートカットしよう。

真っ暗な公園を早足で進む。周囲に警戒しながら歩いていると、視界の端で何かがチラついた。

視線を向けると、砂場にバレーボールサイズの光の球が埋まっていることに気付く。一年前に見たものとまったく同じだ。

もう一度、陽葵は夜空を見上げる。真っ暗な公園を照らすように、見事な満月が輝いていた。そこで重大なことに気付く。

「そっか！　こっちの世界と向こうの世界が同時に満月になるのは、一度きりじゃないのか！」

満月の夜に光のゲートが開く。この光の中に飛び込めば、もう一度異世界に行けるかもしれない。

森の中にある魔女の家、ラベンダーに覆われた紫色の大地、褐色屋根の可愛らしい町、無邪気で可愛らしい異世界の人々、とんがり帽子を被ったクールな魔女さん……。

異世界の風景が一気に蘇り、心が躍った。こうしてはいられない。

「待っててね、ティナちゃん」

陽葵は鞄を放り投げて、光の中に飛び込んだ。

あとがき

こんにちは。南《みなみ》コウと申します。

この度は『異世界コスメ工房』をお手に取っていただき、誠にありがとうございます。

本作は第9回カクヨムWeb小説コンテストにて、特別賞に選出いただきました。こうして書籍としてお披露目できたのは、応援してくださった読者の皆様、並びに選考委員の皆様のおかげです。数ある魅力的な作品の中から本作を応援していただき、心より感謝しております。

本作は仕事や学業など毎日を頑張っている方々に、癒しと元気を与えたいという思いで執筆いたしました。

私自身、新卒二年目の頃は、陽葵と同じように理想と現実のギャップに悩んでおりました。望んだ道に進んでも、上手くいかないことばかり。何度も立ち止まって、振り返って、迷子になっていました。

もしも同じように悩んでいる方がいらっしゃるのであれば、本作でほんの少しでも息抜きをしていただけたら幸いです。キラキラと輝く陽葵達の姿を見て、前向きな気持ちになっていただけたらこれほどまでに嬉しいことはありません。

また、本作を通してコスメ作りに興味を持ってくださる方もいらっしゃるかもしれません。コスメ作りはとっても楽しいですが、実際に行う際には専門書や化粧品原料の販売元のホームページなどを参考にしてください。コスメ作りを体験できるスポットもあるので、そうした場所を利用してみるのも良いと思います。

ただし、手作り化粧品を販売したりプレゼントしたりするのはＮＧです。あくまでご自身で楽しむために作ってくださいね。

最後に、皆様へ感謝の気持ちをお伝えして、締めさせていただきます。

制作に携わってくださった担当編集様。初めての書籍化作業で至らない点もあったかと存じますが、懇切丁寧に指導していただき誠にありがとうございました。原稿のやりとりの中で頂いた温かいお言葉には、何度も励まされました。

イラストを通してキャラクター達に命を吹き込んでくれたｍｅｅｃｏ《ミーコ》様。キャラクターはもちろんのこと、コスメやお洋服まで可愛く描いていただき感謝の気持ちでいっぱいです。イラストを拝見するたびに、「可愛すぎる！」と悶えておりました。

校閲、装丁、印刷、営業、販売など、本作に携わってくださった皆様にも深く御礼申し上げます。化粧品と同様に、書籍も大勢の方々のお力で形になることを改めて実感いたしました。

日々の執筆活動を支えてくれた家族にも、この場を借りて感謝の気持ちを伝えさせてください。好きなことを続けられる環境を整えてくれて、本当にありがとう。無事に書籍を出せたのは、書く時間を与えてくれたおかげです。

そして本作を手に取っていただいた読者の皆様。陽葵とティナの物語を見守っていただき、本当にありがとうございました。

この先も楽しい物語をお届けできるよう、精進いたします。

主な参考文献

『美肌成分事典』かずのすけ　白野実　主婦の友社
『手作りコスメ、だから美肌になる！』與儀春江　ＢＡＢジャパン
『キッチンでつくる自然化粧品』小幡有樹子　ブロンズ新社
『日本化粧品検定1級対策テキスト コスメの教科書 第2版』日本化粧品検定協会監修　主婦の友社
『一週間であなたの肌は変わります 大人の美肌学習帳』石井美保　講談社

電撃の新文芸

異《い》世《せ》界《かい》コスメ工《こう》房《ぼう》

著者／南《みなみ》 コウ
イラスト／meeco《ミーコ》

2024年12月17日　初版発行

発行者／山下直久
発行／株式会社KADOKAWA
〒102-8177　東京都千代田区富士見2-13-3
0570-002-301（ナビダイヤル）
印刷／TOPPANクロレ株式会社
製本／TOPPANクロレ株式会社

【初出】……………………………………………………………………………………
本書は、2023年から2024年にカクヨムで実施された「第9回カクヨムWeb小説コンテスト」で特別賞（ライト文芸部門）を受賞した『クールな魔女さんと営む異世界コスメ工房』を加筆・修正したものです。

ISBN978-4-04-915943-1　C0093　Printed in Japan

◇◇◇

●お問い合わせ
https://www.kadokawa.co.jp/（「お問い合わせ」へお進みください）
※内容によっては、お答えできない場合があります。
※サポートは日本国内のみとさせていただきます。
※Japanese text only

ファンレターあて先
〒102-8177
東京都千代田区富士見2-13-3
電撃の新文芸編集部

「南 コウ先生」係
「meeco先生」係